‹ PARALLÈLE ›

Nº 06

DU MÊME AUTEUR
CHEZ LE MÊME ÉDITEUR

Mathilde ne dit rien, 2021
Héroïne, 2022
Jour encore, nuit à nouveau, 2023
Et puis on aura vu la mer, 2024

LES SEPT ROBES

Diffusion au Canada : Dimedia
Diffusion en Europe : Harmonia Mundi Livre

—

ISBN 978-2-89698-731-3

TRISTAN SAULE

Les sept robes

roman

CHRONIQUES
DE LA PLACE CARRÉE

— V —

COLLECTION PARALLÈLE

Le Quartanier

COLLECTION PARALLÈLE
créée et dirigée par
Éric de Larochellière et Alexie Morin

—

LE QUARTANIER
C.P. 47550, CSP Plateau Mont-Royal
Montréal (Québec) H2H 2S8

LES SEPT ROBES

JEUDI

Les ordures brûleront toute la nuit, éparpillées sur les trottoirs, vomies des poubelles renversées, mises à feu par la colère des émeutiers. Les oiseaux de nuit et les chauves-souris se sont enfuis vers les bois, chassés par les fumées noires qui grimpent dans la chaleur de juin. L'odeur de plastique fondu pénètre jusque dans l'habitacle de la voiture. Derrière les vitres défilent des brasiers, au pied des immeubles, sur les parkings, le long des routes délaissées.

— Zobé, c'est la fin du monde, dit Mokhtar.

— C'est pas ici, le monde, répond Lounès.

Aujourd'hui encore, c'est lui qui conduit. En théorie, ce serait le boulot de Mokhtar, mais depuis qu'il a embouti la Porsche Cayenne, au printemps dernier, Lounès ne lui laisse plus le volant. Il se demande d'ailleurs pourquoi il continue à tolérer ce gros type sur le siège passager. Sûrement pour profiter de sa conversation pendant la tournée des Hauts de Monzelle, quand il faut vérifier que tout se passe bien, que les charbonneurs ont assez de matos, qu'ils se font pas emmerder par les équipes de Rive-Droite. Pour récupérer le fric aussi. Ça doit être ça. Ou alors c'est parce qu'il aurait trop la honte, s'il se baladait tout seul pour faire le boulot. C'est quoi, un caïd qu'a pas d'équipe ? Ils penseraient quoi, les mecs sur le terrain ? Ce serait encore pire que maintenant. Déjà que c'est bien la merde.

Lounès allume l'autoradio. *Circus* de Britney Spears fait trembler les haut-parleurs. Mokhtar sursaute. Britney invite ses fans à la rejoindre sur la piste et à montrer de quoi ils sont capables au lieu de rester plantés là, mais personne ici ne comprend ce qu'elle dit. Lounès presse nerveusement le bouton stop. La musique s'arrête.

— Putain, c'est Léa qui fout toujours cette daube dans la bagnole, elle me saoule.

— Léa a le droit de conduire la Porsche ?

— *Wallah,* elle conduit mieux que toi.

Encore une soirée désastreuse. Le commerce n'aime pas l'agitation. C'est ce que Salim répétait toujours. Si tu veux vendre, même si ce que tu vends est illicite, fais en sorte que tes clients se sentent en sécurité. Facile à dire. Les Hauts partent en sucette. Ça craque de tous les côtés. D'abord, il y a ce fils de pute de Dan, le Magicien, qui tient déjà Rive-Droite et qui cherche à prendre le pouvoir sur le reste de la ville. Et puis il y a aussi Omar et Abdelkader, les autres lieutenants de Salim, qui répondent plus aux messages depuis des mois, qui donnent pas le fric qu'ils devraient donner. Il est où, Salim ? Il fout quoi, Salim ? Pendant deux ans, Lounès les a fait mariner en prétendant que tout était sous contrôle, en leur fournissant le produit, en faisant tourner le business, en protégeant les points de deal. Mais il faut croire qu'ils se sont lassés. Ils ont fini par comprendre que Salim ne reviendrait jamais. Peut-être même que c'est lui qui leur a dit. Lounès sait bien que l'heure de vérité n'est pas loin, que tout sera bientôt terminé. Quand Omar et Kader auront pris leur décision, une autre guerre va commencer. Alors les violences de ces derniers jours, ce sera que dalle, comparé à comment ça va péter.

— Tu sais que c'était la Saint-Jean, la semaine dernière ? demande Mokhtar.

— Putain, qu'est-ce que j'en ai à foutre ? T'es chrétien, toi, maintenant ?

— Nan, mais ça me fait penser. C'est ironique, un peu.

— On va pas repasser sous les tours. Si IE est dans la merde, il appellera.

La Porsche bifurque et s'éloigne des deux tours HLM de Sainte-Thérèse, quatorze étages chacune, dressées au-dessus des esprits qui s'échauffent ou désespèrent.

— Le bled où j'habitais, continue Mokhtar, il était à la campagne, au fin fond du trou du cul de la France. Les gens, là-bas, ils fêtaient la Saint-Jean. Ils faisaient une retraite aux flambeaux, avec des lampions orange, ils tiraient un feu d'artifice, et puis ils allumaient un putain de grand brasier au milieu d'un champ. La vie de ma mère, les flammes, elles montaient à dix mètres au moins. Et au-dessus des flammes, on voyait des petits bouts de bois tout rouges qui s'envolaient, comme de la poussière de feu. Les gars, ils mettaient tellement de bois dans ce truc que les cendres étaient encore chaudes deux jours après.

Au même moment, ailleurs en France, dans des quartiers populaires en ébullition, les feux d'artifice servent d'arme, mortiers pointés en direction des forces de l'ordre. Ce soir la France brûle encore, comme en 2005, après la mort de Zyed et Bouna à Clichy-sous-Bois, comme tant de fois ensuite, même dans une moindre ampleur, même secrètement, dans l'intimité des cœurs. Deux semaines plus tard, personne n'y pensera plus, les médias s'occuperont du soleil en Bretagne et de la pluie sur la Côte d'Azur. Parce que la France oublie toujours. Elle y met toute son énergie.

— On avait dix ou douze ans. La nuit de la Saint-Jean, on avait le droit de rester debout super tard. Quand ça avait bien flambé, vers une ou deux heures du mat, quand il y avait plus de flammes mais juste un grand cercle de braises, on s'amusait à sauter par-dessus avec mes potes. J'en reviens pas que les vieux nous laissaient faire ça. Ils étaient complètement tarés, ma parole. C'était super dangereux. Le tas de braises faisait au moins deux mètres de large, peut-être plus.

— Toi, tu sautais au-dessus d'un tas de braises de deux mètres de large ? rigole Lounès.

Mokhtar s'assombrit.

— *Wallahadim,* sur le Coran c'est vrai. Juste, j'étais pas gros, en ce temps-là.

Des pétards crépitent au loin. Sur le boulevard qui longe les quatre quartiers des Hauts de Monzelle, les voitures circulent comme si de rien n'était ; des fêtards reviennent de soirée, des travailleurs de nuit rentrent chez eux. Ils sont comme des résidents qui entendent leurs voisins faire un peu trop de bruit de l'autre côté de la cloison. Ils haussent les épaules et détournent le regard.

— T'es sûr que tu veux y aller? demande Mokhtar.

— Où ça?

— Voir les mecs de Monaco. Ils ont pas l'air nets. On les connaît pas.

La Porsche tourne en direction de la place carrée. Des barrages incandescents sont dressés au milieu de la chaussée, obstruant chaque voie qui mène au quartier.

— Tu crois qu'on a le choix? On a plus rien à vendre.

— C'est quand, que tu les vois?

— Occupe-toi de ton cul.

Lounès ralentit en approchant de la barricade enflammée. Une dizaine de gamins en survêtement, capuche relevée, écharpe remontée sur le nez, accueillent le véhicule en criant et en brandissant des bâtons et des barres de fer. Sporadiquement, des fusées de feux d'artifice illuminent le ciel de teintes orangées, dorées, rouges. Lounès ralentit encore mais ne s'arrête pas. Il donne un coup de volant pour contourner l'obstacle. Les gosses hurlent de plus belle puis s'arrêtent net quand Lounès abaisse sa vitre. Ils s'écartent.

— Vous foutez quoi, là? demande Lounès en parvenant à leur hauteur.

Un jeune homme s'approche. Il baisse son foulard. C'est Fayssal.

— Excuse, Lounès. Avec les phares, la fumée et tout, on avait pas reconnu ta caisse.

Sur le parking du bas, une voiture se consume. La carrosserie de celles qui sont garées à côté noircit.

— Sa mère, dit Mokhtar, c'est une bagnole de la mission locale.

— Cramez pas tout, dit Lounès. C'est là qu'on habite.

— Ces fils de pute de flics, lance Fayssal, il faut qu'ils comprennent. Ils peuvent pas nous buter comme ça, comme des chiens.

Trois jours plus tôt, à Nanterre, un policier a tué d'un tir à bout portant Nahel Merzouk, un adolescent conduisant sans permis. Une vidéo de la scène a immédiatement été diffusée sur les réseaux sociaux et a provoqué l'embrasement des quartiers populaires de Nanterre et de plusieurs autres villes, partout en région parisienne. Les nuits suivantes, la révolte s'est propagée dans le reste du pays, à d'autres villes, d'autres quartiers, et jusqu'en Belgique et en Suisse. Des poubelles, des véhicules ont été incendiés, mais aussi des bâtiments publics, des maisons de quartier, des centres sociaux, des mairies. Des centaines de commerces ont été pillés et réduits en cendres malgré le déploiement d'un important dispositif policier. Les affrontements avec les forces de l'ordre sont violents. À Monzelle, en comparaison, la situation est calme.

— Cramez pas tout, répète Lounès avant de remonter sa vitre et de redémarrer.

Il roule jusqu'à la place carrée, tourne et s'engage sur la route qui longe les trois bâtiments en U. Au milieu de la place, devant la bibliothèque, la maison de quartier et les bureaux de la mission locale, d'autres poubelles brûlent. Quelques noctambules sont accoudés à leur fenêtre ouverte et s'assurent que les choses ne dégénèrent pas.

Lounès gare la Porsche.

— Il me faut un feu, dit-il.

— *Wallah,* t'en as pas assez, du feu ?

— Non, pas ce feu-là, gros bouffon. Il me faut de l'acier. Il me faut un flingue.

Mokhtar part dans un rire profond et guttural.

— Putain, c'est la meilleure. Le mec, il se marie demain et il veut un flingue. T'as pas autre chose à penser ?

Lounès ne sourit pas. Il envoie le perpétuel regard noir dont il ne s'est pas déparé depuis l'enfance. Mokhtar ravale son rire.

— Trouve-moi un feu, répète Lounès avant de sortir de la voiture.

Le temps que Mokhtar s'extirpe à son tour de l'habitacle, Lounès a déjà ouvert le coffre, extrait un sac de sport et refermé le hayon. Mokhtar le rejoint.

— Tu devrais pas garder toute la maille chez toi.

— Non, mais ferme ta gueule. T'as quoi, toi, ce soir, gros tas ?

Mokhtar lève ses mains ouvertes devant lui en signe de capitulation et tourne les talons. Des pétards éclatent sur la route, du côté des barricades du parking du haut. Une Twingo vert bouteille fait une marche arrière en catastrophe, sous des jets de pierres, poursuivie par trois jeunes gueulant et brandissant leurs armes rudimentaires. La Twingo zigzague, quitte la route, grimpe sur le trottoir devant la mosquée et percute un lampadaire sous les vivats des révoltés. Le véhicule parvient à faire demi-tour et repart à toute allure, l'extrémité de son pare-chocs râpant la chaussée. Un feu d'artifice fuse dans sa direction. Une rosace bleutée explose sur sa lunette arrière, provoquant de nouvelles acclamations.

Lounès traverse la place carrée jusqu'aux marches de la maison de quartier. Il s'assied, pose le sac de sport à côté de lui. Il fouille dans la petite sacoche verte qu'il porte en bandoulière et en sort un joint. Il l'allume, une flamme de plus dans l'incendie du pays.

Mokhtar a raison. Il doit vraiment trouver le moyen de se débarrasser de tout ce fric. Pas seulement de celui qui est dans le sac, mais du reste aussi, de tout ce qu'il a ramassé depuis deux ans, depuis le départ de Salim. Lounès ferme les yeux. Le shit ne lui apporte aucune idée mais au moins ça le calme. Il entend l'ambiance sonore inhabituelle de la soirée, le crépitement des feux épars, la rumeur de la révolte, les éclats de voix sur la dalle, derrière. Il rouvre les yeux, tire une nouvelle taffe. Son regard s'arrête sur une fenêtre éteinte, au deuxième étage du bâtiment C. Léa doit dormir. Tout à l'heure, elle lui a demandé de ne pas sortir, pour une fois, afin d'être en forme demain. Putain, c'est notre mariage, quand même, t'abuses. Il a refusé. Plus tard, Nadia, sa mère, l'a invité à dîner, puisque son frère et ses sœurs étaient déjà là et que ça faisait tellement longtemps qu'ils n'avaient pas été tous réunis. Il a refusé aussi. Ils comprennent rien. Ils ont jamais rien compris. S'il laisse tomber les quartiers, même un soir, qui sait ce qui se passera ? Il ne reste plus que lui.

Il observe le tableau urbain qui tremble à la lueur des flammes.

Non, pense-t-il, c'est pas la fin du monde, mais ça ressemble à la fin de quelque chose.

VENDREDI

Comme chaque matin depuis le début du soulèvement, Idriss parcourt les Hauts pour voir ce qui a cramé. C'est quand même vachement pratique, ces vélos électriques mis à disposition par la communauté d'agglomération. En plus, avec ton abonnement de bus scolaire, c'est gratos. La trottinette, tu l'utilises plus du tout; elle va pas assez vite. En vélo électrique, tu peux faire le tour de Monzelle en moins d'une demi-heure. Tu prends la route qui descend du côté de l'église, tu passes devant le stade de foot, tu traverses le quartier Rive-Droite à fond, tu remontes par la zone commerciale et voilà, t'es revenu sur les Hauts, frais comme un gardon. Sans assistance électrique, ça te prendrait au moins une heure et tu finirais par cracher tes boyaux en haut de la côte de l'Éléphant bleu. Enfin, t'en sais rien, t'as jamais essayé. Faut être taré pour monter ça en vélo. Déjà qu'à pied, c'est chaud. Cette côte, on dirait qu'elle a été faite pour empêcher les gens de venir dans le quartier. Ou peut-être que le quartier a été construit là-haut pour tenir les cassos comme nous à l'écart. Oui, c'est plutôt ça.

Idriss pédale en sifflotant. Il donne des coups de guidon et le vélo dessine une courbe sinusoïdale sur le goudron. Cette nuit, il y a eu un peu plus de grabuge que la veille. Sainte-Thérèse est la zone la plus dégradée. La voiture de la mission locale n'est plus qu'une carcasse noire affalée sur son lit de suie. Des éclats de verre sont répandus comme des paillettes de Noël, et ce qui reste des barricades fume encore, poussé sur le côté, à l'aube, par les employés municipaux afin que la circulation reprenne. À la Coulée, Idriss voit quelques poubelles renversées, quelques tas de cendres peu volumineux, mais dans les deux autres quartiers des Hauts, à Saint-Émile et aux Coches, toujours aucune trace de violences. Personne ne semble être sorti dans la rue pour exprimer sa colère. Les passants arpentent les trottoirs avec nonchalance. Ils vont faire leurs courses à l'Intermarché, discutent au pied des immeubles. Est-ce qu'ils savent qu'à moins d'un kilomètre de là, des bagnoles ont été incendiées, des abribus défoncés ?

L'air fouette les joues de l'adolescent. La température est plus fraîche que les jours précédents et, en plus, Idriss s'est levé plus tôt. Il tenait à quitter l'appartement avant que tout le monde se réveille. Kamel, son père, est arrivé la veille, en même temps que ses tantes, Jalila et Hayet. Ils sont tous là pour le mariage de l'oncle Lounès. Ils logent dans l'appartement familial où Nadia, sa grand-mère, a installé des couchages dans toutes les chambres et sur le sedari moelleux qui fait le tour du salon. Le père d'Idriss n'était pas revenu à Monzelle depuis plus d'un an. Il prétend qu'il travaille, qu'il est toujours en mission pour son boulot d'ingénieur réseau, mais Idriss sait bien que c'est du baratin. La vérité, c'est qu'il a rencontré quelqu'un, qu'il a emménagé chez elle, et qu'il a de moins en moins envie de revenir ici pour affronter ses parents et ce gosse qui lui rappelle la connerie qu'il a faite d'épouser sa deuxième femme, et pire encore, d'avoir eu un enfant avec elle. Les retrouvailles entre Idriss et Kamel ont refroidi la canicule d'un coup. Idriss a dit salut et il est sorti. Depuis, il fait en sorte de ne jamais être dans l'appartement. Il part tôt, il revient tard. À ses yeux, ce mariage aussi, c'est une grande escroquerie, un beau mensonge où tout le monde fait semblant d'être une famille unie alors que la petite tribu Kacem a volé en éclats depuis bien longtemps.

Le vélo passe devant Saint-Jean, le collège privé de Monzelle. Idriss se souvient que lui aussi devrait être en cours. Les vacances scolaires ne commencent que dans une semaine mais, depuis qu'il sait qu'il passe en troisième, il ne voit plus trop l'intérêt d'aller écouter des profs répéter trente fois ce qu'il sait déjà. Il n'est pas le seul. Après les conseils de classe, les effectifs des collèges fondent comme neige au soleil. Il n'y a que l'école de la rue qu'on ne peut pas sécher.

En moins de cinq minutes, à presque trente kilomètres-heure, Idriss rejoint Sainte-Thérèse. Il contourne la place carrée pour ne pas croiser quelqu'un de sa famille. Le mariage de Léa et Lounès commence ce soir avec la cérémonie du henné. Des oncles, des tantes, des cousins, des cousines, ont débarqué à Monzelle depuis le début de la semaine. On peut plus faire un pas sans se faire embrasser et féliciter d'avoir autant grandi.

Idriss dépasse l'arrêt de bus aux vitres fracassées ; une affiche publicitaire représentant un hamburger géant gît, déchirée, sur le sol. Il atteint l'aire de jeux dans le prolongement de la dalle. Il ralentit. Son regard est attiré par deux silhouettes, au pied de la tour 2. L'une d'elles disparaît par la porte du hall dès qu'elle le repère. L'autre se tourne vers lui et le fixe. Idriss met le pied à terre. Il est trop loin pour être sûr que ce mec, là-bas, lui sourit. Il pose le vélo sur sa béquille, plonge ses mains dans les poches de son blouson et s'approche. Ici, c'est chez lui, qu'est-ce qu'il a à craindre ?

À mesure qu'il avance, il distingue un peu mieux le type. Idriss lui donne plus de cinquante ans. Il a le dos voûté, les cheveux poivre et sel, un jean, des baskets grises, un haut de survêtement ouvert sur un t-shirt noir au milieu duquel sont inscrits les mots « antisocial » et « Trust », en lettres 3D argentées. Il tient une sorte de chaîne dans sa main et, au bout de la chaîne, il y a un chien, un épagneul breton marron et blanc, sagement assis. Idriss fait encore quelques pas et constate maintenant que la peau du visage du gars est bien amochée, couperosée et barrée d'anciennes cicatrices. Cependant, son œil brille, et ne quitte pas Idriss une seconde. L'homme fouille dans sa poche et en sort un jeu de cartes, qu'il se met à manipuler avec dextérité, malgré la laisse du chien, toujours enroulée autour de son poignet. Idriss marque un temps d'arrêt. Son sang gèle dans ses veines. Il vient de comprendre qui se tient face à lui.

— Vous feriez mieux de pas rester ici, dit-il.

— Et pourquoi ça?

Idriss essaie de voir si la deuxième silhouette est encore dans le hall de la tour 2. Rien ne bouge dans la pénombre. Plus loin sur la dalle, Zineb Lasri dispose des cagettes de fruits et de légumes sur les étals extérieurs de l'épicerie familiale. C'est la seule forme humaine alentour. Elle interviendra si elle entend un cri mais elle est loin : il faudra crier fort.

— Si quelqu'un vous voit, dit Idriss, ça va chauffer.

— Tu m'as reconnu? C'est bien, bonhomme.

Bonhomme? pense Idriss. Il débarque directement du deuxième siècle, ce bouffon, ma parole. Même à cinq mètres de distance, Idriss sent l'odeur de tabac froid et d'eau de toilette du mec.

— Écoute-moi bien, dit Dan. Tu vas dire à Lounès que je lui adresse mes félicitations. Tu vas lui dire que je lui souhaite du bonheur et de la chance et que j'espère que son mariage ne sera pas gâché par un incident fâcheux. Tu te souviendras de tout ça?

— Ça va, je suis pas débile.

Dan fait voler les cartes entre ses mains. Il les rassemble et en extrait une, qu'il retourne, face visible. La dame de cœur. Il fait quelques pas en avant. Le chien le suit.

Idriss aurait voulu ne pas montrer qu'il est impressionné. Il aurait voulu ne pas se raidir, ni esquisser ce mouvement de recul. Mais merde, Dan n'avance pas seul. En plus de son chien, il est accompagné par la réputation de violence et d'absence totale de pitié qu'il s'est taillée ces dernières années. Quand Salim était là, c'était un caïd respecté dans les Hauts, mais pas pour sa cruauté.

Dan, c'est tout le contraire. Depuis qu'il s'est posé à Rive-Droite, en 2020, le quartier a été nettoyé. Ceux qui voulaient lui contester le pouvoir ont disparu ou se sont tellement fait casser la gueule qu'ils ont fini par ravaler leur ambition. Dan ressemble à ces vieux beaufs à moitié alcoolos qui font des barbecues l'été et des raclettes l'hiver, mais en vrai, ce mec, c'est Sheitan.

Dan arrive à la hauteur d'Idriss. La truffe de l'épagneul remue. La bête tend le cou pour renifler les jambes de l'adolescent mais Dan l'en empêche en retenant la laisse.

— Je sais, je sais, dit-il. Tu me connais, mais moi aussi, je te connais. Je sais que t'es un petit malin. Et je veux que t'oublies rien. Je veux que tu répètes à Lounès exactement ce que je t'ai dit. Et je veux que tu lui donnes ça, OK?

Il tend la dame de cœur. Idriss déglutit. Il prend la carte.

— Comment vous saviez que je passerais par là? Je passe jamais par là.

— Voyons, Idriss. Tu sais bien qu'un magicien ne dévoile pas ses secrets.

Il continue à manipuler le reste des cartes en les battant et les rebattant à toute allure.

— Alors? Je peux compter sur toi? Tu passeras le message à ton oncle?

— Vous feriez mieux de vous casser, répète Idriss.

Dan hoche la tête. Il range le paquet de cartes dans sa poche. Un bruit métallique retentit, derrière, sur la route. Un coup de pied dans une canette. Idriss se retourne mais ne voit rien. Il revient à Dan. Il n'y a plus de chien. Il n'y a plus de laisse. Il n'y a plus de Dan. Le magicien a disparu.

Lounès regarde par la fenêtre. Il pleut. Il a six ans. Il gigote sur sa chaise, balance ses pieds dans le vide. Les gouttes glissent sur les vitres. À l'intérieur, il fait chaud.

— C'est vrai, ce qu'elle dit, la maîtresse, Lounès ? Tu tapes tes copains ?

Lounès ne soutient pas le regard de sa mère. Il baisse la tête. Il ne sait pas trop pourquoi il est là, pourquoi on le réprimande. Dans la cour de récré, on se bouscule, on court, on se frappe. On joue. Pourquoi lui est là, dans le bureau de la maîtresse avec sa mère, et pas les autres élèves ? Les autres aussi, ils jouent.

— Je pense que Lounès déborde d'énergie, dit la maîtresse. C'est un petit garçon qui ne tient pas en place. On essaie de lui proposer des activités pour qu'il ne reste pas statique trop longtemps mais ce n'est plus l'école maternelle. Il faut qu'il apprenne à se concentrer, à se calmer surtout. Sinon, il ne pourra pas suivre la classe et il prendra du retard.

Un groupe d'enfants passe dehors, encadré par deux

animateurs de la garderie. Lounès fait coucou à Nico, qui ne le voit pas, engoncé dans son ciré.

— Mais regarde par ici, Lounès, dit Nadia. Pourquoi tu te calmes pas ? Réponds à la maîtresse. Pourquoi tu fais toujours la bagarre ?

Lounès ouvre ses grands yeux noirs. Il hausse une épaule en signe d'incompréhension.

— Je ne pense pas que ce soit votre fils qui possède les clés, madame. C'est à nous de lui offrir des solutions. Je pense, par exemple, qu'il serait nécessaire que Lounès pratique une activité sportive. Pour les tout-petits, il existe une section multisports au gymnase des Coches. Il pourrait y aller et voir si ça lui plaît. Ça lui permettrait de canaliser son énergie.

Lounès regarde Nico s'éloigner et disparaître avec le groupe au coin de la rue. Nico, c'est son pote depuis la maternelle. Dans la cour, ensemble, ils sautent dans les flaques. Ils se battent un peu, des fois, mais c'est pour rigoler. Lounès se retourne sur sa chaise. Il appuie son menton sur le dossier et regarde le mur du bureau. Il y a de grands panneaux en liège où sont punaisées des dizaines de feuilles multicolores couvertes de tableaux, de diagrammes et de consignes.

— C'est pas facile pour lui, vous savez, dit Nadia. Sa sœur Hayet, elle est partie de la maison l'année dernière. Maintenant, il est tout seul. Son frère et ses sœurs, ils reviennent pas souvent le week-end.

Lounès a un frisson en entendant le nom de Hayet. Il a passé les cinq premières années de sa vie à ses côtés. Ils partageaient la même chambre. Hayet jouait avec lui, elle prenait soin de lui. Et lui aussi prenait soin d'elle, quand elle surgissait du couloir, claquait la porte et se jetait dans son oreiller, en pleurs, après une dispute avec les parents. Il s'approchait d'elle, s'asseyait sur le bord du lit et passait sa petite main dans ses cheveux. Il ne posait pas de questions. Il se contentait de consoler sa sœur, qui finissait toujours par sourire, le visage mouillé de larmes. Lounès aussi souriait.

Le mercredi suivant, Nadia a emmené son fils au multisports.

Dans les AirPods de Léa, Britney dit qu'il y a seulement deux types de personnes : celles qui font le spectacle et celles qui regardent. Léa fredonne les paroles en se demandant à quelle catégorie elle appartient. Elle attend que le café coule. Elle attend que son heure vienne. Non. Il n'y a aucun doute. Elle appartient au groupe de celles qui font le spectacle. Aujourd'hui, elle se marie. Elle n'en revient pas.

Elle reprend le message de son frère sur son téléphone. Elle lui répond que oui, OK, elle ira le chercher à la gare, mais qu'il aurait pu prévenir plus tôt. Elle ajoute un emoji grognon et envoie.

Elle ouvre délicatement la porte du placard. Elle en sort une tasse en prenant garde à ne pas faire de bruit. Si elle réveille Lounès, il va encore piquer une crise. Il déteste qu'on le réveille trop tôt. Quand il est rentré, cette nuit, Léa n'a pas eu le courage de regarder l'heure. Elle l'a juste entendu se coucher, elle a senti le poids de son corps enfoncer le matelas, elle s'est laissé enivrer par les effluves de beuh. Elle a attendu qu'il pose sa main sur elle, ou qu'il l'enlace, ou qu'il l'embrasse sur la joue. Il n'a rien fait de tout ça. Il ne fait jamais rien de tout ça. Elle s'est rendormie.

Adrien envoie un emoji tête de singe qui se bouche les oreilles.

Une demi-heure plus tard, elle s'assied au volant de la Porsche Cayenne. Il ne reste presque plus rien de l'agitation de ces dernières heures. Une balayeuse, pilotée par un agent municipal, effectue le tour de la place, suivie par un deuxième fonctionnaire, combinaison orange fluo, qui nettoie le sol à l'aide d'une lance à eau reliée au véhicule. À cette heure, il fait encore frais. Ça ne durera pas. La météo annonce un week-end aussi chaud que la semaine qui vient de s'écouler. Léa est inquiète. Dimanche dernier, il a fait plus de trente-deux degrés à Monzelle. Elle craint d'être une mariée trempée et malodorante, transpirant comme une vache sous l'épaisseur de ses cinq robes successives. Nadia, sa future belle-mère, lui a raconté que dans sa jeunesse, au bled, les mariages duraient une semaine entière. Tous les habitants du village, et même des villages alentour, étaient invités. La mariée portait alors sept robes, à des moments précis des festivités. Une robe pour la cérémonie du henné, une autre pour le mariage religieux, une pour couper la pièce montée, et ainsi de suite. Ces sept robes avaient chacune un style différent, représentatif des régions ou des villes des mariés. Elles symbolisaient l'union de toutes les cultures du pays.

— Mais ici, c'est pas pareil, a dit Nadia. Personne peut arrêter de travailler une semaine pour aller à un mariage. Ça dure plus que trois jours, et la mariée porte juste quatre ou cinq robes.

— Il faudra m'expliquer ce que je dois dire pendant le mariage religieux, a fait Léa. Je sais pas comment on dit « oui, je le veux » en arabe.

Nadia a rigolé.

— T'inquiète pas, ma fille. Chez les musulmans, c'est pas comme chez les chrétiens. Pour le *hlel,* la femme, elle a pas besoin de parler. Elle est même pas là. C'est ton père qui est là pour dire à ta place, pour dire qu'il est d'accord pour donner sa fille. Tu demanderas à ton père.

Léa est restée silencieuse un moment et Nadia a compris que ce ne serait pas possible.

— Ou à ton frère, a-t-elle ajouté. C'est possible avec le frère. Tu as un frère ?

Le téléphone sonne alors que Léa est en train de descendre la côte de l'Éléphant bleu et du supermarché Aldi. Elle actionne le dispositif mains libres.

— Bon Dieu, c'est un vrai miracle, dit Pablo avec une ferveur exagérée. Léa Tazilly répond au téléphone !

— J'étais occupée, dit Léa.

— Ouais, je te comprends, ma pauvre. Moi aussi, je suis occupé à sortir un journal tous les jours, et je suis occupé à briefer une équipe pour qu'ils écrivent des articles. Et tu sais quoi ? Je suis aussi occupé à te couvrir quand Linda me demande ce que tu fous, pourquoi t'étais pas à la réunion d'hier matin ni à celle d'avant-hier. Je suis occupé à convaincre ta rédac chef de pas te virer, même quand tu réponds pas à nos messages. Putain, t'imagines pas à quel point je suis occupé.

— C'est bon ? T'as fini ?

— Bordel, Léa, je sais pas ce que t'avais à faire cette semaine, mais je suis sûr que c'était pas pour le journal, alors tu reviens bosser, ou alors tu poses des vacances.

— Mais je bosse ! T'as bien vu que j'ai fait les papiers que je devais faire.

— Encore heureux ! Mais les règles, c'est les mêmes pour tout le monde. Le télétravail, dans ton contrat, c'est deux jours par semaine. C'est pas sept jours sur sept. Et il s'agit pas seulement de moi, de Linda ou des patrons, il y a aussi tes collègues. Le matin, à neuf heures trente, il manque personne pour la réunion. C'est aussi de leur gueule à eux, que tu te fous.

La Porsche s'arrête au feu rouge sur le boulevard qui ceinture le centre-ville de Monzelle. Des mamans discutent sur un banc de la contre-allée, la main posée sur la poignée de leurs landaus. Léa les observe.

— OK, OK, dit-elle. Je suis désolée. Lundi, sans faute, je serai à la rédac. Mais tu sais, je me tourne pas les pouces. Je couvre les émeutes, je vous sors des témoignages que vous auriez jamais sans moi. J'ai aussi un gros truc en préparation. Il faut vraiment qu'on en parle. Deux pages, en régio. Peut-être plus. Je te promets, tu le regretteras pas.

— Mais Léa, qu'est-ce que tu racontes ? Putain, tu bosses dans la PQR, pas au *New York Times*. Ici, ce qu'on veut, c'est juste que tu te pointes aux réunions, que tu écoutes les consignes et que tu suives le planning. Et si tu veux me parler d'un gros coup ou je sais pas quoi, y a pas de problème, mais tu frappes à la porte de mon bureau, tu poses ton cul sur un fauteuil et tu me demandes si c'est jouable. Capito ?

Léa redémarre, laissant derrière elle les jeunes femmes et leur progéniture.

— Tu veux pas savoir ce que c'est ? demande-t-elle.

Il y a un silence et elle sait que c'est gagné, que Pablo est trop curieux pour continuer à jouer son numéro de chef de service fâché. Depuis qu'il est arrivé à la rédaction, il y a un an, il lui a toujours tout passé. Il a même pris l'habitude de mentir à Linda, la rédactrice en chef, d'inventer lui-même des excuses pour les absences que Léa ne prenait pas la peine de justifier.

— C'est quoi ? dit Pablo.

— Un scandale. Un gros scandale. Sur Monzelle, sur les politiques, sur la famille Maximin, depuis trois générations. Je suis tombée dessus en interrogeant les habitants de la place carrée pour la série qu'on a faite il y a deux ans. J'ai pas fait gaffe. J'ai laissé couler, mais le mois dernier, ça s'est accéléré. Je vais bientôt avoir du concret. Il faut encore que je voie un mec, quelqu'un qui en sait très long sur l'immobilier, le montage financier. Après, je pourrai vous présenter quelque chose, à Linda et toi.

— Tu travailles sur un papier depuis un mois et tu nous as rien dit ? demande Pablo. Tu te fous encore de moi, Léa Tazilly.

— C'est un dossier compliqué. J'allais pas me pointer dans ton bureau avec une intuition et des ouï-dire.

— Bon, admettons, même si je doute que la direction du groupe valide quoi que ce soit qui attaque frontalement des politiques locaux. Enfin, on va dire que peut-être. Ce qui est sûr, c'est qu'avant de penser à tout ça, tu laisses tomber ce que t'avais prévu de faire ce soir et tu viens à la rédac. Linda et moi, on est en rendez-vous à l'extérieur toute la journée mais on revient en fin d'aprèm et on est là jusqu'au bouclage, alors tu es gentille et tu viens montrer à ton chef de service et à ta rédac chef que t'es encore vivante.

— Ça, dit Léa, je peux pas.

Pablo explose.

— Mais merde, à la fin, tu joues à quoi ? Pourquoi tu peux pas !

— Parce que ce soir, je me marie.

Dès que Lounès a passé le seuil, Hayet pousse un cri aigu et fonce vers lui.

— Mon petit frère ! rit-elle en le prenant dans ses bras.

— Ça va, c'est bon, rétorque Lounès en se dégageant. Tu vas pas me sauter dessus tous les jours.

— Non, plusieurs fois par jour !

Hayet a quarante-six ans, douze de plus que Lounès. Elle porte des vêtements amples et colorés. Elle a le visage rond, les cheveux noirs coupés très court. Elle parle fort mais se déplace sans bruit, avec une grâce de danseuse.

L'appartement grouille de vie. Presque toutes les pièces sont occupées par des membres de la famille proche. Lounès soupire. Il est là depuis six secondes et tout ce vacarme, ça l'épuise déjà.

Mohammed, son père, et Rafik, son oncle, plus de soixante-dix ans tous les deux, sont assis dans le sedari. Ils regardent un téléfilm sur la chaîne de télévision marocaine 2M. Kamel, la cinquantaine, le frère aîné de Lounès, est à leurs côtés, le nez sur son portable. Nadia, soixante et onze ans, est dans la cuisine, aux fourneaux depuis l'aube, assistée de Mounia, sa tante, la femme de Rafik. Elles coupent des légumes, remuent des sauces qui glougloutent dans des casseroles, trempent des pâtisseries et des beignets dans de multiples bains d'huile frémissante. Ça sent la friture, le miel, le cumin et la viande rôtie.

— C'est Lounès ? demande une voix du fond du couloir.

Jalila, la cadette, bientôt cinquante ans, apparaît. Elle porte un jean ajusté et un chemisier blanc. Ses cheveux sont lisses et tirés vers l'arrière en une queue de cheval.

— C'est pas trop tôt, dit-elle en déboulant dans l'entrée. On a encore plein de choses à caler. Il faut que tu rappelles le gars, pour la voiture. Et Kenza a appelé pour avoir les clés de la salle mais je savais pas où tu les avais mises.

— C'est qui, Kenza ? demande Lounès alors que Jalila l'embrasse.

Il sent sur sa sœur l'odeur de la cigarette.

— Kenza, c'est la negafa, on te l'a dit trente fois ! Elle en a pour toute la journée à décorer.

— Elle est où, ta femme ? intervient Hayet.

— Elle est pas là ? demande Lounès en faisant mine de la chercher du regard.

— On pensait que vous étiez ensemble, dit Jalila.

— Tu l'as déjà perdue ? rigole Hayet.

— Allez, *bellaa fomouk,* lâche-moi, maintenant.

— Lounès, tu parles pas comme ça à ta sœur ! crie Nadia depuis la cuisine.

Le téléphone de Lounès vibre. Un SMS.

— C'est elle ? demande Jalila.

— Toi aussi, lâche-moi !

Lounès s'éloigne dans le couloir. L'écran de son téléphone indique que l'expéditeur est IE. IE, c'est Isaï-Emmanuel Bangoura, un jeune Guinéen qui s'occupe de chapeauter les ventes du côté des tours de Sainte-Thérèse. Il a commencé en faisant de petites courses pour Salim, comme beaucoup de gamins du quartier. Puis avec le goût de l'argent est arrivé le dégoût de l'école, et il a voulu monter en grade. Quand Salim a disparu, Lounès lui a donné de nouvelles responsabilités. Il est aujourd'hui à la tête d'une petite équipe de charbonneurs, de choufs et de nourrices, qui génère un beau chiffre d'affaires.

MES MECS ON VU DAN LE MAGICIEN DS LES HAUTS CE MATIN FÉ GAFFE

Lounès range le téléphone dans sa poche.

— Te sauve pas quand je te parle, dit Jalila, qui l'a rejoint. Tu peux pas appeler Léa ? On a encore plein de choses à voir pour ce soir et moi, je dois aller chercher Nora et Sofiane à la gare dans une heure. On mange tous ensemble à midi, hein ?

— Je sais pas, dit Lounès. J'ai des trucs à faire.

L'agitation qui règne dans l'appartement rappelle les fêtes de l'Aïd el-Fitr, quand toute la famille était encore soudée, il y a bien longtemps. À l'époque, Kamel travaillait à Dijon, et Jalila y faisait ses études de droit, mais ils revenaient presque tous les week-ends. C'était le milieu des années quatre-vingt-dix, avant que Kamel se marie, puis divorce, deux fois, avant que Jalila s'installe à Marseille, et surtout, avant que Hayet s'enfuie.

— Lounès, crie Kamel depuis le salon. Il est où, Idriss ?

— *Wallah,* j'en sais rien. C'est ton fils, c'est pas le mien !

Jalila donne un coup de poing dans l'épaule de Lounès.

— Quoi ? se défend-il. On le voit plus jamais, lui. Il sait même pas en quelle classe il est, son gosse. Tu crois qu'Idriss, il a envie de le voir ? Idriss, il vit sa vie.

— Parle moins fort, dit Jalila.

— Moi, j'en ai rien à foutre. Je parle comme je veux.

Hayet débarque dans le couloir à son tour.

— Vous faites quoi, là, dans le noir ? Venez vers nous. Maman veut qu'on goûte la sauce.

Le téléphone de Lounès vibre encore. Un autre SMS. Au même moment, la sonnette de l'entrée retentit. Hayet va ouvrir.

— C'est Léa ! crie-t-elle.

— Vous venez goûter ? dit Nadia, dans l'encadrement de la porte de la cuisine.

— Désolée, dit Léa. Je suis allée chercher mon frère à la gare. Je l'ai déposé à son Airbnb.

Lounès ouvre le SMS :

TU PASSES CE MATIN ? FAUT QUE J'AILLE EN COURSES

C'est Joëlle, l'une des nourrices qu'il paie cent balles par jour pour qu'elle garde la marchandise chez elle. En temps normal, le vendredi matin, Lounès vient en personne la livrer afin qu'elle ait suffisamment de stock pour tenir le week-end, où les ventes sont les plus fortes.

JE VIEN PAS DONNE CE KI TE RESTE

Finalement, ça l'arrange bien, ce mariage. C'est une bonne excuse pour tout remettre à lundi, et éviter d'avouer qu'il n'a plus de marchandise à filer aux nourrices, et que, dans trois jours, s'il ne trouve pas une solution, il n'y aura plus rien à vendre du tout.

La vie est faite de ces instants décisifs, de ces virages,

de ces bifurcations, qui te permettent de rester sur le même chemin, ou bien de changer de cap radicalement, changer de vie, tout démolir, ou disparaître. On ne choisit jamais quand l'intersection se présente mais, souvent, tous les chemins se divisent au même moment. C'est comme ça. C'est mektoub. Lounès n'a aucune idée de ce qui se passera dans trois jours.

Il écrit un message à IE.

VIEN SUR LA PLACE

Il envoie, retourne dans le salon, près de la fenêtre qui donne sur la place carrée, et fait semblant d'écouter les préparatifs tout en surveillant l'extérieur. Les feux sont éteints. Il ne reste plus que des taches noires au sol, comme des gouffres.

Dix minutes plus tard, la silhouette filiforme d'IE apparaît et se poste à côté de la Porsche.

— Je reviens tout de suite, dit Lounès.

Jalila ouvre les bras de consternation.

— Comment ça, tu reviens ? Je suis en train d'expliquer !

— Léa me racontera, dit-il en traversant le salon.

Devant la cuisine, Nadia l'intercepte.

— Lounès, reste ici, fais plaisir à ton père. Il est content qu'on est tous ici ensemble. Moi aussi, ça me fait plaisir.

— Je reviens, dit-il à nouveau.

La porte claque.

Lounès est au volant, IE sur le siège passager. Les deux hommes ont le coude posé sur la portière, comme s'ils étaient sur la route des vacances, sauf que la Porsche est à l'arrêt, toujours garée à la même place.

— Tu l'avais par qui, le matos, avant ? demande IE.

— Salim avait trois fournisseurs. En Belgique, au Maroc. Quand on recevait moins de l'un, on prenait plus chez les autres. Si un go fast se faisait capter, on avait toujours des trucs à vendre. Mais ces mecs-là, ils aiment pas faire du commerce avec les adjoints. Ils veulent parler aux boss. C'est avec les boss qu'on signe les contrats.

— T'as qu'à leur dire que maintenant c'est toi, le boss.

— Ils en ont rien à foutre, de ce que je dis. Ils m'ont jamais vu. Et ils veulent pas non plus parler sur messagerie. On peut plus être sûr qu'une messagerie est bien cryptée maintenant.

IE plisse les yeux.

— C'est à cause de la merde avec Sky ECC que Salim s'est tiré ? Il a eu peur de se faire serrer ?

— Je crois pas. Il est parti en janvier. Les descentes, c'était en mars.

— Il savait peut-être que ça allait tomber. Il s'est cassé avant la tempête.

— Personne savait ce qui allait arriver. Les flics écoutaient la messagerie depuis des mois. Ils ont arrêté des têtes de réseaux en Serbie, en Hollande, des gars bien plus puissants que Salim. Ils ont même arrêté des flics. Salim pouvait pas savoir. En plus, moi je sais pourquoi il s'est barré. C'était pour autre chose. Un truc perso.

IE attend la suite, qui ne vient pas. Il connaît assez bien Lounès pour ne pas poser la question. S'il avait voulu en dire plus, il l'aurait fait. Lounès souffle la fumée de son joint par la vitre ouverte.

— Je vais trouver une solution. Je vais trouver du matos. C'est moi, le responsable. C'est mon problème.

— Et moi, je peux faire quelque chose ?

Lounès laisse tomber sa tête en arrière.

— Ouais, tu peux faire quelque chose, dit-il, les yeux fermés.

Il se redresse, se tourne vers IE.

— Tu vas aller aux Coches et à Saint-Émile, et tu vas demander à Omar et à Kader s'ils ont bien reçu mon invitation.

— Tu les as invités où ?

— À mon mariage, *agoun*. Demande-leur si on peut compter sur leur présence demain. Dis-leur que ça me ferait très plaisir.

IE se tortille sur son siège.

— On les voit plus trop, Omar et Kader.

— C'est bien ça, le problème. Ils nous envoient plus de

fric, ils nous demandent plus de marchandise, ils nous parlent plus. Ils veulent plus bosser avec nous. Eux, ils ont déjà trouvé un nouveau fournisseur, c'est sûr. Peut-être même qu'ils se sont associés pour me foutre ma misère, j'en sais rien. En tout cas, il faut qu'on se parle entre hommes. S'ils veulent se la jouer solo, ils ont qu'à venir me le dire en face.

— Tu crois qu'ils parlent avec Salim ?

L'idée percute Lounès, qui s'immobilise. La fumée du joint devient un mince filet rectiligne qui monte dans l'habitacle. Comment savoir qui parle avec Salim ? Depuis qu'il est parti, le patron s'est contenté de laisser un message laconique sur la boîte vocale de Lounès. Il y donnait des instructions sommaires. En gros, il fallait rien changer. Le système devait rester en place. Les fournisseurs fournissaient, les points de deal généraient des revenus. Ensuite, une partie du liquide allait dans les commerces associés, et le reste chez le comptable, qui le transformait en argent propre par on ne sait quelle magouille. Omar et Kader faisaient partie du système. Ils s'occupaient de Saint-Émile et des Coches. Ils ramassaient les bénéfices et les transmettaient à Lounès. Ça a marché comme ça quelques mois. Puis, comme Salim ne revenait pas, la machine s'est grippée. Il y a eu de moins en moins de liquide qui venait des Coches et de Saint-Émile. Et enfin, il n'y a plus eu de fric du tout. Plus de fric et pas d'explications.

— Ils vont peut-être nous demander de bosser pour eux, dit IE.

— Si tu bosses pour eux, je te fume, répond Lounès du tac au tac.

IE a un sursaut.

— Je dis pas que je vais le faire. Je dis qu'ils vont peut-être demander.

— Sainte-Thérèse, c'est chez moi. Je suis né à l'hôpital de l'autre côté de la rue. Le jour où tu verras quelqu'un d'autre que moi s'occuper du quartier, c'est que je serai mort.

Dans le miroir de la salle de bains des Kacem, Léa distingue parfois son visage. La plupart du temps, il est caché par le corps de Nour, qui tourne autour du siège en maniant le fer à friser. Léa ne se reconnaît pas. Le reflet lui renvoie l'image d'une femme aux yeux brillants, maquillés, aux cheveux soyeux, d'un châtain éclairci de mèches blondes. La coloration lui a coûté trois heures de la journée d'hier. Jamais elle n'avait autant pris soin de son apparence. Enfant, elle détestait les jolies robes et pataugeait dans la boue quand sa mère lui en mettait. Adolescente, elle portait des jeans troués et des chemises trop grandes, des piercings dans le nombril et dans le nez. Elle arborait comme un couvre-chef une tignasse que l'absence de lavage rendait crépue. Au lycée, puis en école de journalisme, ça ne choquait personne. Quand elle a décroché son premier poste, au quotidien local, *Le Républicain,* elle s'est habillée de manière plus sobre. Non pas pour se plier aux règles de bienséance mais parce qu'elle avait fini par juger puérile l'ostentation vestimentaire. Elle a retiré ses piercings, lavé ses cheveux et adopté une tenue plus neutre : pantalons en toile, t-shirts unis, sweats à capuche, un rouge à lèvres carmin éclatant comme dernière marque d'extravagance. L'été, toutefois, quand elle était en débardeur, son passé réapparaissait sous la forme de deux grands tatouages sur ses épaules, représentant d'un côté un mandala fleuri, de l'autre une phrase extraite d'une chanson de Britney Spears, traduite en tibétain, parce que Léa trouvait cet alphabet magnifique.

Regarde l'aube qui se lève, on ne s'arrêtera pas
Dansons jusqu'à la fin du monde

— Tu voudras que je cache ton grain de beauté ? demande Nour.

Léa passe son doigt sur sa pommette en se regardant encore dans le miroir. Elle n'a pas le temps de répondre. Son téléphone vibre dans sa poche.

— Je suis désolée, il faut que je réponde.

Nour s'écarte.

— Léa Tazilly.

— Je vous rappelle pour notre rendez-vous, dit la voix grave de Vignon au téléphone. Je suis navré mais il va falloir annuler.

— Attendez, si vous avez un contretemps, on peut reporter. Le dimanche, c'est probablement pas idéal.

— Non, mademoiselle. Je pense qu'il est préférable d'annuler. Vous m'avez dit que vous prépariez un livre sur l'histoire du quartier Sainte-Thérèse. J'ai vérifié et nous n'avons rien d'intéressant sur cette époque dans les archives du cabinet.

— Écoutez. C'est pas grave. Peut-être que moi, je trouverai des choses J'aurais bien interrogé monsieur Caron, ou même Jacques Billet, mais ils sont morts. Il n'y a que vous pour... Allô ? Vous m'entendez ?

La voix dans le combiné est métallique et saccadée. Léa se lève et regarde l'écran de son téléphone. L'icône de réseau clignote. La réception est mauvaise. Léa se déplace vers la fenêtre.

— Là, c'est mieux ? Merde.

— Mais où tu vas ? s'insurge Nour alors que Léa quitte la pièce, la moitié des cheveux coiffés, pieds nus, seulement vêtue d'un peignoir de satin blanc.

Elle remonte le couloir, passe devant les petits cousins médusés de Lounès, devant la chambre où Jalila et Hayet confectionnent des sachets de dragées, devant la cuisine où Nadia et Mounia ouvrent de grands yeux, puis elle sort de l'appartement.

Elle descend l'escalier jusqu'au rez-de-chaussée et s'arrête dans le hall, près de la porte d'entrée vitrée.

— Oui, dit-elle, je vous entends. Même s'il n'y a rien dans les archives, vous, vous avez connu Georges Caron. J'aurais juste deux ou trois questions. Ça ne durera pas longtemps.

— Je suis navré, répond Vignon. Maintenant qu'il est mort, je ne crois pas qu'il soit décent de mettre son nez dans les affaires de Georges Caron.

Une porte s'ouvre et se ferme, en haut dans les étages. Des pas descendent l'escalier.

— C'est lui qui m'a dit de vous rencontrer, lâche Léa.

Silence au bout du fil. Une grande femme aux cheveux courts, à la forte carrure, au visage impassible, apparaît dans la volée de marches. Léa reconnaît Mathilde, qui habite sur le même palier que Nadia et Mohammed. Elle la salue avec un sourire gêné. Mathilde répond en levant la main, mais sans sourire. Elle presse le bouton sur le mur. Un claquement indique que la porte d'entrée est déverrouillée. Mathilde sort.

— Raison de plus, dit Vignon. Les affaires de mon prédécesseur concernent mon prédécesseur.

— Vous ouvrirez ou vous ouvrirez pas, dit Léa, mais je sonnerai à la porte de votre cabinet dimanche, à onze heures et demie, comme prévu.

La communication est interrompue. La future mariée regarde Mathilde s'éloigner. Elle ne comprend toujours pas pourquoi Lounès déteste cette femme à ce point. Il lui a expliqué qu'avant la pandémie, elle s'était immiscée dans les comptes de ses parents et que ça l'avait foutu hors de lui. En cherchant à en savoir plus sur cette histoire, Léa a cru comprendre que Mathilde avait juste tiré Nadia et Mohammed d'une mauvaise passe financière. Bien que ça n'ait jamais été clair, que personne ne l'ait jamais confirmé à haute voix, elle pense même que Mathilde a donné de l'argent aux parents de Lounès pour éponger une sorte de dette. Elle en a déduit que ce qui énerve Lounès, c'est surtout que quelqu'un d'autre que lui ait pris soin de sa mère. C'est ça qu'il ne supporte pas. Combien de fois l'a-t-elle entendu dire que c'est lui qui est responsable, pour tout et n'importe quoi ?

— Tu regardes quoi, toi, petit con ? demande-t-elle à Amir, qui reluque ses cuisses depuis l'autre côté de la vitre.

L'adolescent s'enfuit en riant. Léa rit aussi, mais son expression s'assombrit quand elle croise le regard de Lounès, apparu sur le trottoir comme un génie auquel il suffirait de penser pour qu'il surgisse. Il marche vite, les poings serrés, le regard électrique. Léa fait un pas en arrière, prend une grande inspiration et referme les pans de son peignoir.

Lounès tape le code d'entrée et la porte se déverrouille. Il pousse brutalement le battant. Léa recule encore.

— Tu fous quoi, là, à montrer ton cul à toute la ville ?

— C'est bon, je captais pas dans l'appartement.

— Quoi, c'est bon ? C'est pas bon, zobé ! T'appelais qui, d'ailleurs !

— C'était Pablo. Pour le boulot.

Lounès a le visage tordu par la fureur. Il lève la main en l'air, paume ouverte. Léa met ses bras devant son visage par réflexe. Ils restent tous les deux comme ça, quelques secondes. Puis Lounès abaisse la main.

— Va finir de te préparer, dit-il enfin. J'arrive.

Il sort, s'assied sur les marches, devant la porte du hall, prend un joint déjà roulé dans sa sacoche et l'allume.

Léa retrouve l'usage de ses sens. Elle sent le carrelage frais sous ses pieds nus. Elle sent l'odeur de détergent et de shit dans le hall. Elle entend les voix étouffées de la famille Kacem, un étage au-dessus. Elle monte les rejoindre.

L'oncle Lounès doit être levé, maintenant. D'habitude, il n'est pas debout avant midi, mais aujourd'hui c'est spécial, quand même. Le message de Dan et la dame de cœur dans sa poche lui brûlent les doigts. Il a besoin de s'en débarrasser.

Idriss aimante son vélo électrique au vélo d'à côté. Son téléphone émet un bip pour indiquer que le retour est validé. Sur l'écran, l'horloge indique onze heures trente. L'adolescent ferme l'application et range son portable. Il se met en route en maudissant la communauté d'agglomération de ne pas avoir installé de station de recharge sur la place carrée, en bas de chez lui. Il remonte la côte sur quelques dizaines de mètres et arrive en vue des deux parkings, du petit minaret de la mosquée et du cube de béton noir qui abrite la maison de quartier, la bibliothèque et la mission locale.

Idriss espère que Lounès est encore chez lui, qu'il n'est pas allé à l'appartement de Nadia et Mohammed. Si c'est le cas, Idriss ne le rejoindra pas. Il se contentera de lui téléphoner. La carte à jouer, il lui filera plus tard. Pas question de croiser Kamel. Pas question de lui donner une seconde de son temps.

Quand Idriss arrive sur la place, ses craintes se dissipent. Lounès est assis au bas des marches de l'immeuble, un joint aux lèvres, le portable sur l'oreille.

— Idriss ! crie une voix sur la gauche.

Zoé sort en courant du bâtiment A. Elle porte un bas de jogging fuchsia et un t-shirt à l'effigie du groupe de K-pop BTS. Sur le trottoir devant l'immeuble, des cartons sont empilés à côté d'un utilitaire Volkswagen, portes arrière ouvertes. Alexandra, la mère de Zoé, et David, son nouveau compagnon, s'emploient à le charger.

Zoé rejoint son ami, essoufflée. Idriss remarque la poitrine de Zoé, qui soulève le vêtement léger. Il détourne le regard pour ne pas trop avoir l'air de mater. Il affiche un air soucieux.

— C'est quand que tu pars, déjà ? demande-t-il.

— Dimanche. Ils ont presque fini d'emporter tous les petits cartons. Il restera plus que les meubles. David a loué un camion plus grand mais il l'aura que demain. Après, on a la journée de dimanche pour nettoyer. Et voilà.

— Oui, voilà.

Ils se regardent en silence. Leur enfance tout entière se balance entre eux, chaque souvenir comme le ballon qu'ils se lançaient, sur l'aire de jeux, quand ils étaient petits, comme les billes qu'ils envoyaient d'une pichenette les unes contre les autres et qui se percuteraient avec un petit tintement triste. Tous les bons moments qu'ils ont passés sur la place carrée ces treize dernières années s'entrechoquent avec le même tintement, avec la même tristesse.

— Tu viendras me dire au revoir dimanche, hein? demande Zoé.

— Je sais pas. Avec le mariage, tout ça.

Zoé secoue la tête.

— Arrête ton mytho. Viens, s'il te plaît.

— OK, dit Idriss. OK. On fera le tour du marché. Comme au bon vieux temps.

Zoé sourit. Idriss se redresse d'un bond, comme s'il s'éveillait en sursaut.

— *Wesh,* tu veux venir à la cérémonie du henné, ce soir? Ça ferait comme une fête de départ.

— Ce soir, on dort chez David, répond Zoé. Mais c'est gentil.

À l'autre extrémité de la place, Lounès se lève.

— Faut que j'y aille, dit Idriss. Tu m'envoies un snap.

Zoé acquiesce. Idriss part en courant et entend les derniers mots de la conversation téléphonique de son oncle en arrivant près de lui. Il se retourne. Zoé n'a pas bougé. Elle lui fait un signe de la main. En voyant la jeune fille, toute seule, au milieu de la place, Idriss a déjà l'impression de regarder une vieille photo sur son portable. Il sent un picotement dans sa colonne vertébrale. Il lui adresse un petit signe à son tour.

— Oui, j'y serai, dit Lounès. Sur l'aire du Soleil levant, dimanche, à midi.

Il raccroche.

— Tu veux quoi?

Idriss tend la dame de cœur. Lounès la prend.

— Il a dit quoi? demande-t-il.

— Il a dit qu'il te souhaitait du bonheur. Il a dit qu'il espérait que rien allait gâcher l'événement.

— Le fils de pute. C'est tout ?

— Ça, et la carte.

Lounès regarde au loin, vers les parkings, il regarde les fenêtres de la résidence, qui fait le tour de la place carrée. Il regarde les véhicules garés le long de la chaussée. Dans chacune de ces bagnoles, il pourrait y avoir un mec venu le descendre. Derrière chacune de ces fenêtres, il pourrait y avoir un voisin qui l'aura vendu pour arrondir ses fins de mois.

— Il était là ? Dans le quartier ?

— Derrière, vers la tour 2.

— Il vient là et personne lui dit rien. Il se croit déjà chez lui.

Lounès fourre la carte dans sa poche de pantalon et s'éloigne en direction de son appartement, dans le bâtiment C.

— Y a pas de quoi, dit Idriss.

Lounès ne réagit pas et poursuit sa route. Rien n'est plus sûr. Personne n'est fiable. Quand tes voisins te balancent, ce n'est plus qu'une question de temps avant que tes amis fassent pareil.

La porte de l'appartement de Lounès s'ouvre sur une Léa tempétueuse. Ses cheveux sont bouclés et éclaircis de reflets blonds, son visage est maquillé intégralement, joues colorées de dégradés de rose, lèvres peintes de carmin profond, yeux dessinés, paupières rehaussées de fard aux éclats dorés. Elle porte une doudoune noire d'où dépassent ses jambes nues et le bas de son peignoir de mariée. Elle a chaussé des tongs Adidas brillantes.

— Y a quoi de si urgent, putain ? J'ai laissé tout le monde en plan chez ta mère !

— T'es pas mal, comme ça, dit Lounès.

Les épaules de Léa tombent, comme si un ressort en elle avait cédé. La vache ! Lounès vient de lui faire un compliment. Finalement, il va peut-être pleuvoir ce week-end.

— Merci, dit-elle.

Elle sourit, ferme la porte derrière elle.

— Dan l'a donnée à Idriss, dit Lounès en montrant la carte à jouer posée sur la table basse.

Il tire une bouffée. Léa s'approche et tend la main. Il

passe le joint. Elle tire une taffe à son tour. Elle ne sourit plus.

— C'est moi, tu crois, la dame de cœur ?

— Il a demandé à Idriss de passer un message. Il dit qu'il espère que tout ira bien pour le mariage.

Léa s'assied dans le canapé à côté de son futur mari. Elle souffle la fumée et la volute va se confondre dans le nuage gris flottant au-dessus de leurs têtes.

L'appartement est en ordre. Pas un mégot qui traîne, ni une canette de Red Bull, ni une boîte de pizza Domino's. L'évier est vide et propre, la vaisselle rangée dans les placards. Le vieux fauteuil défoncé dans lequel Lounès aimait se vautrer comme un roi fainéant a été emporté à la déchetterie. Demain, c'est ici que les Kacem viendront chercher Léa. La tradition voudrait que la famille du marié se rende dans la famille de la mariée afin de l'emmener à la mairie, mais, puisque ce week-end la famille de Léa se résume à Adrien, c'est ici qu'il accueillera sa future belle-famille et lui confiera sa sœur. Léa et Lounès ont passé presque deux semaines à tout vider et à tout nettoyer. Lounès n'a accepté l'aide de personne, pas même celle d'IE ou de Mokhtar.

— Il veut te baiser la gueule, dit Léa en repassant le joint. C'est pas le mariage qui l'intéresse.

— Je sais pas. Le Magicien, c'est un *majnoun.* Il y en a qui disent qu'à Toulouse, il a buté des gosses. Une balle dans la nuque, bwa.

Lounès mime le geste. Léa se lève. Elle se plante devant lui, comme une préceptrice devant son élève.

— Tu sais que je m'y connais, en magie. Quand j'étais petite, ils ont organisé un stage de magie au théâtre.

— Y a un théâtre à Monzelle ?

— Bah ouais, dans le centre, à côté de O'Tacos.

Lounès visualise mieux. Il passe le joint à Léa. Elle tire une taffe, lui rend le joint.

— C'était trop bien, dit-elle en crachant la fumée. Le prof, c'était un magicien, un vrai. Il faisait des spectacles partout en France. Il nous a filé du papier flash. C'est comme du papier mais, quand tu l'approches d'une flamme, ça brûle d'un seul coup, ça fait comme un éclair et il reste plus rien, pas de cendre, rien.

Devant la télé éteinte, Léa se met de dos, de profil, reproduit des mouvements compliqués avec ses bras et ses mains. Le spectacle, c'est elle.

— Cet effet, c'est de la balle, mais si on te voit avec ton briquet en train de foutre le feu au bout de papier, c'est éclaté, ça sert à rien. Le magicien, il disait que le plus difficile, quand tu fais un tour, c'est pas la manipulation ; c'est détourner l'attention du spectateur pendant que tu fais la manipulation. C'est ça qui est chaud. C'est ça qui fait que le tour est réussi ou qu'il est tout pourri. Et le meilleur truc pour détourner l'attention du spectateur, c'est de le faire participer, de concentrer son attention ailleurs. Tu connais le gorille invisible ?

Lounès secoue la tête. Sérieux, elle est pétée, elle raconte quoi ?

— C'est une expérience de psychologie. Des psys, ils te montrent une vidéo où des gens se font des passes avec un ballon de basket, et toi, tu dois compter les passes. À la fin, ils te demandent si t'as vu le gorille. Parce que dans la vidéo, au milieu de tous ceux qui se font les passes, il y a bien un péquenot déguisé en gorille qui débarque. Il se tape le bide, comme ils font, les singes, et il repart de l'autre côté. Plus de la moitié de ceux qui ont fait l'expérience voient pas le gorille. Ils sont tellement concentrés à suivre le ballon qu'ils loupent le gros truc noir et poilu qui traverse l'écran devant leur nez. La moitié, chéri ! La magie, c'est pareil.

— Tes parents, ils t'emmenaient à Monzelle pour des stages, tout ça ?

— Mon cul, oui. Je leur ai demandé, ils ont dit non, mais moi, j'y suis allée quand même. J'ai piqué cinquante balles dans le portefeuille de mon reup et, pendant trois jours, j'ai fait semblant d'aller au centre de loisirs.

— T'avais quel âge ?

— Je sais pas, douze ans.

— *Wallah,* t'es une vraie hyène, toi, ma parole. Tu t'es tapé dix bornes à pied pour aller faire de la magie ? T'es une dingo. Je sais pas si je veux me marier avec toi, en fait.

— C'était juste trois jours.

— T'es dangereuse.

Un téléphone sonne.

— Mon père, il m'a défoncée quand il s'en est aperçu, ajoute Léa.

— C'est ma mère, dit Lounès. Il faut qu'on y retourne.

Un autre téléphone sonne.

— C'est ta sœur, dit Léa en vérifiant son écran.

Lounès se lève du canapé. Il roule les épaules et fait craquer ses vertèbres.

— Dan, il veut que tu regardes ailleurs, dit Léa. Il fait le coup du gorille invisible. Il a un plan, c'est sûr, mais il touchera pas au mariage. C'est une diversion. Il faut que tu te demandes : à quoi d'autre il pourrait s'en prendre ?

— Aux fours, aux raintés. Il croit qu'on va être tellement occupés par le mariage qu'il pourra défoncer nos mecs.

— Ça fait des mois qu'il s'en prend aux terrains. C'est la même merde tous les week-ends. Ce serait pas une surprise. Non, il y a un autre truc.

Lounès tire sur le joint et l'écrase dans le cendrier.

— Peut-être qu'il sait, pour le mec de Monaco. Il sait que j'ai rendez-vous.

Le téléphone de Léa sonne encore.

— C'est ton autre sœur. La vache, elles lâchent pas l'affaire, les meufs.

— S'il sait pour le mec de Monaco, ça veut dire qu'il y a une poucave dans l'équipe.

— Oui, Hayet, on arrive. On est à l'appartement. J'avais oublié un truc. Oui, Lounès est avec moi. On est là dans deux minutes.

Léa raccroche.

— Qui est au courant, pour le rendez-vous ? dit-elle.

— IE, Mokhtar et Lassana.

— Personne d'autre ?

Lounès réfléchit.

— Si. Toi.

Lounès regarde par la fenêtre. Il pleut. Il a treize ans.

— Lounès! *Arwah!* dit sa mère depuis la cuisine.

Lounès traîne les pieds dans le couloir. Il passe devant le salon, où son père regarde la télé. Sur TF1, une journaliste commente la récente qualification de Jean-Marie Le Pen au second tour de l'élection présidentielle et les manifestations spontanées qui s'organisent dans tout le pays. Lounès mesure l'importance de l'événement: Mohammed ne regarde jamais les chaînes de télé françaises.

— Descends chercher des œufs chez Malik, dit Nadia.

— Combien d'œufs?

Lounès est appuyé au montant de la porte de la cuisine.

— Douze.

— Et je paie comment?

— Tu lui dis il note.

Lounès soupire. Il se dirige vers l'entrée, enfile des claquettes et sort.

Nico est dans le passage qui mène de la place carrée à la dalle. Il fume un joint, adossé au mur.

— Vas-y, dit Lounès, fais tourner.

— C'est pas bon pour les boxeurs, le shit.

Lounès met un coup de poing dans l'épaule de Nico.

— Et toi, t'es quoi, si t'es pas un boxeur ? Passe le oinj, fils de pute.

Nico passe le oinj. Lounès tire une longue bouffée.

— Tu vas où ?

— Viens.

Lounès redonne le joint à Nico et sort du passage à petites foulées. La pluie est légère. Il y a même des rayons de soleil qui se faufilent entre les immeubles. Nico tire une dernière taffe, balance le mégot et entre à la suite de son ami dans l'épicerie de Malik Lasri.

Lounès s'arrête devant le présentoir des barres chocolatées. Dans la petite boutique, ça sent les fruits frais et le détergent. Le ronronnement des armoires réfrigérées se confond avec le grésillement des néons. Deux voix d'homme échangent en arabe près du comptoir. Nico passe la tête derrière le rayon et distingue Malik, en grande conversation avec un type brun, vêtu d'un jean et d'un sweat jaune à l'effigie des Lakers.

— Tu le connais, ce mec ? demande Nico en montrant l'inconnu.

Lounès se penche à son tour.

— C'est Salim, murmure-t-il. C'est un chaud.

— Ils se disent quoi ?

— Malik se plaint. Il lui demande un coup de main.

Il dit qu'on lui demande du fric mais qu'il a pas de fric, ou qu'il veut pas donner le fric. Il dit qu'il en a marre de Rachid.

Lounès choisit finalement une barre de Mars et va vers la caisse. Malik et Salim ne semblent pas le remarquer.

— Il me demande toujours plus chaque mois, dit Malik, toujours en arabe. Il prend le fric et il nous laisse tomber. La semaine dernière, des gars de la Coulée, ils sont venus, ils ont pris des bières et des paquets de chips. Ils sont partis sans payer. Je l'ai dit à Rachid et il a fait quoi ? Rien du tout.

— Il est pas allé les voir ? demande Salim.

— Rien !

Les deux hommes semblent découvrir la présence des adolescents. Lounès pose le Mars et deux boîtes de six œufs sur le comptoir. Il aperçoit Basma, la femme de l'épicier, dans l'arrière-boutique. Elle est concentrée sur des papiers, stylo en main, lunettes sur le nez, pendant que la petite Zineb, quatre ans, joue par terre avec deux peluches en forme d'animaux non identifiables.

— Ça fait trois euros cinquante, dit Malik en français. Vingt-deux francs quatre-vingt-seize.

— Ma mère, elle a dit qu'il faut noter, dit Lounès.

— Tu vois ? lance l'épicier à Salim. Moi, je fais crédit à tout le monde. Les gens du quartier, ils peuvent pas toujours payer mais il faut qu'ils mettent à manger dans les assiettes tous les jours. Regarde à quoi elle ressemble, la dalle. Avant, ici, il y avait deux banques, une coiffeuse, une boulangerie, un tabac. Maintenant, il reste plus que moi. Il fait quoi, pour le quartier, Rachid ? À part ramasser le fric, il fait quoi ? Avant, c'était pas pareil.

Salim se tourne vers Lounès.

— Je te connais, toi. Tu fais de la boxe, c'est ça?

Lounès acquiesce. Salim sort une liasse de billets de deux cents francs de sa poche. Il en pose un sur le comptoir.

— Ça, c'est pour ta mère. Tu lui diras qu'elle doit plus rien à Malik.

Lounès ne sait pas quoi répondre. Nico lui serre le biceps en riant, comme s'il avait gagné au loto, comme s'il ignorait que rien n'est gratuit dans la vie.

— Et aussi, j'aimerais que tu me rendes un service.

Il extrait six autres billets de la liasse.

— Tu accepterais de me rendre ce service?

Lounès bombe le torse.

— Ça dépend.

— C'est bien, approuve Salim. Te laisse entuber par personne. En affaires, il faut lire toutes les lignes du contrat avant de signer.

— Alors c'est quoi, le contrat?

— Tu vois qui c'est, Rachid?

Lounès opine.

— À cette heure-là, il est à la terrasse du Balto, à Saint-Émile. Tu vas aller là-bas et tu vas lui donner mille balles, avec un petit mot de ma part. Le billet qui reste, il est pour toi. Il y a rien de plus à faire. Après, tu rentres chez toi et on est quittes. Alors? Qu'est-ce que t'en dis?

Un quart d'heure plus tard, Lounès et Nico approchent du Balto. Ils sont trempés, la tête enfoncée dans les épaules, courbés sous leurs capuches de sweat, les mains dans les poches. L'averse faiblit. Sous l'auvent du bistrot, une seule table est occupée. Rachid sirote un café en compagnie de deux autres gars au visage fermé, affalés dans leurs sièges. À l'intérieur, deux clients ont les yeux rivés sur un écran qui diffuse les tirages du Rapido. Toutes les cinq minutes, neuf numéros apparaissent.

— Tu peux rester là, dit Lounès.

— Ça va pas? s'insurge Nico. Je te lâche pas. C'est moi, les renforts.

Ils s'avancent. Lounès se poste devant la table de Rachid. Il jette dessus les cinq billets de deux cents francs, ainsi qu'une enveloppe.

— C'est de la part de Salim, dit-il.

Rachid repose sa tasse de café. Il reste quelques secondes à fixer les billets et l'enveloppe. Ses deux acolytes se redressent.

— El Houari? dit-il enfin. El Houari, il a plus le courage de faire ses commissions tout seul?

Il s'empare de l'enveloppe et la décachette. Nico tire Lounès par la manche.

— Allez, on y va, dit-il à voix basse.

Rachid sort la lettre de l'enveloppe et la déplie.

— Mille balles pour ta retraite, lit-il. C'est terminé.

Il froisse le papier dans son poing.

— Putain, crache-t-il en shootant dans la table, qui se renverse sur le trottoir.

Les tasses, les soucoupes, les verres, les pichets éclatent sur le goudron. Le cendrier en plastique répand des mégots sous les chaises. Lounès et Nico bondissent en arrière. À l'intérieur du bar, les clients ne lèvent pas le nez de leur grille de Rapido. Le barman s'empare d'un balai et d'une pelle et sort d'un pas pressé.

Rachid ne fait pas un mouvement pendant que les tessons de verre et les éclats de céramique sont balayés. Les deux types à ses côtés se regardent, se demandant comment réagir. Le barman remet la table sur ses pieds. Il passe un coup de chiffon nerveux avant de ramasser la pelle et de retourner à l'intérieur.

— Là, il faut y aller, chuchote Nico.

Mais Lounès reste planté devant Rachid, comme par défi. Les numéros de Rapido tombent. Les voitures défilent le long de la terrasse. Sur les palissades qui délimitent le chantier de construction d'un nouvel immeuble, à côté du Balto, des dizaines d'affiches reprennent la une du quotidien *Libération* du 22 avril dernier. On y voit le visage de Jean-Marie Le Pen, relégué au bas de la page par un énorme NON.

— Tu sais que j'ai travaillé avec ton père, à l'époque ? lance Rachid à Lounès.

Lounès ne bronche pas. Il l'ignorait mais ne veut pas le montrer.

— Alors toi aussi, t'es avec Salim, maintenant ?

D'autres voitures passent.

— Ouais, dit Lounès, avec autorité. Je suis avec Salim.

En début de soirée, des groupes se forment autour des bancs de pierre de la place. Des silhouettes emmitouflées dans des survêtements, capuches relevées, casquettes sur la tête, foulards sur le nez, malgré la chaleur, sortent des cages d'escalier des bâtiments A, B et C, descendent des tours 1 et 2, affluent depuis d'autres résidences du quartier. Il n'y a aucun mot d'ordre, ni rendez-vous, ni meneur. On se salue, on rit, on échange des banalités. C'est presque un soir ordinaire, à la différence que cette fois on apporte du combustible. On va être ensemble. On va faire flamber nos vies. Fayssal traîne derrière lui une palette Europe. Lassana a arraché un panneau de bois indiquant le plan de la Coulée verte, le parcours cyclable qui fait le tour de Monzelle et traverse les Hauts. Des feux commencent à prendre, modestes, des sacs Burger King et McDonald's, qui se consument vite. Peu importe la marque de fast-food, ça crame pareil et, à la fin, il reste les mêmes cendres volatiles, qui annoncent en dansant dans l'air chaud que couve une nouvelle nuit de colère.

Les habitants de la place carrée rentrent un à un du boulot. Certains baissent la tête pour ne pas avoir d'ennuis, d'autres interpellent les plus jeunes, pour les encourager ou bien les mettre en garde. Sabrina, qui travaille comme ATSEM à l'école maternelle juste à côté, a vu passer dans sa classe la plupart de ces gamins. Elle longe le bâtiment A, un sac de courses dans les bras, la tête couverte d'un foulard d'où dépassent les fines mèches que la chimiothérapie ne lui a pas ôtées.

— Tu crois que c'est malin, ce que tu fais ? lance-t-elle à Lassana.

— On manifeste, madame, répond l'adolescent.

— Tu manifestes, mes fesses ! T'étais où quand on gueulait contre la réforme des retraites ? C'est pour toi, les retraites, c'est pas pour moi !

— Tout ce que vous allez faire, c'est ramener les flics dans le quartier, dit Joëlle depuis son balcon du bâtiment C.

— Allez, ça va, intervient Fatou du deuxième étage. On peut bien crever, ici, les flics, ils bougent pas leur cul. C'est le bordel depuis trois jours et t'as vu quelqu'un ?

L'hélicoptère jaune vif de l'hôpital survole la place. Le bruit des pales couvre la suite du dialogue. Sabrina fait un signe d'abandon de la main et continue son chemin. Devant la porte de son hall, elle compose le code d'entrée. Elle s'engouffre dans le bâtiment A.

Au troisième étage du bâtiment B, madame Bonnet, quatre-vingt-treize ans, appuyée sur le rebord de sa fenêtre encombrée de géraniums, suit, immobile, les débats qui, de balcon en balcon, accompagnent la confection des bûchers, tandis que les convives de la cérémonie du henné, en costume traditionnel, descendent de voiture sur le parking du bas et rejoignent la maison de quartier. Madame Bonnet se souvient de la place telle qu'elle était au début, quand elle y a emménagé avec son mari à la fin des années cinquante. Dans le salon, derrière elle, la radio diffuse France Musique. Bien qu'elle ne les identifie pas, les premières minutes du *Stabat mater* de Pergolèse sont trop tristes. Elle va éteindre le transistor et laisse la fenêtre ouverte. Madame Bonnet n'aime pas la musique triste. Elle écoute France Musique pour Strauss, Vivaldi et ce qui donne envie de valser. Ce soir, en plus des éclats de voix des révoltés, dont le volume enfle, des notes de musique orientale s'échappent de la maison de quartier. Des youyous retentissent, parfois accompagnés par d'autres youyous, scandés d'une fenêtre ou d'un balcon.

— Alors y a pas zumba ? demande une femme d'une quarantaine d'années, en tenue de sport, à un jeune homme qui fume à l'entrée de la salle.

Il a environ vingt-cinq ans. Il est grand, large d'épaules. Il porte une veste de costume beige un peu trop petite et une chemise qui bâille entre les boutons. Il a une cravate noire, des chaussures noires et un pantalon en toile marron. Ses cheveux bruns sont coiffés en arrière, maintenus par du gel qui les rend luisants.

— Ça m'étonnerait, répond Adrien. Ou alors tout le monde a oublié sa tenue.

— Putain, ils peuvent pas prévenir !

Adrien prend un air désolé mais pas trop. Il vient de

se taper deux cents bornes en train et il va dormir deux nuits dans un Airbnb qui sent la frite, tout ça pour servir de témoin ou je sais pas quoi à sa sœur qui lui envoie un SMS tous les six mois et qu'il n'a pas vue depuis cinq ans, c'est pas pour se faire engueuler. Il écrase son mégot par terre pendant que la femme regagne sa voiture en pestant après les mariés, après la prof de zumba, après les émeutiers, après Macron, tant qu'on y est, pourquoi pas ? Adrien reste encore une minute à l'extérieur, puis soupire et entre dans la salle. Il faut bien. Il est là pour ça.

Vue de l'extérieur, la maison de quartier est un bloc de béton sans charme, mais ce soir, à l'intérieur, on dirait un palais des mille et une nuits. Les murs sont décorés de tentures vertes à liseré doré, éclairés par des rangées de spots disposés au sol, dont les halos colorent des voiles diaphanes suspendus au plafond. Un épais tapis vert traverse la salle, entre des tables rondes aux nappes nacrées et aux pieds dorés, autour desquelles les invités sont assis sur des chaises transparentes comme du cristal. De petites colonnes rappelant l'architecture islamique se dressent çà et là, surmontées de bouquets de fleurs blanches. Des candélabres à LED trônent au centre des tables. Sur une estrade, le long d'un des murs, sont exposés des dizaines de cadeaux empaquetés dans du papier transparent.

Adrien s'avance sur le tapis, un sourire poli aux lèvres, un « bonsoir » aimable à ceux qui le remarquent, les oncles, les tantes, les cousins, les cousines de la famille Kacem, vêtus d'habits aux ornements brillants et raffinés. Ce que Léa avait annoncé comme étant un petit comité compte une bonne quarantaine de convives. « La famille proche », soi-disant. Si c'est ça, la famille proche, pense Adrien, ils ont loué quoi pour le mariage de demain, le stade de Monzelle ?

— Vous devez être Adrien ? dit une voix féminine.

Le jeune homme se retourne et découvre une brune aux cheveux très longs, retenus par deux barrettes dorées, et vêtue d'un caftan bleu nuit. Elle est maquillée de manière spectaculaire, avec beaucoup de fond de teint qui donne à sa peau une texture de porcelaine et du fard rose constellé de paillettes tout autour des yeux. Elle lui tend la main. Adrien la serre avec un air interrogatif.

— Je suis Kenza, dit la femme. La negafa. La wedding planneuse, si vous préférez. Je vais vous guider jusqu'aux mariés.

Elle attrape son bras et lui fait traverser la salle. Au fond, sous un baldaquin de tissu blanc et or, Léa et Lounès siègent dans deux grands fauteuils en osier, sur d'immenses tapis et devant une table basse couverte de cuivres rutilants. Un coffre blanc contenant le matériel de la nekacha, la tatoueuse de henné, est ouvert à côté. Yasmine s'affaire sur le pied de Léa, posé sur un coussin vert.

Adrien parvient à leur hauteur avec la negafa, qui s'éclipse aussitôt.

Léa porte sa première robe de mariée. C'est sa robe du henné, un caftan de velours d'un vert profond, symbole d'espoir, de fertilité et de bonheur. Des broderies dorées courent en motifs floraux le long du col et des larges manches. Sur sa tête, une couronne sertie de fausses émeraudes maintient un voile de tulle qui tombe sur ses épaules. L'odeur de la mixture végétale est puissante. Adrien repense à l'herbe du terrain de rugby, quand sa tête s'y écrasait après un plaquage. L'odeur d'un mercredi d'hiver.

— Ça te va bien, dit-il.

Léa sourit et rougit un peu. Elle ne se souvient pas que son petit frère lui ait jamais fait un compliment sur son allure.

— Lounès, dit-elle en portant la voix, je te présente Adrien.

Lounès, vêtu d'un jabador vert également, sarouel et tunique, tend une main molle, que serre Adrien. Des chants en arabe, souhaitant bonne fortune aux époux, jaillissent de grosses enceintes disposées aux quatre coins de la salle. Adrien n'entend pas ce que marmonne son futur beau-frère. Il sourit toutefois en retour, comme s'il avait compris. C'est bizarre. Il pensait qu'un ancien boxeur, un type pas commode, pour ce qu'il en sait, aurait une poigne plus ferme.

— Ça représente quoi ? demande-t-il en montrant les formes géométriques imbriquées que dessine la nekacha sur le pied de sa sœur à l'aide d'un cône en plastique.

— C'est pour porter bonheur, dit Léa. Chaque forme veut dire un truc particulier, sauf que je sais plus quoi. La pauvre Yasmine, elle essaie de m'expliquer depuis une heure mais je suis trop une buse, je panne rien.

— Me fais pas rire, dit Yasmine en appliquant la pâte sur la peau.

Une sonnerie de téléphone retentit. Lounès répond, se lève et s'éloigne en se bouchant une oreille pour mieux entendre son interlocuteur. Adrien observe à nouveau les arabesques tracées sur la peau de sa sœur. Un frisson lui court dans la nuque.

— C'est des messages pour le mari, dit Idriss, soudain planté entre les deux fauteuils des mariés, habillé d'un qamis blanc.

— D'où tu sors, toi ? demande Léa.

— Avant, la mariée, elle se servait du henné pour dire des trucs. C'était genre un code secret que le mari lisait sur sa femme. Là, par exemple, il y a marqué « Lounès, file-moi les clés de la Porsche Cayenne ».

Adrien se marre.

— Idriss, demande Léa, tu veux pas aller dehors et revenir me dire ce qui se passe ?

— *Wallah,* tu m'étonnes, il fait trop chaud ici. Vous auriez dû vous marier à Dubaï. Au moins, là-bas, ils ont la clim.

— Et prends des photos, s'il te plaît ! lance Léa tandis qu'Idriss décampe en se trémoussant au rythme de la musique.

Il se faufile entre ses tantes, Jalila et Hayet, qui approchent, tout sourire, précédant Nadia. Cette dernière porte un plateau sur lequel sont posés une assiette de dattes et un verre de lait. Un adolescent et une jeune fille d'environ dix-huit ans ferment la marche.

Le regard d'Adrien revient sur les pieds de Léa.

— On dirait des bleus, dit Adrien tout bas.

— Quoi ? demande-t-elle.

— Nan, je dis, il est pas causant, ton mari.

— Lounès, c'est Lounès. Il est comme ça.

Elle sourit. Nadia arrive près d'Adrien et lui tend le plateau.

— C'est cadeau pour toi. Le lait, c'est pour la pureté. Les dattes, c'est pour que ta vie, elle soit sucrée.

Adrien s'incline et débarrasse la vieille dame de son plateau.

— La pureté, je vous promets rien, mais le sucre, je dis pas non, plaisante-t-il.

Jalila se penche au-dessus de sa future belle-sœur.

— Je te présente mes enfants, dit-elle. Nora et Sofiane.

Ils font chacun un signe. Léa leur répond d'un mouvement de tête et d'un sourire. Elle n'ose pas bouger les mains, déjà couvertes de pâte de henné.

— Sofiane fait une école d'ingénieur à Toulouse et Nora vient de passer son bac. Les résultats, c'est que mardi, mais elle est déjà prise en fac de droit à Aix. Dès qu'on rentre, on lui cherchera un appart. J'essaie de l'en dissuader mais elle veut être avocate, comme sa mère.

Léa sourit encore à la jeune fille, qui suppose qu'on parle d'elle, bien qu'elle n'entende que des bribes de la conversation entre les notes d'une chanson reprenant les trois dernières sourates du Coran, les sourates protectrices, qu'on récite pour éloigner le mauvais œil.

— C'est bien, dit Léa un peu plus fort.

Nora sourit à son tour et envoie des baisers avec ses mains. À côté d'elle, Nadia la tient par le bras, ravie.

— C'est beau ce que tu fais, lance-t-elle à Yasmine en arabe.

— *Choukran,* Nadia, répond la nekacha.

— Je vais aller poser ça quelque part, dit Adrien, toujours debout avec son plateau dans les mains.

— Pas trop loin, dit Léa. On aura bientôt besoin de toi.

— T'inquiète, Léa Tazilly qui se marie, je louperai ça pour rien au monde.

Léa secoue la tête. Adrien se dirige vers une table, où il pose le plateau. Puis il s'assied et commence à manger une datte, pour que sa vie soit plus sucrée.

La viande de mouton qui tourne sur la broche semble sortir des ruines de Pompéi, pétrifiée par la lave du Vésuve, ou peut-être simplement carbonisée par la rôtissoire de Birol, le vendeur de kebab de Rive-Droite. Le Turc a les coudes posés sur son comptoir et regarde la petite télé, accrochée dans un coin de la salle, qui diffuse un match de tennis. Dan et Mouss sont assis côte à côte à l'une des quatre tables, face à la porte d'entrée ouverte. Il est difficile d'estimer s'il fait plus chaud dedans ou dehors. Un café refroidit devant Mouss pendant que Dan croque les dernières bouchées d'un grec complet, salade, tomates, oignons, sauce blanche, dont il laisse parfois tomber des morceaux à l'intention de l'épagneul couché à ses pieds.

— T'en penses quoi, de Mokhtar ? dit Dan en mâchant.

Mouss semble d'abord surpris. Puis il se met à lisser sa fine barbe. Il tourne légèrement la tête pour vérifier si Birol écoute.

— Je sais pas trop, dit-il finalement. Il nous file des

bonnes infos. Il a l'air réglo, pour l'instant. Après, Tonio nous a dit que Salim lui avait sauvé les fesses, je sais pas quand. Il a une dette. Mais c'est un bon gars.

Dan gobe le reste de son kebab. Il attrape une serviette en papier dans le distributeur en inox posé au bout de la table.

— Sauvé les fesses comment? demande-t-il en s'essuyant les doigts.

— Tonio a pas dit. Juste que Mokhtar a perdu son boulot et que Salim l'a aidé.

Dan se laisse tomber contre le dossier de sa chaise.

— Moi, je le sens pas. J'ai l'impression qu'il flippe sa mère. C'est pour ça qu'il fait ce qu'on lui dit. Mais quand il arrêtera d'avoir peur, il nous pourrira. Et puis un gars qui a trahi une fois, il peut trahir deux fois.

Mouss et Dan se parlent sans se regarder, comme s'ils ne se connaissaient pas, comme s'ils étaient deux fous en train de soliloquer côte à côte.

— Il m'a demandé un flingue, poursuit Dan. Il dit que c'est pour sa protection, mais je sais pas, je trouve ça louche.

— Mokhtar, il est pas sur le terrain, confirme Mouss. Il reste le cul posé dans le fauteuil de la Porsche. Il risque quoi? À quoi ça pourrait bien lui servir, un feu?

— Faut faire gaffe, conclut Dan. Faut l'avoir à l'œil.

Deux adolescents entrent dans le restaurant. Birol se redresse. Il prend la commande et prépare deux grecs tout en continuant à suivre le match. Les jeunes parlent du jeu *Street Fighter VI,* qui vient de sortir sur PlayStation 5. Dan et Mouss sont silencieux.

Birol donne les sandwichs, encaisse, les jeunes sortent.

— Et pour ce week-end, poursuit Dan, t'es sûr de ton équipe ?

— On n'est jamais sûr.

— Ça, c'est la bonne réponse. Quand j'étais en taule, à Muret, les cellules étaient pleines de mecs qui étaient sûrs de leurs équipiers. Ils auraient pu le jurer en crachant par terre. C'est parce qu'ils étaient sûrs qu'ils ont fini derrière les barreaux.

— Toi aussi, t'étais comme eux ?

— Quand on a trop confiance, on fait des erreurs. C'est un truc qui m'arrivera plus jamais. Je me méfie même de toi, vieux rebeu.

Mouss regarde sa montre. Dehors, il fait encore jour, mais le soleil s'est caché derrière les immeubles et la luminosité faiblit. Des nuages comme des lambeaux rosissent.

— Ça a commencé, dit-il. Je vais faire un tour, voir si ça se passe bien.

— Birol, dit Dan. File-moi une Heineken, s'il te plaît. Faut que je me rince le gosier.

Mouss quitte les lieux sans un mot. Dan sort son paquet de cartes. Il retourne la première. Lancelot, le valet de trèfle, regarde dans le vide, son stupide bouclier dans la main. Dan se dit qu'il n'y a que les cartes en qui il puisse avoir confiance. Même pas en Mouss. Même pas en son chien. Même pas en lui-même. Tout le monde finit par trahir mais, paradoxalement, les cartes en sont incapables. Il n'y a que les cartes qui ne trichent pas.

Les youyous virevoltent d'un bout à l'autre de la salle. Le rythme des percussions, dans les enceintes, ne faiblit pas. Les convives sortent par petits groupes pour fumer ou, le plus souvent, pour échapper à la chaleur de l'intérieur.

Adrien est assis à une table, face à son plateau. Mokhtar l'a rejoint.

— C'est super classe, dit Adrien. C'est toujours comme ça, les mariages musulmans ?

— Ouais, si on veut, répond Mokhtar. Mais il a les moyens.

Il montre les dattes.

— Je peux ?

Adrien lui fait signe de se servir.

— C'est pour Adrien, les dattes, c'est pas pour toi ! dit Nadia, surgissant de nulle part.

Elle retire le fruit des mains de Mokhtar.

— C'est moi qui ai accepté, dit Adrien. Le pauvre, il mourait de faim.

— Tu parles, dit Nadia, il meurt de rien du tout, celui-là.

Adrien rit en voyant le regard noir que Nadia jette à Mokhtar en s'éloignant.

Hayet est venue s'asseoir sur un tabouret près de Léa. Les deux femmes observent Lounès, à l'écart, encore au téléphone, l'air grave, bien que cela ne signifie pas grand-chose de sa part. Lounès a toujours l'air grave. Yasmine est sortie pour faire une pause avant d'attaquer le deuxième pied. Léa se tourne vers sa belle-sœur. Elle essaie de ne pas parler trop fort.

— Personne m'a jamais dit pourquoi tu es partie.

Hayet laisse échapper un petit rire.

— Ça m'étonne pas. C'est tellement idiot.

— On fait tous des trucs idiots.

Hayet ouvre de grands yeux.

— Non, rigole Léa. Je dis pas ça pour mon mariage !

— T'as encore quelques minutes pour y réfléchir, ceci dit.

Les deux femmes rient encore.

— En fait, le truc idiot, c'est pas que je sois partie, continue Hayet. J'avais dix-sept ans, je voulais devenir comédienne, mes parents voulaient pas et je me suis tirée. C'était pas idiot, c'était vital, il fallait que je le fasse. Non, ce qui est idiot, c'est que ni mes parents ni moi on ait fait l'effort d'en parler pendant si longtemps. Ça fait trente ans, putain, et ma mère fait toujours comme si j'existais pas, même quand on est dans la même pièce. T'as pas fait gaffe ?

Léa secoue la tête.

— Mon père me faisait passer du fric, de temps en temps, par Jalila ou par Kamel. Mais ma mère, elle a jamais pardonné. Il y a un proverbe algérien qui dit que les hommes sont rancuniers et que les femmes le sont deux fois plus. Mon père, il est marocain, mais Nadia, je peux te dire que c'est une vraie Algérienne.

Adrien boit une gorgée de lait. Il repose le verre, secoue la tête en rythme.

— Et toi, tu fais quoi dans la vie ? demande-t-il en se penchant vers Mokhtar.

— Avant, j'étais dans les télécoms, Orange, tout ça. Mais maintenant, je travaille avec Lounès.

— Ah oui ? Et vous êtes dans quelle branche, au juste ? Léa m'a pas trop dit.

Mokhtar regarde à droite et à gauche, comme s'il cherchait une issue. Il grimace en essayant de ne pas grimacer.

— On est dans le commerce, finit-il par dire. L'import-export. Ce genre de trucs.

— Ah, c'est cool. Et vous importez quoi ?

— Putain, j'ai trop faim, je vais t'en piquer une.

Mokhtar fourre une datte dans sa bouche. Il mâche longuement en espérant que Dieu profite de ce délai pour lui venir en aide.

Idriss entre en trottinant dans la salle. Soudain, il sent qu'on lui agrippe le poignet. Il s'arrête. C'est son père, installé à une table avec Mohammed, Rafik et Sofiane.

— Viens ici, dit-il. Je suis là depuis deux jours et je te vois jamais.

Idriss se dégage d'un geste brusque.

— C'est bon, faut que je dise un truc à Léa.

Il s'apprête à repartir mais Kamel le retient à nouveau.

— Elle bougera pas, Léa. Allez, assieds-toi. Dis-moi comment ça se passe, l'école, tout ça. C'était dur, la quatrième ?

— Il a des bonnes notes, dit Mohammed. C'est un petit génie comme toi.

— Et tes autres enfants, lâche Idriss. Ils ont des bonnes notes aussi ?

La poigne de Kamel se détend. Idriss en profite pour se libérer et partir en courant. Kamel reste interdit alors qu'une nouvelle chanson débute.

— Tu me donnes ton pied ? demande Yasmine.

Léa pose son talon sur le coussin en velours. Jalila approche un autre tabouret et s'assied aux côtés de Hayet. Elle se serre contre sa sœur.

— Je suis contente que tu sois là.

Hayet sourit. Yasmine et Léa aussi.

Lounès revient s'asseoir sur son fauteuil en osier. Il scrute la salle.

— Mokhtar est arrivé, dit-il à Léa. Je vais aller lui parler.

Léa hoche la tête. Oui, il y a des choses à tirer au clair.

— Bon alors, ils ont mis trois barrages, dit Idriss. C'est des trucs en bois et des poubelles qui crament. Ça pue, c'est horrible.

— Ils sont nombreux? demande Léa.

— Un peu moins qu'hier. Il y a Fayssal, il y a IE. Il y a même ce guignol de Lassana qui est revenu. Ça lui a pas suffi hier soir. Il paraît que son père, il a débarqué en caleçon et qu'il l'a ramené à la maison en lui foutant des coups de pied au cul.

— J'y crois pas, dit Hayet à Léa. Même ce soir, tu bosses? Tu vas faire un article?

— Ils ont envoyé personne pour me remplacer. Si je couvre pas, ils vont publier le communiqué de presse de la préfecture. Ils voient pas le problème, ces blaireaux. Si je leur file pas les infos, ils se contentent d'interroger les flics et de venir au petit matin pour compter les bagnoles cramées. Comment tu veux que les gens soient informés?

Lounès s'assied à la table d'Adrien et Mokhtar.

— *Salam,* dit-il.

— *Salam,* répond Mokhtar. Ça se passe bien? C'est stylé. Vous avez assuré pour la déco, mon frère.

Lounès approuve silencieusement sans quitter Mokhtar des yeux, le visage fermé, le regard perçant. Adrien se demande ce que ça signifie.

— Tu veux une datte? propose-t-il.

Lounès ne répond pas, ne bouge pas un cil. À une autre table, un groupe de femmes reprend en cœur une chanson entraînante.

— Mokhtar m'a dit que vous bossez dans l'import-export tous les deux, c'est ça?

— Ouais, c'est ça, dit Lounès. Au fait, Mokhtar, tu savais que Dan s'était pointé dans le quartier ce matin?

Mokhtar laisse échapper un cri de surprise.

— Sérieux? C'est qui, qui l'a vu?

— T'as pas une idée de ce qu'il foutait là? continue Lounès sans relever la question.

Mokhtar hausse les épaules. Adrien reprend une datte.

— Putain, non, j'en sais rien. Il a foutu la merde?

— Ça, dit Lounès, on le sait pas encore.

— C'est qui, Dan? demande Adrien. C'est un de vos potes?

— Je sais pas, répond Lounès. Mokhtar? C'est un de tes potes, Dan?

Mokhtar se décompose. Dans ses oreilles, la musique est remplacée par un bourdonnement sourd. Ses paupières tremblent.

— Qu'est-ce que tu racontes, putain?

Puis à Adrien :

— C'est un fils de pute de Rive-Droite, Dan. C'est pas un pote. Carrément pas.

Il a l'air outré. Ou alors il imite bien.

— C'est quoi, « rive droite »? demande Adrien.

Lounès néglige la question. Il fixe encore Mokhtar.

— Tu devais m'apporter quelque chose. Tu te souviens?

La nervosité de Mokhtar gagne ses mains, qui se mettent à trembler à leur tour. Il les presse l'une contre l'autre afin de dissimuler son trouble. Adrien n'attend plus de réponse à sa question. Il assiste au face-à-face en spectateur.

— Aujourd'hui, c'était chaud, balbutie Mokhtar. Le

gars pouvait pas. Mais demain, aucun problème. Demain soir, ça ira?

Lounès se mord la lèvre. Son regard est un foret qui perce tous les métaux.

— On verra, dit-il.

Son attention se détourne soudain vers l'entrée de la salle. Saïd, l'imam, accompagné de trois sages de la communauté musulmane de Monzelle, a passé la porte. Les sages, ce sont les anciens, qui parfois ne sont pas si anciens, mais qui connaissent la tradition. Ils connaissent le Coran par cœur, ou une grande partie, et ils sont les garants du protocole. Au Maroc, en Tunisie, en Algérie, ce sont les faqîhs. Ici, on les appelle les sages.

— Oublie pas ce que je t'ai demandé, lance Lounès à Mokhtar avant de se lever pour les accueillir.

— Le imam est arrivé, dit Jalila.

Les quatre femmes observent le groupe de religieux, que Lounès vient de rejoindre. Idriss est reparti butiner aux tables des convives.

— Je pensais pas qu'on le marierait un jour, dit Hayet.

— Il ressemble pas aux autres mecs, dit Léa en le regardant serrer les mains de l'imam.

Jalila se rapproche de l'oreille de Léa.

— Il te traite bien, hein? murmure-t-elle.

Léa fait mine de ne pas comprendre.

— Lounès, il a jamais été doux avec personne, continue Jalila. Ni avec ses sœurs ni avec sa mère, et encore moins avec les autres filles. Mais ça, tu le sais.

— C'est un peu tard pour partir en courant, non?

Jalila a une moue gênée.

— T'as raison, dit-elle. C'est bête. Oublie.

— Il est pas facile, dit Léa, sans cesser de regarder Lounès, à l'autre bout de la salle, toujours sérieux, toujours soucieux. Mais il m'a jamais touchée, si c'est ce que tu veux savoir.

Jalila a le sang qui lui monte au visage.

— Je suis désolée. J'aurais pas dû te dire ça. Déformation professionnelle. Dans mon boulot, je vois passer tous les jours des filles qui se sont cognées sur des coins de porte, qui sont tombées dans les escaliers. Elles disent que c'est rien, que c'est un accident, et c'est seulement des années après, à la fin de la procédure, qu'elles finissent par dire qu'elles voudraient revenir en arrière, pour faire un autre choix. Lounès, c'est mon frère. Je l'aime, et je le connais. Je sais de quoi il est capable.

Yasmine s'applique sur le pied de Léa. Elle prend soin de ne pas relever la tête. Personne ne s'aperçoit qu'elle suit la conversation avec intérêt.

— Jalila, ma chérie, dit Léa. Je te demande pas pourquoi t'as divorcé. Ne me demande pas pourquoi je me marie.

Mohammed, Kamel et Adrien se sont joints au groupe des hommes. Ils disparaissent derrière une tenture installée dans un coin de la salle, qui délimite un espace plus intime et à l'abri des regards. On baisse la musique.

— Avec lui, ajoute Léa, je me sens en sécurité, pas en danger.

Léa décèle une pointe d'amertume et un soupçon de compassion dans le sourire que les deux sœurs lui adressent. Elles n'en croient pas un mot. Et pourtant, Léa ne ment pas. Lounès est capable du pire mais aussi de gestes imprévus, qu'elle interprète comme de l'affection, une prévenance maladroite et décalée, comme cette fois où elle est rentrée de la rédaction en fulminant contre Benoît, un collègue journaliste.

— Mais quel connard ! grondait-elle, persuadée que Lounès n'écoutait pas, que les vagues sons qu'il émettait n'étaient que la manifestation d'une politesse diplomatique.

Depuis qu'il était arrivé à la rédaction, Benoît attaquait les idées de Léa, sa manière de traiter les sujets, son attitude en général, avec un systématisme qui tenait de l'obsession, à tel point qu'elle s'était demandé s'ils ne s'étaient pas déjà croisés, par le passé, et si, sans s'en rendre compte, elle l'avait blessé ou vexé, jusqu'à susciter une telle agressivité. Ce jour-là, il s'agissait de la manière de monter les pages sur le logiciel Eidos, qui permet aux journalistes d'intégrer leurs articles directement dans le chemin de fer du quotidien. Sans en parler à Léa, Benoît s'était rendu dans le bureau de Pablo pour se plaindre des derniers ajouts de sa collègue, du choix des intertitres, de la taille des photos. Pablo avait écouté l'exposé, mi-amusé, mi-consterné, avait remercié Benoît et s'était empressé de raconter l'épisode à Léa, qui était entrée dans une fureur noire, qu'elle n'avait toutefois pas pu laisser éclater car, entre-temps, Benoît était parti en reportage.

Lounès n'a pas semblé prêter attention aux récriminations de Léa. Comme tous les soirs, il a enfilé ses claquettes-chaussettes et il est sorti.

Le lendemain, Benoît n'était pas à la réunion de neuf

heures trente. Linda en revanche était présente, ce qui était tout à fait inhabituel. Elle a annoncé à l'équipe que Benoît avait été agressé la veille, molesté par un groupe masqué juste devant chez lui. Il était tiré d'affaire mais, sur son lit d'hôpital, il avait tenu à demander sa mutation immédiate dans une autre rédaction du groupe. La direction ne s'y opposerait pas et l'assurait de son soutien. Tout le monde était conscient qu'il était menacé, bien qu'il ait refusé de dire par qui et pourquoi.

Le soir, Léa a retrouvé Lounès avachi dans le canapé du salon, un joint dans le bec.

— Mon chéri, a-t-elle dit, je suis une grande fille, tu sais ? Je peux me défendre toute seule.

— Je vois pas de quoi tu parles, a simplement répondu Lounès.

Alors Léa s'est assise à côté de lui, a posé sa tête sur son épaule et saisi le joint qu'il lui tendait. La beuh avait le goût de la victoire.

Adrien s'avance devant l'imam aux côtés de Mohammed, tandis que les autres hommes, y compris Lounès, se tiennent en retrait. L'imam commence à parler. Adrien déglutit. Il n'imaginait pas que la cérémonie se déroulerait en arabe. Ce détail n'était pas précisé dans les quelques articles qu'il a lus dans le train, en venant. Il cherche des yeux un soutien, quelqu'un qui lui expliquerait ce qui se dit et ce qu'on attend de lui. Personne ne semble s'en soucier. Parfois, l'imam s'adresse à lui. Adrien affiche un sourire crispé en espérant que ce n'est pas une question à laquelle il devra répondre. Puis l'imam se détourne et semble donner des conseils à Lounès. Certaines de ses paroles provoquent des sourires chez les hommes présents. Adrien sourit aussi, comme s'il comprenait. Il s'étonne de retrouver ce vieux réflexe, celui du benjamin de la famille, qui est là, dans un coin, qui suit les conversations, mais à qui on ne prend pas la peine d'en expliquer le sens. Alors il sourit encore, décoche des moues d'approbation, et réalise que même plus tard, quand il est arrivé en fac d'histoire à Lyon, il utilisait ce stratagème, lançait un trait d'humour, pour donner le change, tout en gardant au fond de lui la désagréable sensation qu'il n'appartenait pas à ce monde, le monde des grands, le monde des citadins, le monde de ceux qui savent, et qui lui faisaient comprendre, sans même s'en apercevoir, que lui ne savait pas. Léa, jusqu'à ce qu'elle quitte la maison familiale, lui a servi de traductrice, de prof, mais dès qu'elle a été admise à l'École supérieure de journalisme, à Lille, à l'autre bout de la France, il a été forcé de se débrouiller seul. Il en a voulu à sa sœur pour ça, tout en sachant, au fond de lui, que c'était injuste.

Le rituel dure une vingtaine de minutes. Enfin, l'imam tourne ses paumes vers le ciel et se met à psalmodier ce qu'Adrien suppose être des sourates du Coran. Il a lu que la fatiha, la première sourate, dont les sept versets sont connus de tous les musulmans, était souvent récitée lors des mariages. Mohammed lui serre l'épaule en le regardant avec émotion. Cette fois, Adrien comprend : Mohammed a marié son plus jeune fils.

— Les voilà, dit Hayet. Ça y est. T'es mariée devant Dieu.

L'imam et les sages de la mosquée saluent Lounès, Mohammed et Adrien avant de prendre congé. Les trois hommes reviennent vers le coin des mariés, où attend Léa, les mains et les pieds couverts de pâte de henné qui sèche. Yasmine est en train de dessiner de fins entrelacs sur l'index de Nora.

— C'est le henné qui fait d'elle une vraie femme, dit-elle à Hayet. Le *hlel,* c'est juste une formalité.

Le volume de la musique remonte et une chanson plus enjouée débute. Des youyous retentissent, les femmes scandent des bénédictions. Prière et salut sur le messager d'Allah. De nombreux convives se lèvent et frappent dans leurs mains. Ils se mettent à danser pendant qu'un serveur et une serveuse apportent des victuailles sur les tables, salades composées de légumes et de viande froide assaisonnée. Les spots colorés, qui étaient restés fixes jusqu'à présent, commencent à décrire des cercles et à clignoter. Kenza parcourt la salle de long en large, donne des consignes, replace des nappes mal ajustées.

— Au bled, dit Hayet à Léa, il faut douze témoins pour le marié et douze témoins pour la mariée. Comme ça, on est sûr que tout le monde dans le village est au courant. Après, si on voit les mariés ensemble, on ira pas croire qu'ils font des trucs *harâm.* Les youyous aussi, ça vient de là. On les entend de loin, alors on sait qu'il se passe quelque chose dans une maison. Les mariages, les enterrements, tout est public, chez nous.

— Il est parti, Mokhtar ? demande Lounès en s'asseyant sur son fauteuil.

— J'en sais rien, répond Léa, je suis pas sa mère.

Lounès lui jette un regard noir mais se reprend à la

vue d'un groupe d'invités, mené par Kamel, qui s'approche de lui en chantant et en applaudissant. Il se lève et remue la tête en rythme, les mains ouvertes devant lui. Léa se demande si c'est la première fois qu'elle le voit danser, si on peut appeler ça danser. Lounès tourne sur lui-même, il agite les bras, il sautille d'un pied sur l'autre. Sa chorégraphie n'est pas très académique. Au fond, il ne danse pas. On dirait qu'il boxe.

Lounès regarde par la fenêtre. Il pleut. Il a dix-sept ans. Il a quoi d'autre, à part la boxe ? Il a quitté l'école avant d'obtenir son BEP. Il fait des courses pour Salim. Il fait le guet pour Salim. Il transmet pour Salim des messages avec plus ou moins d'insistance. Sa carrure et les heures qu'il passe à la salle lui permettent d'être très convaincant. À la demande de Salim, il sait l'être encore plus. Il se rend utile, il ne pose pas de questions et, en échange, il reçoit assez d'argent pour ne pas s'inquiéter de trouver un travail. Il ne pense pas à l'avenir. Le présent est déjà bien assez électrique. Il vous donne une décharge si vous y touchez.

La pluie frappe sur les vitres. L'air est chargé d'humidité, celle de l'extérieur et celle des corps transpirants ou qui ont transpiré depuis le matin, combat après combat, tout au long des éliminatoires. Bien que les rangs soient clairsemés dans les tribunes du gymnase, il n'y a jamais eu autant de spectateurs pour voir Lounès sur un ring. Aucun visage connu, toutefois, à l'exception de

Bruno, son entraîneur, et de l'équipe du boxing club des Hauts de Monzelle. Nico est juste derrière les barrières, à portée de voix, avec les autres boxeurs qui ont terminé leur championnat et se sont réunis pour encourager leur collègue. Ni eux ni Bruno ne pensaient que Lounès irait aussi loin dans la compétition. C'est un cogneur, un besogneux, il encaisse bien, mais il manque de précision. Tenir debout, c'est utile, mais si c'est pour encaisser des points et ne pas en marquer, la victoire fuira toujours.

La cloche sonne le début du premier des trois rounds. Deux minutes. Lounès s'avance, dos courbé, gants levés. En face de lui, le champion en titre des poids moyens, Maxime Carle, dit Max. Max est un peu plus petit que Lounès mais il est trapu, une boule de muscles, un élastique qui colle des pains. Bruno a dit de se méfier de son allonge, plus longue qu'on se l'imagine en voyant la taille du gars. Bruno a dit de s'approcher vite et près, de ne pas faire confiance aux distances, de marquer des points sans attendre et de finir au corps à corps pour empêcher l'adversaire de décocher ses directs. L'arme fatale de Max, c'est sa manière d'enchaîner les coups. Au lieu de combinaisons de deux ou trois frappes, Max a l'habitude d'envoyer des séries de cinq directs, rapides et précis. Ça cogne, ça déconcentre et, à la fin du combat, l'addition des points est salée.

— Ton avantage, a dit Bruno, c'est que t'es le challenger. Tout le monde pense que Max a déjà gagné, que t'as rien à foutre là. Lui aussi pense qu'il a gagné. Il faut que t'en profites.

— Et toi ? a demandé Lounès. Tu penses quoi ?

Bruno tord la bouche.

— Je pense que t'as rien à foutre là. Mais puisque t'es là, bats-toi.

Lounès se bat. En face, Max n'est pas capable d'aligner une seule fois sa fameuse série de cinq directs. Il semble lent, fébrile. Lounès touche souvent grâce à ses crochets. Il frappe les flancs, à courte distance, et son adversaire subit. À la fin des trois rounds, Lounès est logiquement sacré vainqueur. Les boxeurs de Monzelle crient, sifflent, hululent en direction de leur camarade de vestiaire, qui se dresse sur le ring les gants levés au ciel, heureux mais aussi ailleurs, absent. Il balaie l'assistance du regard. Dans certains films, quand le héros remporte la victoire, il découvre que son père est venu secrètement le supporter. C'est ça que fait Lounès, comme un con, inutile, parce qu'il n'y a aucune chance pour que Mohammed ait effectué le déplacement jusqu'ici, sans véhicule ni permis de conduire. Mais c'est plus fort que lui. Lounès ne peut pas réprimer cet espoir. Évidemment, Mohammed n'est pas là. Mais l'espoir ne meurt pas pour autant. Quand il rentrera, il annoncera son triomphe à son père, son triomphe inattendu. Est-ce que Mohammed sera fier de lui quand il apprendra la nouvelle ? Est-ce qu'il sera capable de le manifester autrement que par son sempiternel hochement de tête, qui veut tout et rien dire ? Étrangement, Lounès a aussi une pensée pour Salim. Est-ce qu'il devra aller le voir pour lui dire que ça y est, il va commencer à gagner de l'argent avec la boxe, qu'il n'a plus besoin de travailler pour lui, qu'il le remercie de l'avoir soutenu pendant ces quelques années où son avenir scolaire se refermait et où les perspectives d'emploi s'évanouissaient ? Et Salim, est-ce qu'il sera fier ?

Plus tard, dans l'une des voitures qui ramènent les jeunes du club monzellois chez eux, Bruno est au volant. Lounès est coincé sur le siège arrière, entre Nico et Gwen. L'œil rivé sur la route, Bruno explique qu'il a discuté avec l'entraîneur de Max. Le champion se coltine une gastro depuis deux jours. Il ne dort pas, il dégueule tout ce qu'il avale. Il grelotte et se tord dans son lit. Malgré les conseils de son coach, Max a insisté pour participer au championnat. Dix minutes avant la finale contre Lounès, il était aux toilettes en train de se vider. C'est déjà un miracle qu'il soit parvenu jusque-là. Vice-champion régional, dans cet état, c'est héroïque. Bruno est admiratif. Lounès se tait.

— Putain, t'as eu du bol, dit Gwen.

Lounès ne répond rien.

— Tu t'en fous, ajoute Nico, tout bas. C'est toi, le champion.

Lounès ne répond rien non plus.

Aux alentours de vingt-trois heures, Léa a vraiment envie d'aller aux toilettes et comprend que ce sera impossible. Le henné sèche sur ses mains et ses pieds. Yasmine a dit qu'il fallait le garder au moins trois heures pour que la teinture marque bien la peau. Elle est encore au travail aux côtés de Léa, elle décore les index des jeunes filles présentes afin de leur souhaiter chance et fertilité pour l'avenir. Au marié et aux jeunes hommes qui le souhaitent, elle applique un point de henné dans la paume de la main.

D'autres plats sont servis. Leur odeur embaume la salle. La musique résonne. Les conversations restent intimes. D'une oreille à l'autre, on échange des secrets, des nouvelles qu'on n'aurait pas pris le risque de prononcer sans le paravent du volume sonore. Hayet apporte une petite assiette à Léa, qui picore avec précaution, à deux doigts seulement.

— Faut que j'aille voir IE, lâche Lounès en se levant.

Léa ouvre la bouche pour le lui interdire, ou au moins râler, puis elle se ravise devant son air inquiet. Cette histoire de traître doit le tourmenter. IE n'est pas invité au mariage mais il n'est pas loin, juste derrière le mur, au milieu de la rue, un foulard sur le nez, juché sur une barricade. Lounès ne s'absentera pas longtemps.

Léa le suit des yeux tandis qu'il s'éloigne. Il s'arrête à quelques tables pour s'assurer que les invités sont à leur aise. Leurs sourires et leurs regards enchantés laissent entendre qu'ils sont impressionnés par le faste de la soirée.

— Non mais ça va pas, dit Yasmine. Dégage de là, toi.

Idriss lui adresse une mine réjouie, assis dans l'imposant fauteuil du marié, les bras sur les accoudoirs en osier avec une majesté impériale.

— Il faut que tu attendes encore quelques années avant de te retrouver là, avec la petite Zoé sur le fauteuil d'à côté.

Idriss perd son sourire.

— De la merde, lâche-moi. Zoé, c'est une copine.

— Mais oui, c'est ça, insiste Léa.

— Allez, t'as une petite copine, Idriss ? demande Hayet. Faut que tu me la présentes.

Idriss se lève.

— Me saoulez pas, j'ai pas de copine, c'est bon !

Il s'enfuit entre les tables sous les éclats de rire de Léa, de ses tantes et de la nekacha.

Le son de la fête traverse les murs, rampe sur l'esplanade, glisse le long des trottoirs jusqu'à la chaussée investie par les crépitements de la révolte. Mais les flammes ne montent pas assez haut. Il faudrait un brasier inimaginable pour consumer toute la colère des manifestants. La presse les appelle des émeutiers, comme s'ils n'avaient pas de revendications. Les mots *justice, égalité* et *respect* ne sont pas inscrits sur des banderoles. On ne brandit pas de pancartes. On ne scande pas de slogans. Peut-être même que de nombreux révoltés ici n'attendent rien de personne. Pourtant, le feu porte un message.

— Ils sont là, eux? demande Lounès près de la barricade.

À plus de deux cents mètres, de l'autre côté de l'intersection, des voitures de police sont stationnées au milieu de la route. Le bleu des gyrophares arrose les façades. Les agents attendent, appuyés contre la carrosserie de leurs véhicules.

— Ils approchent pas, dit Fayssal. Ils empêchent juste les bagnoles de venir par ici.

— S'ils se ramènent, *wallah,* je les crame ! dit Nordine.

— Qu'est-ce que tu racontes, toi ? dit Lounès en le poussant. Tu crames personne, tu restes tranquille.

— Ils viendront pas, continue Fayssal. Ils ont des ordres. Ça la foutrait mal s'ils butaient un autre Arabe aujourd'hui.

Un pétard éclate. La détonation rebondit en écho entre les immeubles. Les forces de l'ordre n'y prêtent aucune attention.

— Il est où, IE ? demande Lounès.

Fayssal regarde autour de lui, entre les flammes et la fumée. Lassana déclenche un pétard-mitraillette et s'écarte en boitillant à cause d'une vieille blessure au genou qui ne guérira jamais. La guirlande explosive craquette pendant une dizaine de secondes sur le bitume, comme une rafale de kalachnikov pour enfant.

— Il était là, dit Fayssal. Mais il est plus là. T'es pas à ton mariage, toi ?

Lounès fait quelques pas à l'écart du bûcher. Il s'assied sur l'un des blocs de béton qui délimitent le parking du haut et sort son téléphone d'une poche de sa tunique.

T OU FDP

Il envoie. Il attend. La fumée monte vers le ciel clair. On distingue peu d'étoiles. La lune est un disque blanc qui sera plein dans quelques jours. Non loin de la barricade incandescente, Lassana s'apprête à lancer un nouveau pétard, énorme.

Lounès fixe longuement l'adolescent. Est-ce qu'il pourrait être celui qui l'a balancé ? Qu'est-ce qu'il aurait à y gagner ? Un peu plus de fric. Un peu plus de considération. Qu'est-ce que ça représente, tout ça, face à l'obligation de disparaître si jamais il était découvert ? Contrairement aux autres, Lassana a bien plus à perdre qu'à gagner dans l'opération. Il a treize ans. Ses parents habitent une tour de Sainte-Té. Même si ça tournait mal pour lui, il serait obligé de rester dans le quartier, et sa vie deviendrait un enfer. À moins qu'on lui ait assuré que tout allait changer, que les Hauts de Monzelle seraient bientôt dirigés par un autre patron, que Lounès ne ferait alors plus partie de l'équation.

L'écran du téléphone s'illumine pour signifier l'arrivée d'un message. C'est IE.

JE FÉ UN TOUR

SA SE PASS

Un grondement monte depuis les bois, derrière le village limitrophe de Sainte-Madeleine. Il enfle, saccadé. Au-dessus du château d'eau, l'hélicoptère du SAMU apparaît. On ne le distingue que grâce à ses feux de position mais on l'entend fort. Il vole bas. Il achève sa descente vers l'héliport de l'hôpital, amenant un blessé, ramassé sur une route départementale, quelque part dans la campagne, ou bien de retour d'un vol vers Dijon, où il a transporté un malade qu'on ne pouvait pas soigner à Monzelle, faute de spécialiste ou de matériel. Autour de la barricade, les jeunes poussent des cris et lèvent les bras au ciel au passage de l'appareil. Trois adolescents, aucun âgé de plus de quinze ans, sont perchés sur un vélo électrique en libre-service. Le premier pédale, le deuxième est assis sur le guidon, le troisième, debout sur les bornes de recharge de la roue arrière, s'accroche d'une main à l'épaule du conducteur en brandissant dans l'autre un cocktail Molotov confectionné avec une bouteille de bière et un chiffon enflammé.

— Bombardement ! Bombardement ! crie le trio à l'attention de l'hélico.

Le projectile brûlant s'élève dans les airs, rate l'hélicoptère d'une centaine de mètres et vient s'écraser sur la chaussée en un bouquet flamboyant.

Lounès se relève, range son téléphone. Il s'approche de Lassana. Il lui pose la main derrière la nuque. L'adolescent sursaute.

— T'as entendu mes Bison ? dit-il tout sourire en lui montrant un énorme pétard rouge. C'est des F3 ! Ils sont encore plus forts que les Mammouth. Tu veux en lancer un ?

— Non, c'est bon, répond Lounès.

Trop tard. Lassana a allumé la mèche et lance le pétard devant lui, sur la route. Il rentre sa tête dans ses épaules en prévision de l'explosion, qui ne vient pas.

— C'est quoi, cette merde ? dit-il en se redressant.

Il se met à claudiquer en direction de son projectile.

— Attends, dit Lounès.

Lassana se retourne.

— J'attends quoi ? commence-t-il, mais il est tout de suite interrompu par la formidable détonation de l'explosif.

Il se fige, les yeux écarquillés, la mine soudain apeurée.

— Woh ! dit-il.

— Déjà que t'as une jambe bousillée, dit Lounès, t'aurais eu l'air con avec une main en moins.

Lassana ne parvient pas à rire. Il approuve seulement de la tête.

Sans prendre la peine de saluer personne, Lounès repart vers la maison de quartier, le cœur pas encore net.

À une heure du matin, les derniers invités quittent la salle, raccompagnés par Nadia et Mounia, encore en pleine forme. Mohammed et Rafik sont rentrés se coucher une demi-heure plus tôt. Adrien s'est éclipsé peu de temps après le *hlel*. Léa le soupçonne d'être allé finir la soirée dans un bar, sur les quais. « Un mariage de trois jours sans alcool ? avait-il dit. C'est une blague ? »

Le DJ fait le tour de son installation afin de couper l'alimentation des spots et des enceintes. Le traiteur et ses serveurs rassemblent la vaisselle et débarrassent les tables tandis que Kenza donne ses instructions pour le rangement et la préparation de la salle demain. Hayet et Jalila passent le balai. À une table, Nora et Sofiane sont absorbés par l'écran de leur téléphone.

Léa et Lounès sont encore assis sur les fauteuils d'honneur. La mariée a rincé le henné dans les sanitaires de la maison de quartier, sous la supervision de Yasmine. Sur ses mains et ses pieds, il dessine une dentelle orangée qui annonce au monde qu'elle est à présent une vraie femme, une vraie femme qui a enfin pu aller aux toilettes.

— Alors ? demande-t-elle. T'as vu IE, dehors, tout à l'heure ?

Lounès secoue la tête.

— Juste Lassana. Je crois pas que c'est lui, la poucave. Ça m'étonnerait. Mokhtar, je sais pas. Peut-être.

Léa admire ses mains à la lumière vive, maintenant que l'ambiance tamisée a laissé place à l'éclairage principal. Puis elle se fige, frappée par une idée. Elle se penche vers Lounès. Elle parle plus bas.

— Tu sais ce que tu devrais faire ? J'ai vu ça dans une série télé. Pour cramer le traître dans une équipe, il faut donner à chacun de tes mecs une fausse information, mais pas la même. Comme ça, quand l'information sort, tu sais qui t'a vendu.

Lounès plisse les yeux pour mieux réfléchir.

— Par exemple, continue Léa, tous les trois, ils savent que tu dois rencontrer le vendeur de Monaco dimanche, mais ils savent pas où, et ils savent pas à quelle heure. Toi, demain, tu vas leur parler, séparément. Tu leur donnes un lieu bidon et une heure différente. Après, tu mets quelqu'un sur place pour surveiller s'il se passe un truc. Si quelqu'un débarque à cet endroit, si ça bouge, il suffira de regarder à quelle heure et on saura qui a balancé.

— Et s'il se passe rien ? demande Lounès.

— On verra. Ça, c'est une technique qui sert à cramer les traîtres. S'il se passe rien, ça veut pas dire qu'il y a pas de traître.

Nadia rejoint les jeunes mariés.

— Allez vous coucher, *al earusin*. Il faut être en forme demain.

Elle prend Lounès dans ses bras.

— Oh là là, mon dernier fils, il est marié. C'est pas croyable. Je le revois, tout petit. C'est comme hier.

— Vous aussi, dit Léa. Il faut vous reposer. Vous avez travaillé toute la soirée.

— Inch Allah, c'est la dernière fois je marie un de mes enfants. Je peux faire un effort.

— Il reste Hayet, dit Léa.

Au moment où elle prononce le prénom de la sœur de Lounès, elle comprend qu'elle a fait une gaffe. Le visage de Nadia s'est décomposé.

— On va s'occuper du reste, dit-elle. Rentrez chez vous.

Et elle tourne les talons.

Léa gravit l'escalier qui mène à l'appartement, ses chaussures à talons dans une main, son sac dans l'autre. Derrière elle, Lounès soulève le bas de sa longue robe verte pour ne pas que l'ourlet traîne par terre ou qu'elle marche dessus. Aucun son ne s'échappe des portes fermées des voisins, sauf de chez Fatou, dans le logement juste à côté du leur. Les rires, les invectives et la logorrhée en bambara de la Malienne résonnent encore à cette heure de la nuit.

— Merde, dit Lounès. J'ai laissé ma pochette à la salle. T'as ta clé ?

Léa fouille dans son sac et en sort son trousseau.

— Aide-moi à retirer ça, dit-elle une fois dans la chambre. Elle pèse une tonne, cette robe.

Elle retient ses cheveux par-dessus son épaule pendant que Lounès fait glisser la fermeture éclair le long de son dos, jusqu'à ses reins. Puis elle retire les manches et laisse tomber la robe au sol. Elle est en culotte et en soutien-gorge, les mains et les pieds décorés de motifs secrets invitant aux plaisirs. Elle se retourne. Lounès a disparu. La douche se met à couler dans la salle de bains.

Léa soupire. Elle ouvre la fenêtre pour faire entrer la fraîcheur de la nuit mais ne reçoit que les voix et les bruits de la barricade, plus loin sur la route. Une fusée s'élève dans le ciel et éclate en une belle gerbe scintillante. Il y a peu d'air. L'atmosphère est toujours aussi lourde. Même en sous-vêtements, Léa est accablée par la chaleur. Elle s'assied sur le lit. Elle se penche pour attraper son sac, dont elle sort un joint, qu'elle allume en fermant les yeux. L'odeur du shit imprègne chacun de ses neurones. Une pensée lui vient. Un souvenir. Adrien de retour d'un entraînement de rugby. Elle qui fume à la fenêtre de sa chambre en écoutant la radio. Les cerisiers en fleurs dans le jardin. L'encre violette de son stylo plume sur les pages de son journal intime. Est-ce vraiment un souvenir ? Ou bien l'une de ces constructions mentales qui agglomèrent plusieurs éléments significatifs du passé afin d'en cristalliser le sens ? À l'école de journalisme, les profs encourageaient les étudiants à se méfier de ces faux souvenirs. Ils leur montraient comment les reconnaître et leur apprenaient à les mettre à l'épreuve. Ce qui devait les alerter, c'était la perfection des récits, l'organisation parfaite des éléments. Notre cerveau est contraint de synthétiser toutes les informations qu'il reçoit. Il ne garde qu'un morceau de la vérité.

Et, afin de mieux conserver ce morceau, le cerveau est amené à l'associer à d'autres morceaux de même nature, à les fusionner. Ce qui est restitué à l'oral par le témoin auditionné n'a plus grand-chose à voir avec la vérité. C'est un outil mémoriel conçu pour le témoin. Le travail du journaliste consiste à déceler dans ce mensonge les bribes de vrai et à se rapprocher de la vérité en multipliant les sources. Quand tu n'as qu'une seule source, et que cette source, c'est toi, tu peux être certaine que ton souvenir n'est rien d'autre qu'une belle fable ou un savoureux cauchemar.

Léa ouvre le tiroir de la table de chevet et y prend un cendrier, où elle fait tomber sa cendre avant de le poser sur le lit. Elle aspire la fumée, l'avale, la recrache en direction de la fenêtre. Le discret nuage gris reste en suspension.

— *Early morning, she wakes up. Knock, knock, knock on the door.*

Léa pose le joint encore allumé dans le cendrier et se penche pour ramasser la robe restée à terre, tout en continuant à chantonner *Lucky*. Elle se lève et tire un cintre de la penderie. Elle y enfile la robe et l'accroche à la barre. Elle s'y reprend à deux fois ; le bas de la robe bute contre une grosse valise. C'est une Samsonite en plastique renforcé, une valise conçue pour résister aux manipulations des bagagistes les moins scrupuleux du monde entier. Léa saisit la poignée de la valise. En essayant de la soulever, elle manque de se froisser un muscle. La valise pèse une tonne.

— Bordel, mais y a quoi, là-dedans ? dit Léa à haute voix.

La douche coule toujours. Léa se dit que son mari utilise autant d'eau pour chaque douche qu'il en faut pour la confection d'une vingtaine de jeans. À croire que le château d'eau en face de la mosquée a été construit pour lui seul. Pour une fois, ça l'arrange. Elle a le temps de voir ce qui pèse si lourd.

Tant bien que mal, elle fait rouler la valise hors de la penderie et la couche sur la moquette. Le mécanisme d'ouverture est équipé d'un verrou à code à trois molettes.

— Merde.

Elle essaie quand même d'actionner le loquet. Il cède.

Léa ouvre la valise avec précaution. À l'intérieur, des liasses de billets de banque sont alignées et empilées, des billets de cinquante et cent euros, maintenus par des ganses colorées. Léa entend son cœur battre dans sa poitrine. Elle sent le sang lui monter au visage. Elle a presque envie de pleurer, même si elle ne sait pas pourquoi. L'excitation, la peur, la colère. De fortes doses de tout ça, probablement.

Elle sort une liasse de la valise. Dessous, une autre liasse. Et dessous, encore une autre. Il y a des dizaines de billets par liasse, et il y a des dizaines de liasses. Léa est trop fatiguée et trop défoncée pour compter. Ce qui est sûr, c'est que ça fait un gigantesque paquet de fric.

La douche arrête de couler. Le cœur de Léa arrête de battre. Elle repose les billets à leur place, referme la valise, puis s'interrompt. Finalement, elle rouvre la valise et se lève. Elle ajuste la robe sur le cintre. Elle referme la penderie.

Quand Lounès revient dans la chambre, en boxer et encore un peu humide, une serviette autour des épaules, il trouve sa femme assise sur le lit, en sous-vêtements, un joint entre les lèvres. À ses pieds, la valise de fric grande ouverte.

— Lounès, merde, dit Léa. C'est quoi, ça?

Lounès continue à s'essuyer. Il a des cicatrices sur la poitrine, quelques hématomes.

— Referme ça, dit-il.

— Tu comptais m'en parler quand, de ce pognon?

Lounès arrête de s'essuyer.

— Pourquoi j'aurais dû t'en parler?

— Je sais pas, parce que tu me fais confiance, parce que je suis ta femme.

— T'es ma femme que depuis ce soir. Referme ça.

Dehors un pétard éclate. Le son de l'explosion tourne sur la place carrée, emprisonné entre les immeubles. Léa écrase le joint dans le cendrier. Elle referme la valise.

— T'es taré de garder ça ici.

— Tu veux que je fasse quoi? Que je les dépose à la banque? Et qu'une heure après, tous les kisdés du coin, ils débarquent pour me serrer. Le fric, il est bien, là, avec moi.

— Avec nous! T'es sûr que personne sait que t'as ça ici? Parce que si quelqu'un est au courant, pas la peine de chercher ce qu'il veut, Dan. Son putain de message, sa putain de carte, ça veut dire, je vais te dépouiller, gros.

Lounès continue à s'essuyer.

— Il sait rien. Personne sait rien.

— Comment tu peux en être sûr? explose Léa.

Un téléphone sonne. Lounès en profite pour s'éclipser dans la salle de bains. Il réapparaît, l'appareil sur l'oreille.

— C'est IE, dit-il après avoir raccroché. Je sors.

— T'es sérieux ? C'est notre mariage, Lounès ! J'ai le henné qui sèche sur les mains et les pieds. Tu vas pas aller taper les petits connards de Dan dans une cage d'escalier, putain !

Lounès enfile un short Nike noir et un t-shirt assorti.

— Il y a pas de trêve, dit-il. Ces fils de pute, ils en ont rien à foutre qu'on se marie.

Il met des baskets, il retire la clé de la serrure et la glisse dans sa poche. La porte claque. Lounès est parti.

— Visiblement, toi non plus, dit Léa.

C'est le bruit de la douche qui la réveille. Elle lutte pour étendre son bras et consulter son téléphone sur la table de chevet. L'écran indique 3 h 10. Elle le retourne. Elle se met sur le dos, les mains croisées sur le ventre. Les ombres ne dansent plus au plafond. Les feux doivent être éteints. Elle se dit qu'elle est mariée mais qu'elle n'est pas mariée. C'est étrange. Ses pensées divaguent. Elle sait qu'elle est fâchée contre Lounès mais elle ne sait plus pourquoi. Elle ferme les yeux. Elle ignore combien de temps. Elle se réveille encore quand Lounès entre dans le lit. Il s'allonge sur le dos. Elle roule sur le côté et l'enlace. Il sent le gel douche mais aussi la sueur, un petit peu. Il a dû se battre. Léa passe ses mains sur ses biceps, sur ses pectoraux. Il a les muscles encore contractés. Il n'arrête pas de dire qu'il s'empâte, qu'il n'est plus bon à rien, mais il reste l'homme le plus athlétique qu'elle ait jamais touché. Même Adrien n'est pas aussi costaud. Dès qu'elle l'a vu, dès le premier jour, Léa a ressenti ce besoin, toucher ce corps, éprouver sa résistance. Elle était assise dans le salon de Nadia et Mohammed, son téléphone posé sur la table basse, en train d'enregistrer. C'était l'un des premiers entretiens qu'elle réalisait, si on peut appeler ça un entretien. Plutôt un monologue de Nadia, qui parlait sans discontinuer et racontait, avec un luxe de digressions, l'histoire de la famille Kacem, depuis leur mariage, au Maroc, en 1966. Elle, petite Algérienne de quatorze ans, désavouée par les siens qui auraient préféré qu'elle épouse un garçon de la région, lui, ouvrier de dix-huit ans, tombé fou amoureux au point de leur souhaiter, à eux et à leurs enfants, une vie meilleure sur l'autre rive de la Méditerranée. Mohammed est arrivé le premier à Monzelle, en 1968, et sa jeune épouse l'a rejoint en 1969.

Nadia en était à raconter la naissance un an plus tard de Kamel, leur aîné, quand Lounès est entré dans l'appartement. Léa a immédiatement ressenti cette attraction magnétique, malgré le regard noir, la mine fermée. Et encore aujourd'hui, elle ne peut s'empêcher de ressentir ce frisson de satisfaction quand elle entre en contact avec cette chair, quand elle attend d'entrer en contact avec elle.

— Ça va ? chuchote-t-elle.

Lounès lui prend la main et la serre. On entend un crissement de pneu dehors. Un son métallique, une canette qui roule, le ronronnement des blocs de climatisation, la voix étouffée de Fatou, encore au téléphone. Léa se colle un peu plus à Lounès. Elle l'enlace. Elle presse ses seins nus contre son flanc. Elle pose son visage sur son torse. Elle sent son odeur, âcre, mêlée à celle du gel douche et du henné sur ses mains. Elle embrasse sa poitrine. Elle glisse sa main sur ses abdominaux, sur son bas ventre, et plus bas.

Lounès se dégage. Il repousse la main de Léa.

— Vas-y, lâche-moi. T'es une vraie nympho, ou quoi ?

Léa se redresse. La phrase la réveille comme un électrochoc.

— Une nympho ? Mais va te faire foutre. C'est ma nuit de noces, putain. J'ai pas le droit de baiser pour ma nuit de noces ?

Lounès lui tourne le dos. Il ne répond rien.

Léa reste un moment appuyée sur son coude, outrée, dans l'attente de quelque chose, mais puisque ce quelque chose ne vient pas, elle finit par se rallonger et se retourne de rage. Dos à dos, plusieurs minutes plus tard, alors qu'une fraîcheur subtile apaise enfin la ferveur du quartier, les jeunes mariés s'endorment.

SAMEDI

Lounès regarde par la fenêtre. Il pleut. Il a dix-huit ans. Il a gagné sa finale contre Max depuis seulement quelques mois mais ce souvenir est déjà flétri. Il y a eu d'autres combats après celui-là, et aucune victoire, juste une avalanche de coups, assenés sur son corps, sa fierté et ses espoirs.

Tout le monde croit savoir ce que ça fait de se prendre un coup de poing. Ceux qui ne l'ont jamais expérimenté pensent en avoir une idée précise. Ils l'ont vu à la télé des millions de fois. Ils ont vu les bagarres, les combats, les disputes qui tournent mal à la sortie des boîtes de nuit. Ils ont vu les poings qui cognent et le sang qui gicle des arcades coupées. Ils ont été tellement impressionnés qu'ils sont convaincus de connaître l'effet d'un direct qui s'écrase sur un visage. Ils se trompent. La réalité, c'est autre chose. Si on n'a pas encaissé un coup au cours d'un combat, on ne pourra jamais comprendre. Quand tu es touché, boum, il y a ce dixième de seconde où tout s'éteint. Tu n'as pas mal. Tu ne sens rien. Le choc se propage dans ton crâne et, durant ce dixième de seconde, tu es absent. Tu ne combats plus. Durant ce dixième de seconde, le combat disparaît, le monde disparaît, tu as perdu. Tu es allongé sur le ring et l'arbitre compte au-dessus de ta tête. Il a fini de compter. Durant ce dixième de seconde, tu es presque mort.

Pendant un combat de boxe, personne ne tue personne mais la boxe est la descendante des duels à mort d'autrefois, des pugilats ancestraux, à l'issue desquels le vainqueur dressait son poing au-dessus d'un adversaire sans vie. Le combat est devenu sport, l'affrontement s'est civilisé, mais la rumeur de ces luttes définitives persiste, elle murmure dans les coins d'ombre de chaque gymnase, son écho résonne dans les travées de chaque salle de gala, quel que soit le niveau ou l'enjeu. La finalité de tous les sports de combat, c'est la mise à mort de l'adversaire. Aux points, K.-O., par abandon, peu importe. Symboliquement, il s'agit de tuer, et chaque assaut tue un peu, chaque assaut suivant un peu plus. Lounès le sait. Lounès le sent. La boxe, pour lui, c'est tuer, mais plus encore, c'est être tué. Le coup qu'il encaisse, boum, et qui le fait disparaître, pour un instant seulement, qui l'extrait de l'univers, qui le plonge dans l'obscurité, ce coup ne l'effraie pas, il ne l'inquiète pas ; il l'apaise, parce que tout s'arrête. Ça ne dure qu'un dixième de seconde mais, durant ce dixième de seconde, il n'y a plus rien. Rien de bon, rien de mauvais. Ni les profs qui lèvent les yeux au ciel et lui donnent des heures de colle, ni sa mère qui lui demande pourquoi elle est encore convoquée au lycée, pourquoi il fait tout le temps la bagarre, pourquoi il traîne dans les rues avec les petits voyous du quartier, pourquoi il n'est pas sage comme son frère et ses sœurs, qui n'ont jamais causé de problèmes. Pourquoi, Lounès, tu fais ça ? Lounès ne sait pas. Lounès a l'impression que sa vie est une succession de conséquences à des décisions qu'il n'a pas prises. Il n'y peut rien, il n'y comprend rien, il s'en fout, et le seul moment où il se sent bien, c'est quand le gant s'écrase sur sa joue et que le noir se fait. Boum.

S'il repense à Max maintenant, c'est parce qu'il est de retour dans le même gymnase. Le ring est installé au même endroit, les boxeurs sont presque les mêmes, et la pluie bat toujours contre les vitres. Dans le public, si on peut appeler public les équipes d'encadrement et les autres compétiteurs, il y a encore Nico. Nico est le seul à l'encourager. Les autres ne s'intéressent guère au match qui va commencer. C'est un combat de qualification dont le seul enjeu est le droit de passer au tour suivant. Et boum, une seconde après la cloche, un premier direct fait mouche et Lounès est sonné. Il titube, manque de tomber en arrière. L'arbitre s'interpose. Lounès réajuste son casque et son protège-dents. Il revient à lui. Puis l'arbitre s'écarte et les coups reprennent. La voix de Bruno qui crie des consignes est étouffée, lointaine. Celle de Nico se fond dans le bourdonnement de son crâne. Il faudrait qu'il bouge plus, qu'il esquive, qu'il profite du trop-plein de confiance de son adversaire pour ajuster un bon uppercut. L'autre n'a plus de garde. Ça pourrait marcher. Boum, le choc le fait vaciller. Sa cheville se dérobe et il perd momentanément l'équilibre. Il pose un genou à terre. L'arbitre s'interpose encore. La pluie cogne sur le toit du gymnase. Un goût de métal se répand dans sa bouche. Sur les gradins, Max ne regarde pas le ring. Il discute et rit. Peut-être qu'il ne se souvient même pas que c'est Lounès qui l'a battu l'année dernière. Peut-être qu'à cet instant, Lounès ne s'en souvient pas non plus. Plus tard, Max gagnera tous ses combats. Dans la voiture, sur la route du retour, Bruno essaiera de rassurer Lounès et n'y parviendra pas.

— Dans ce sport, dira-t-il, il faut bosser. Quel que soit son niveau, on bosse. On tape dans des sacs, on tape dans le vide, on esquive, on va à la salle, on soulève de la fonte. Tout le monde fait ça, c'est la base, c'est indispensable. Mais même quand on fait ça, même en y mettant tout son cœur, on devient pas forcément champion. En boxe, il y a les champions, ceux qui ont ce petit truc en plus, et il y a tous les autres, ceux qui bossent dur mais qui dépasseront jamais un certain niveau. Je suis entraîneur depuis plus de trente ans et, sérieux, j'ai aucune idée de ce qui fait qu'un boxeur va être champion et un autre, non. Ça, tu le pressens à l'entraînement, et puis tu le vois sur le ring, mais savoir pourquoi, personne en est capable. C'est juste après deux, trois, quatre combats que ça devient évident. Il y a des mecs, ou des filles, qui seront champions, et d'autres qui s'arrêteront une marche avant. Toi, Lounès, t'es un bon boxeur, tu bosses, t'es sérieux, mais tu le sais bien, le champion, c'est pas toi.

Pablo,

S'il te plaît, ne me vire pas.

Comme je t'ai dit, dès lundi, promis, je reviens à la rédaction et j'arrête de déconner. Pour te prouver ma bonne foi, je te joins plusieurs documents. D'abord, un papier que j'ai fait sur les émeutes d'hier soir à Sainte-Thérèse. C'est juste un compte rendu succinct mais il y a des photos, alors ça ira très bien pour le site. C'est qui l'éditeur web, ce week-end ? Si ça t'arrange, je lui envoie direct. J'ai vu que vous aviez rien publié. Ce sera toujours ça et le siège sera content. Si tu veux quelque chose de plus conséquent pour l'édition de lundi, pré-maquette une demi-page en régio et je m'occupe du reste. Si tu veux plus, je fais plus. Pour les crédits photo, mets Idriss Kacem, ça lui fera plaisir.

Le deuxième doc, c'est quelques mots et les grandes lignes du projet dont je t'ai parlé au téléphone. Je suis tombée là-dessus en interrogeant le père de Lounès. Il a participé à la construction des tours de Sainte-Thérèse et à celle d'autres immeubles à la Coulée et aux Coches. Je voulais son témoignage sur l'histoire du quartier, sur la manière dont ça s'était passé. Au détour d'une phrase, j'ai compris que, pour ce boulot, il était payé en liquide. L'air de rien, je lui ai demandé s'il avait gardé ses fiches de paie et il m'a dit qu'il avait jamais eu de fiches de paie. Mieux, il m'a dit qu'il était pas le seul, que c'était la même chose pour tous les ouvriers immigrés. La société de BTP qui faisait ces travaux, c'était celle de Maximin, le maire de l'époque, le grand-père du Maximin d'aujourd'hui. J'ai tiré les fils et je suis remontée jusqu'à Georges Caron, un comptable. Il croupissait dans un EHPAD. Il m'a raconté un tas de trucs. Je sais pas s'il délirait ou si c'était vrai. C'est ça que je dois éclaircir. Le pauvre Caron est mort il y a deux mois. Il peut plus rien me dire.

Je te donnerai les détails mais ce que tu dois savoir, c'est que, là où j'en suis, on parle pas d'une vieille histoire des années soixante. C'est un système qui existe encore maintenant, et ça va plus loin que du travail au noir. Il me reste des nœuds à démêler, il me manque des connexions pour que je comprenne bien comment ça fonctionne, et c'est pour ça qu'il me faut du temps. Je te demande même pas d'argent, t'as vu ?

Demain, je vois Camille Vignon. Il a repris le cabinet comptable de Georges Caron à la fin des années 80. Je suis sûre qu'il y a des documents importants dans ce bureau. Il faut juste que je la joue fine. Le gars est pas très conciliant.

Alors ? Tu vois que ça valait le coup de me laisser un peu de mou.

Et aussi, je te baratine pas. Je me marie vraiment ce

week-end. Tu peux vérifier les bans. Cet après-midi, je serai à la mairie et je dirai oui à cette quiche d'adjointe quand elle me demandera si je veux prendre Lounès Kacem pour époux. Je t'enverrais bien la photo de ma robe mais je crois que tu t'en fous un peu.

Je te souhaite un excellent week-end.

À lundi.

Léa

Léa relit le mail sur l'écran de son téléphone. Elle l'a écrit tôt ce matin, assise sur la cuvette des toilettes avec son ordinateur sur les genoux, pour ne pas réveiller Lounès. Elle veut que chaque mot soit mesuré. Elle ne veut pas en dire trop, mais suffisamment pour que Pablo la prenne au sérieux. Elle fait défiler le texte du pouce pendant que Nour applique du vernis nacré sur les ongles de son autre main. Les motifs dessinés au henné ont viré à l'ocre. Tout à l'heure, quand elle s'est regardée dans la glace de la salle de bains, avant d'entrer dans la douche, elle est restée interdite face à l'étrange vision de son corps peint, les tatouages bleu-vert sur ses épaules et ses bras, le henné orangé sur ses mains. Elle était nue mais se sentait habillée, ou plutôt déguisée, cachée derrière des mots et des symboles. Elle était un brouhaha, une cacophonie de messages dont l'accumulation empêchait d'en saisir le sens. Ça la définissait bien, au fond. Depuis toujours, elle est un vacarme, un bruit blanc, une confusion pour elle-même et pour les autres. Elle riait quand les conseillers d'orientation lui demandaient ce qu'elle voulait faire de sa vie. L'avenir n'existe pas, pensait-elle. Elle le pense encore. Elle a vogué, elle s'est laissé porter par les opportunités, s'engageant dans plusieurs projets en même temps, fréquentant plusieurs groupes d'amis différents, affichant chaque fois un nouveau masque, ne se sentant jamais vraiment bien, ni jamais vraiment mal, ni avec les uns, ni avec les autres. Même le journalisme était un non-choix. La vocation s'est imposée naturellement. Léa possédait ce don de faire parler les gens. Elle saisissait avec finesse les enjeux d'une situation et elle avait assez de talent pour les relater par écrit avec clarté. C'est ce qui l'a poussée vers une école de journalisme bien qu'elle aurait été tout aussi compétente dans d'autres domaines et qu'elle aurait aussi bien pu devenir cuisinière, mécanicienne, danseuse ou chauffeuse routière. Elle était convaincue qu'elle aurait été aussi heureuse et aussi malheureuse qu'aujourd'hui. Elle n'aurait pas rencontré Lounès. Ça aurait été un autre. Il n'aurait été ni mieux ni pire. Quand on a eu une enfance comme la sienne, on sait que le bonheur n'existe pas. Ce qui compte, c'est d'en attraper des petits morceaux quand ils se présentent et de les savourer le plus longtemps possible, de les loger sous la langue comme le dernier bout d'un bonbon et les laisser fondre.

Elle vérifie que le mail contient les documents joints et elle l'expédie. Dans la pièce adjacente, la voix de Nadia est une balise sonore, régulière, permanente. Celle de Mounia lui répond parfois, entre le bruit de plats qui s'entrechoquent. L'appartement des Kacem résonne des allées et venues et des conversations des invités. Léa a l'impression qu'il y en a toujours plus chaque jour. Des nouveaux visages s'ajoutent ou remplacent ceux de la veille.

De sa main libre, elle commence à rédiger un SMS pour Adrien. Elle bâille.

TU MANGES AVEC NOUS À MIDI ? T INVITÉ

Elle envoie et éteint l'écran de son téléphone, qu'elle pose sur le canapé, à côté d'elle. Son frère ne répondra pas tout de suite. Il doit dormir et il en a encore pour quelques heures. Léa se dit que c'est sûrement la seule chose sur laquelle elle et son frère tombent d'accord : le monde est plus beau la nuit.

Devant la façade à colombages, typique du centre-ville de Monzelle, l'enseigne tricolore des barbiers tourne dans son cylindre de plexiglas. Lounès est installé sur l'un des fauteuils du petit salon, face à une glace dans laquelle il essaie de ne pas regarder son reflet, son nez légèrement tordu, les os de son visage asymétrique, les cicatrices mal soignées qui laissent sur son front et ses joues le souvenir de ses défaites. Altman prépare la crème dans un bol en métal. Il est vêtu d'une chemise aux manches retroussées et d'un tablier à l'ancienne, les poches pleines d'accessoires. La pièce est décorée dans le style américain des années soixante, boiseries rousses, bar en brique, juke-box, fauteuils club. Dehors, des clients font la queue à la boulangerie, déambulent, les bras chargés de sacs de courses, cherchent un coin d'ombre où papoter sans cuire sous le soleil de ce premier jour du mois de juillet.

Devant le bureau de tabac, un chevalet présente un agrandissement de la une de l'édition du week-end du *Républicain*. Il y est question des dégradations et des destructions provoquées par les violences de ces derniers jours. À Montargis, plus de deux cents personnes s'en sont pris à des commerces. Des dizaines de magasins ont été saccagés et trois immeubles se sont effondrés suite à des incendies. Une photo du centre-ville ravagé illustre l'article.

La porte du barbier s'ouvre en faisant sonner une clochette suspendue au plafond. Mokhtar entre, essoufflé et transpirant.

— *As-salam alaykoum,* dit-il à la cantonade avant de s'asseoir dans un fauteuil en cuir brun.

— *Wa alaykoum assalam,* répond Ahtman.

Lounès ne bouge pas, ne prend pas la peine de regarder son collègue. Il dit :

— T'as trouvé ce que je t'ai demandé ?

Il entend le fauteuil craquer et devine que Mokhtar se dandine.

— Pas encore, répond-il en essayant de garder un ton désinvolte, comme si ce qu'il disait n'était pas si important. Je suis en bonne voie.

Ahtman se retire dans l'arrière-boutique. Lounès pivote sur son siège pour regarder Mokhtar dans les yeux.

— T'as quoi d'autre à foutre ? demande-t-il à voix basse. Tu me trouves un feu, c'est important. Je vois le mec de Monaco dimanche, à dix heures du mat. Je peux pas y aller les mains vides.

Mokhtar grimace.

— C'est juste un rendez-vous d'affaires, dit-il. Ça va bien se passer.

— C'est un rendez-vous avec un gros revendeur que

personne connaît ici, et on se voit au niveau 3 du parking souterrain du cinéma. Je veux pas me faire baiser.

Ahtman revient, une serviette fumante dans les mains. Lounès se replace dans le fauteuil et penche la tête en arrière. Ahtman pose la serviette sur ses joues.

— Ferme les yeux, dit-il.

Puis il plie les extrémités de la serviette chaude de manière à couvrir les yeux de Lounès. La chaleur et l'obscurité. Tandis qu'il se détend, Lounès entend la clochette de la porte d'entrée tinter. Il sait que Mokhtar est parti.

La deuxième robe est la robe blanche, classique, universelle, celle-là même que la mariée porte dans les cérémonies chrétiennes. C'est celle qu'on choisit avec le plus de soin car on va la porter tout l'après-midi du samedi et une partie de la soirée. C'est avec cette robe qu'on descendra les marches de la mairie, sur la place de l'Hôtel-de-Ville, devant les promeneurs et les commerçants désœuvrés, sortis sur leur perron pour juger de la beauté des époux et de leur bon assortiment. C'est aussi avec cette robe qu'on prendra les photos, dans le parc, au bord de la rivière après le mariage civil, des photos qui seront développées, encadrées, rangées dans un album que les enfants, les petits-enfants regarderont avec curiosité des décennies plus tard.

Léa a choisi cette robe il y a plusieurs semaines. Avec Kenza, elle a passé trois heures à essayer des modèles. Léa voulait quelque chose de sobre, sans l'empilement de jupons qui donnerait trop de volume, mais elle tenait à avoir une traîne, parce que ça la faisait rire que deux gamines soient obligées de la suivre où qu'elle aille toute la journée. Enfin, la robe devait couvrir les épaules et les bras, afin que ses tatouages restent cachés. Léa avait lu quelque part que le henné était toléré dans la tradition musulmane, car c'était un marquage temporaire de la peau, mais que les tatouages permanents étaient considérés comme sacrilèges, car ils portent atteinte à l'intégrité du corps que Dieu vous a donné. Dieu crée toute chose à la perfection. Si vous êtes comme vous êtes, c'est qu'il doit en être ainsi et pas autrement. Léa disposait de nombreux arguments remettant en question cette doctrine. Par exemple, le fait que Dieu souhaitait peut-être qu'elle arbore sur son épaule une citation de Britney Spears traduite en tibétain, et que, si ce n'était pas le cas, c'est tout simplement parce qu'à la naissance de Léa, Britney n'avait que douze ans et que la chanson n'était pas encore sortie. Ce tatouage faisait peut-être partie des plans de Dieu. Comment savoir ? Cependant, plutôt que de faire la maligne et de se lancer dans ce genre d'explication fumeuse le jour de son mariage, elle avait préféré éviter de choquer les invités les plus pointilleux et opté pour la discrétion. Elle dissimulerait ses tatouages et se plierait volontiers à toutes les étapes prévues par la negafa.

JE SAIS PAS VIENS DE ME LEVER G PAS FAIM

répond Adrien, sans surprise.

Léa retourne son portable. Elle souffle sur ses ongles et contemple la couleur. Elle se lève, regarde par la fenêtre. La Porsche Cayenne n'est plus garée en bas. Lounès est parti.

— C'est fini ? demande-t-elle.

— Si besoin, répond Nour, je donnerai une retouche avant la mairie, mais ça devrait tenir.

Elle range le vernis dans sa valise de maquillage. Léa sourit en pensant qu'elle en possède une deux fois plus grosse et probablement dix fois plus chère, un vanity Louis Vuitton qu'elle a trouvé sur la table du salon en revenant de la rédaction, un soir de novembre dernier. Lounès a fait mine de découvrir son existence.

— Mais bon, a-t-il dit, comme on sait pas à qui ça appartient, t'as qu'à le garder.

Ils ont ri. Elle l'a embrassé sur la joue. Elle s'est dit que, même quand il faisait des cadeaux, Lounès était incapable de reconnaître qu'il pouvait être gentil. Il fallait toujours qu'il mette aussi loin que possible l'hypothèse de son bon cœur.

— Mais t'aimes pas quand je me maquille, a dit Léa.

— Mais toi, t'aimes bien, a-t-il simplement répondu avant de hausser les épaules et de sortir de l'appartement pour l'une de ses excursions nocturnes.

Léa a ouvert le vanity et constaté qu'il était plein de produits de beauté et d'accessoires de marques prestigieuses, Chanel, Dior, Sisley. Elle ignorait l'usage des trois quarts d'entre eux mais savait bien qu'il y en avait pour un sacré paquet de fric. Elle a aussi remarqué que deux initiales étaient brodées dans la doublure capitonnée du couvercle. Un F et un S qui, de toute évidence, ne désignaient ni Louis Vuitton, ni Léa Tazilly, ni rien d'autre ayant trait à la marque. C'étaient les initiales de la propriétaire d'origine, laquelle devait, à cette heure, attendre l'argent de l'assurance, franchise déduite. Léa a trouvé ça terriblement attendrissant. Lounès n'avait pas acheté le vanity sur internet. Il avait dû tomber dessus, lors d'une visite auprès de son receleur, et il avait pensé à elle. D'une certaine manière, c'était un cadeau encore plus beau que le cadeau.

La clochette de la porte tinte.

Lounès a le visage couvert de mousse à raser, le regard rivé au plafond pendant qu'Ahtman fait glisser le coupe-choux sur sa peau. Entre chaque geste, le barbier essuie la lame contre une serviette posée sur son épaule.

— Sa mère, elle s'arrête jamais, cette chaleur, dit IE en entrant.

— C'est le réchauffement climatique, dit Ahtman.

— Ouais, à Monzelle, on est tellement des chauds, on dérègle le climat.

IE s'assied dans le fauteuil club. Il s'étire, fait craquer ses articulations.

— Tu te souviens que tu décores la limo ? demande Lounès.

Ahtman élimine les derniers poils disgracieux et repose sa lame. Il sort de la pièce pour aller chercher une serviette propre. IE opine. Évidemment qu'il se rappelle qu'il doit coller des roses sur la bagnole des mariés. On se fout assez de sa gueule à cause de ça.

— Je me souviens, dit-il. T'es sûr que tu veux pas que je la conduise ?

— C'est mort. T'as le permis depuis un mois, tu conduis pas la limo.

— J'ai le permis depuis un mois mais je conduis mieux que Mokhtar.

— Même ma mère, elle conduit mieux que Mokhtar.

— Elle a le permis, ta mère ?

— Non.

IE rigole.

— Et puis, reprend Lounès, c'est pas Mokhtar qui conduit la limo, c'est mon frère.

IE se redresse.

— Un frère ? Quel frère ?

Lounès ne répond pas, et Ahtman revient avec une nouvelle serviette, froide cette fois. La fraîcheur sur son visage rassérène Lounès. Les secondes s'écoulent. Des voitures passent dans la rue. La serviette sur ses yeux, sa bouche, ses oreilles étouffe le bruit de leurs moteurs. Lounès pense à sa mère. Il pense à sa sœur Hayet, à ce qu'elle lui a dit, jeudi matin, quand ils se sont trouvés seuls, dans la chambre d'Idriss, chez les parents. Avant de fuguer, au milieu des années quatre-vingt-dix, Hayet partageait cette chambre avec Jalila. Elle n'y était pas revenue depuis cette époque et l'émotion l'a d'abord submergée. Des larmes ont roulé sur ses joues. Elle s'est assise sur le lit et a regardé autour d'elle. Il ne restait rien de l'ancienne décoration. Les meubles n'étaient pas les mêmes et ils étaient agencés différemment. Un lit une place avait remplacé les lits jumeaux où dormaient les deux sœurs. Sur les murs, il y avait à présent des posters détachés de *Science & Vie junior*, représentant des corps célestes vus par la lentille du télescope Hubble : Jupiter, les Piliers de la création, la galaxie du Sombrero. Les visages d'Elton John et de East 17 ne souriaient plus que dans son souvenir. Hayet a passé une main sur ses joues et essuyé le passé.

— Je te connais, a-t-elle dit à son frère. Je te connais mieux que tu t'imagines. Dis-moi vraiment pourquoi tu te maries.

Lounès était debout près de la fenêtre. Il surveillait la place carrée, comme toujours, sans même y penser. Il a pris un temps de réflexion, afin de décider s'il devait mentir ou non.

— Pour que maman arrête de me saouler.

Ahtman retire la serviette. Il la pose sur une desserte et s'empare d'un tube de crème hydratante, qu'il commence à appliquer sur les joues de Lounès. Ceci fait, il retire le col crêpe du cou de son client et le débarrasse de sa cape de protection. Lounès époussette ses épaules. Il fait un signe à IE, qui bondit de son fauteuil et se dirige vers la porte d'entrée, qu'il ouvre dans un tintement de clochette.

— T'inquiète pas, dit Ahtman. C'est ton mariage, frère. C'est cadeau, pour aujourd'hui.

Lounès se fige. Il se tourne vers le barbier, la mine aussi surprise que furieuse. IE referme la porte et la clochette tintinnabule, inconsciente.

— Quoi, « pour aujourd'hui » ? dit Lounès, en fusillant Ahtman du regard. Tu voulais me faire payer ?

Ahtman essuie ses mains sur son tablier, bien qu'il n'ait rien à essuyer. Il cherche à droite, à gauche, quelqu'un qui pourrait l'aider, sachant pertinemment qu'il n'y a personne dans la boutique.

— Non, c'est ce que je dis, bafouille Ahtman. C'est gratuit. C'est cadeau.

— C'est cadeau ? répète Lounès, tandis qu'IE appuie son dos contre la porte d'entrée.

Ahtman déglutit, ne peut s'empêcher de reculer face à Lounès, qui fait un pas dans sa direction, puis un autre.

— T'as oublié pourquoi t'es ici ? poursuit Lounès. T'as oublié c'était qui, le patron de ta boutique ?

Ouais, putain, qu'est-ce qui lui prend, à Ahtman ? Il a fait un AVC ou quoi ? S'il est installé ici, c'est grâce à Salim. Si ce commerce fonctionne, c'est grâce à Salim. Si des clients continuent à venir se faire raser à blanc pour dix euros, c'est pour que cette boutique de merde soit un maillon de plus dans le montage administratif de Salim. Il se prend pour qui, Ahtman, tout à coup ? Lui, c'est un pion, c'est un employé. Il veut s'en prendre une ? Il en a marre de la vie ? Depuis des années, un samedi par mois, Ahtman reçoit la visite de Lounès ou de Mokhtar. Ils lui apportent un petit sac plein de billets. Des coupures de dix, vingt, cinquante euros, jamais plus, froissées par des mains tremblantes, la nuit, quelque part dans les Hauts de Monzelle. Ahtman ne pose pas de questions. Il ajoute ces sommes à son chiffre d'affaires, il les dépose en banque, il paie des impôts dessus. Puis, chaque année, au moment du bilan, il verse les dividendes à la société actionnaire majoritaire de son entreprise. Lui n'est que le gérant. Celui qui possède véritablement le salon, c'est Salim, au travers d'une de ses sociétés.

— C'est juste… commence Ahtman. C'est juste que je

voyais plus personne depuis longtemps. Avant, Salim, il venait me voir. Je le rasais pas, il s'asseyait là et il discutait, il me demandait comment j'allais.

Il se penche pour vérifier que personne ne passe sur le trottoir.

— Et vous, vous donnez plus de fric, chuchote-t-il. Ça fait deux bilans que Vignon me demande pourquoi le chiffre d'affaires est en baisse, et moi je sais pas quoi lui dire, à ce comptable, parce que j'en sais rien. Il se passe quoi, putain, Lounès ?

Il regarde encore derrière la vitrine et parle encore plus bas.

— Tout le monde dit que Salim est mort.

— Il est pas mort, Salim, dit Lounès en desserrant les poings.

Il donne une tape sur l'épaule d'Ahtman.

— Inch Allah, ça va s'arranger.

Ahtman se détend. IE s'écarte de la porte d'entrée.

— Je vais penser à tout ça, dit Lounès. Mais pas maintenant. Parce qu'aujourd'hui, mon frère, je me marie.

IE ouvre la porte de la boutique et la clochette tinte de soulagement.

— *Mabrouk,* dit Ahtman. *Mabrouk,* mon frère.

Quand la Porsche atteint l'Éléphant bleu, Lounès est rasé de près mais il rumine toujours la discussion. Ahtman n'est pas le seul à s'inquiéter. Les gars qui tiennent des kebabs, des bars à chicha, dans Monzelle et aux alentours, tous enregistrés au nom de sociétés dont Salim est actionnaire, posent des questions, demandent des comptes ou, pire, ne disent rien. Est-ce qu'il devrait aller les voir les uns après les autres ? Salim avait construit un empire et il l'a laissé en plan, sans nommer d'héritier, disparaissant du jour au lendemain. On était censés faire quoi ? Pendant les premiers mois de sa dépression, car c'était bien de ça qu'il s'agissait, il a donné quelques indications à Lounès, lui a expliqué quelques mécanismes. Ça n'a servi à rien. La machine à blanchir est efficace, mais elle est complexe, et à part Vignon, personne n'est en mesure d'en saisir les subtilités.

— Ils ont dit qu'ils viendraient, dit IE, sur le siège passager.

— Hein ? Quoi ? Qui ?

Lounès s'extrait de ses réflexions et passe la première. La Porsche gronde comme un tremblement de terre.

— Kader et Omar. Je suis allé les voir. Ils viennent au mariage.

Lounès ne laisse transparaître aucune émotion.

— OK, dit-il.

IE n'attend pas de mercis. Ils n'arrivent jamais. Voyant apparaître sur la colline les tours de Sainte-Té, où il habite, il ajoute :

— J'arrive pas à croire que tout ça, ça va sauter.

— T'as peur ? demande Lounès.

— Je sais pas ce qu'il y aura à la place. Il y a des gens qui disent que la mairie, ils ont juste du fric pour détruire, pas pour reconstruire. Il y a des gens qui disent que si on détruit un immeuble, on a pas le droit de construire des habitations au même endroit. Genre, c'est la loi. Mais même s'il y a des maisons ou des bâtiments tout neufs, je crois pas que les clients, ils reviendront. On vendra plus rien ici quand ils auront tout défoncé.

L'année dernière, la mairie a annoncé la destruction de la dalle ainsi que des tours 1 et 2, les plus hautes de la ville. Le plan de relogement a commencé et, en décembre prochain, il est prévu d'enfermer une partie du quartier derrière des palissades afin de laisser les ouvriers procéder au démantèlement des immeubles.

— On trouvera d'autres raintés, dit Lounès après une pause qui trahit son inquiétude.

— J'ai pas peur, dit IE. C'est juste que ça fait bizarre. J'habite là depuis tout petit.

— Moi aussi, dit Lounès en tournant le volant pour s'engager sur la route qui fait le tour de la place carrée.

Il se gare juste en bas de chez lui, au pied du bâtiment C. Il détache sa ceinture.

— T'as assuré, ajoute-t-il. C'est bien que Kader et Omar viennent au mariage. On va pouvoir discuter. Il faut que je sache qui est avec moi avant de voir le mec de Monaco.

— T'as pas annulé? s'étonne IE. C'est ton mariage, frère.

— J'ai pas le choix. Il passait qu'une fois par ici. Je le vois dimanche, à treize heures, au troisième niveau du parking du cinéma. Après ça, on sera fixé.

IE ouvre la portière.

— T'es un champion, Lounès. T'es un malade.

Il sort du véhicule. Il claque la portière. L'habitacle retrouve son silence feutré. Au bas du bâtiment B, où habitent les parents de Lounès, Mathilde s'apprête à pénétrer dans le hall. Elle ne remarque pas la Porsche ni le regard de Lounès, qui la transperce à distance. L'odeur de la crème après-rasage d'Ahtman se répand doucement dans la voiture. Lounès ferme les yeux. Il n'y a pas seulement le mariage. Tout est en train de changer. Même le passé mériterait qu'on l'enterre, qu'on l'échange contre un autre.

Lounès regarde par la fenêtre. Il pleut. Il a dix-huit ans. La douleur dans son nez se réveille quand Bruno tourne au feu rouge devant la place carrée. Durant les deux heures qu'a duré le trajet, Lounès n'a rien senti. Il souffrait d'une autre blessure. « Le champion, c'est pas toi. » Les mots de Bruno faisaient aussi mal qu'un crochet du gauche en pleine gueule. Le crochet du droit, c'est qu'il avait raison.

— Reposez-vous bien, les gars, dit Bruno par la vitre ouverte. Entraînement lundi.

Nico et Lounès esquissent un geste d'au revoir à leur coach et courent s'abriter dans le passage couvert alors que la voiture s'éloigne. La nuit est tombée depuis longtemps. La place est vide. Des lueurs bleutées dansent sur les rideaux de quelques fenêtres.

Lounès fouille dans son sac de sport et en sort un briquet, des feuilles à rouler et un paquet de Marlboro, duquel il extrait une cigarette ainsi qu'un petit morceau de shit qui ressemble à un astéroïde.

— C'est un fils de pute, dit Nico.

Accroupi, le dos contre le mur, Lounès déchiquette la cigarette pour rouler le joint. Il fait comme s'il n'avait pas entendu. Il n'a pas besoin d'en parler pendant des heures. Ce qu'il lui faut, c'est juste de la fumée qui entre dans ses poumons, du THC qui se colle contre ses récepteurs et l'engourdissement qui s'ensuivra. Il lèche la partie adhésive du papier à cigarette, finit de l'enrouler autour du mélange de tabac et de shit, et allume l'extrémité. Il sent monter sur ses lèvres la chaleur de la combustion tandis qu'un filet de fumée pénètre dans son organisme. Il ferme les yeux, cale sa tête contre le béton derrière lui et accueille avec soulagement le frisson dans sa nuque en écoutant la pluie chuinter sur le goudron.

Nico s'est approché. Lounès se relève et lui tend le joint.

— Wepner a perdu, dit Nico en prenant le joint, mais il a tenu quinze rounds en face de Mohamed Ali. Résultat, toute la saga des *Rocky,* c'est son histoire à lui. Des fois, le meilleur, c'est pas celui qui gagne.

Il tire une taffe. Il repasse le joint à Lounès. Leurs doigts s'effleurent. Nico crache la fumée sur le côté sans quitter Lounès des yeux. Aucun des deux ne tient vraiment le joint mais tous les deux le tiennent. Ils se taisent. Leurs doigts ne se décident pas. Nico s'approche encore. La pluie bat et ça fait comme un gros animal qui ronronne. Un tigre. Lounès voit le visage de Nico, de plus en plus près, si près qu'il devient flou. Tout devient flou. Lounès sent les lèvres de Nico qui se posent sur les siennes. Il sent la langue de Nico qui frôle la sienne. Il entend un bruit. Un gravillon. Il tourne la tête et voit Mathilde, immobile, à l'autre extrémité du tunnel, les yeux écarquillés, un sac en plastique dans la main contenant de gros fruits ronds, des melons ou des pamplemousses. Puis elle se reprend, baisse la tête et se remet en marche. Elle dépasse les garçons sans un regard et disparaît sous l'averse.

Lounès repousse Nico d'un coup de paume dans la poitrine. Il s'assombrit. Il respire fort par le nez, envoie des éclairs par les yeux. Il s'essuie la bouche du revers de la manche et empoigne son sac de sport. Il fait encore un pas en direction de Nico, qui demeure bouchée bée, les bras ballants, les yeux en forme de points d'interrogation. Lounès lui administre un coup, du plat de la main, à hauteur du cœur. Nico manque de tomber en arrière. Lounès pointe un index menaçant sur lui. Il ne trouve pas ses mots. Il referme le poing. Il le serre à s'en faire péter une phalange. Des veines, sur son cou, gonflent. Il soupire. Il s'en va.

Nico reste prostré. Il déglutit. Le joint tombe de sa main, dans une flaque triste.

Dan ne lave pas sa voiture à l'Éléphant bleu pour deux raisons. La première, c'est que la station est beaucoup trop près des Hauts, de Sainte-Té et des Coches, où n'importe quel blaireau pourrait le repérer et lui briser les noix. La seconde, c'est que l'Éléphant bleu ne s'est jamais vraiment foulé pour moderniser ses installations et faire en sorte de consommer moins d'eau, ou au moins de recycler les milliers de litres dépensés chaque jour. La société a bien communiqué autour de l'épuration des eaux usées, le traitement et l'évacuation des déchets polluants, mais ça n'empêche que des milliers de litres de flotte partent dans le caniveau uniquement pour que nos carrosseries soient nickel.

OK, quand t'as une Audi à cinquante mille balles, t'as envie de la laver tous les deux jours, dit souvent Dan, mais l'environnement, c'est important aussi. La Terre se réchauffe, des régions entières, en Afrique, se dessèchent et leurs habitants crèvent de soif; on va quand même pas nettoyer les moucherons sur nos pare-chocs avec de l'eau potable.

C'est pour ça que Dan lave sa bagnole dans la station de la zone commerciale. Là-bas, un panneau annonce en grand que les eaux utilisées sont récupérées, traitées et réinjectées dans le système afin de limiter au maximum la consommation.

— T'avoueras que c'est quand même mieux, dit Dan à Mouss.

Ils sont tous les deux appuyés contre un muret, à l'écart des nuages de gouttelettes provoqués par les jets à haute pression. L'épagneul est assis dans l'herbe, au bout de sa laisse. Il ferme les yeux. On dirait un moine zen en train de méditer. Dans l'une des zones de lavage, Tonio manie la perche en essayant de ne pas mouiller ses baskets neuves.

— Je crois qu'on s'en fout un peu, dit Mouss. Quand je vais chez les cousins, à Mulhouse, je traverse des kilomètres et des kilomètres de champs. Les vieux agriculteurs, là-bas, ils arrosent avec du matériel tout pourri. Ça fuit de partout. Ils en ont rien à foutre. L'eau se déverse directement dans le fossé. Des milliers de litres. Quand tu vois ça, tu te dis que c'est pas si grave si t'as oublié de fermer le robinet pendant que tu te laves les dents. Il faudrait que tu te laves les dents pendant mille ans avant de bousiller la flotte qu'ils bousillent.

Dan hausse les épaules.

— N'empêche, dit-il.

Tonio s'attaque au toit du SUV. Il se met sur la pointe des pieds pour contrôler ce qu'il asperge.

La station est située sur le parking du Géant Casino, à côté du garage Feu vert et des pompes à essence TotalEnergies. Tout autour, un ballet ininterrompu de voitures et de piétons poussant des caddies ajoute une chaleur métallique à la chaleur déjà oppressante du bitume.

— Tu sais, pour ce week-end, dit Mouss en se lissant la barbe.

Il marque une pause, comme il fait souvent quand il doit dire quelque chose d'important. Dan sort une cigarette de sa poche de chemise.

— Putain, je me crame le cul, dit-il.

Il se lève, époussette son short de plage et allume sa clope.

— Quoi, ce week-end ?

— T'es sûr de toi ? Tu crois que ça vaut vraiment le coup d'aller si loin.

Dan fait quelques pas en avant, la laisse à son poignet, mais sans que le clebs bouge d'un millimètre.

— Ça va, mon grand ? dit Dan à Tonio. T'as besoin d'un coup de main ?

Tonio sourit, fait un geste de la main qui veut dire qu'il gère, merci. Dan acquiesce et revient se poster devant Mouss. Il crache sa fumée par le nez et la bouche en même temps, à la manière d'un dragon moyennement furieux.

— Est-ce que ça vaut le coup ? Est-ce que ça vaut pas le coup ? Ça, c'est mon affaire.

Le regard de Mouss dérive jusqu'à Tonio qui, de loin, ressemble à un enfant, sautillant avec son jet d'eau à la main, puis vers le chien qui, pour sa part, demeure parfaitement stoïque.

— On est une équipe, dit Mouss. Si on t'aide, si on est là, on est tous responsables. Les juges, ils en ont rien à foutre de qui fait quoi.

— Primo, dit Dan, il s'agit pas que de nous. On rend service à beaucoup de monde avec cette opération. Deuxio, si on réussit, Lounès est fini. Pour de bon. Si on réussit ce week-end, tout est fini.

Adrien s'approche de la fenêtre ouverte. En bas, la place carrée fume encore du soulèvement de la nuit, le troisième depuis le début des troubles. Des monticules noircis forment d'étranges tumulus que même les jets d'eau des agents de la Ville ne sont pas parvenus à éteindre. Ils exhalent vapeurs chaudes et odeurs fortes comme des bêtes agonisantes. En d'autres endroits, des taches sombres témoignent de la présence des incendies des jours précédents. Des sculptures carbonisées, carcasses de caddies, de vélos électriques, donnent au lieu une allure de galerie à ciel ouvert, exposant les œuvres d'un anonyme artiste du feu. Des volutes planent, une odeur d'incinération prend aux narines. C'est une vision surréelle, un champ de bataille sans bataille, puisque ceux qui ont crié et brûlé cette nuit ne l'ont fait contre personne, ou bien contre tout le monde, ce qui revient au même. Peut-être se battaient-ils contre eux-mêmes.

— Je vois pas de voiture, dit Adrien. Je vois pas ta belle-famille. T'es sûr que c'est aujourd'hui que tu te maries ?

Il se retourne vers sa sœur pour s'assurer qu'elle rigole. Léa sourit, assise sur le lit, les mains peintes croisées sur les genoux, étincelante dans sa robe immaculée. Ses cheveux ont été tressés en couronne, piqués de minuscules fleurs jaunes et blanches. Elle porte de faux cils, un maquillage très prononcé dans les teints rosés. Sa traîne tombe, languide, sur le côté du lit.

— Tu veux me passer mon sac? dit-elle en montrant une besace kaki pendue à une chaise.

Adrien la lui apporte. Léa en remue le contenu un moment, grommelle et finit par pousser un cri de victoire. Elle en tire une boîte en métal de la taille d'un paquet de cigarettes, en extrait un joint qu'elle plante dans sa bouche et allume.

— Non mais ça va pas, réagit Adrien. Il faut qu'on y aille dans cinq minutes.

— Justement. C'est maintenant ou jamais. Après, je pourrai plus pendant tout l'aprèm. J'en ai vraiment besoin. Il faut que je me relaxe, là.

Elle tire goulûment sur le joint et se laisse tomber en arrière, les yeux fermés, sur le lit les bras en croix.

— T'es malade, ils vont arriver d'une minute à l'autre. Tu vas sentir la beuh à trois kilomètres. Une mariée qui se parfume au shit, ça fait désordre.

Elle se redresse.

— T'en veux? demande-t-elle.

Adrien fait non de la tête, il s'assied sur le lit. Il porte la même tenue que la veille. Ce n'est pas certain qu'il ait changé de chemise.

— Vous jouez aux cartes, avec Lounès?

Adrien montre la dame de cœur posée sur la table de chevet.

— Nan, laisse tomber, dit Léa. Encore une merde dont on aimerait bien se sortir.

L'odeur du shit envahit la pièce et se mêle aux effluves de combustion du dehors.

— Je suis pas expert, dit Adrien, mais j'ai l'impression que t'es pas super heureuse. Je me trompe ?

Léa s'appuie sur ses coudes. Elle fixe son frère dans les yeux et le gratifie de son fameux et irrésistible demi-sourire. Puis elle lui décoche un coup de poing dans l'épaule.

— Hé, minus. Arrête de t'inquiéter pour moi, t'as compris ?

Adrien essaie de sourire à son tour. Il ne répond rien et se lève. Il retourne à la fenêtre et contemple à nouveau le paysage lunaire, de béton et de cendres, parcouru de groupes d'enfants et de riverains qui déambulent sans se soucier des décombres. Il repense à certains après-midi, quand Léa habitait encore à la maison, au chaos que laissait leur père juste après une colère, vaisselle brisée, tiroirs jetés au sol, cadres tombés de leurs clous. Souvent, il concluait sa prestation en claquant la porte et disparaissait plusieurs heures. Léa se rendait dans sa chambre, s'allongeait sur son lit et posait son casque sur ses oreilles. Étendue, elle se mettait à fredonner une chanson de Britney Spears. Adrien l'observait, encore tremblant, impressionné par le calme de sa sœur qui, malgré ce qu'ils venaient de vivre, semblait déjà hors de portée. La dévastation ne l'atteignait pas. Dès qu'elle fermait les yeux et que la musique l'enveloppait, c'était comme si elle quittait la maison, le pays, la Terre. Elle filait vers un autre monde où rien de mauvais ne pouvait lui arriver, où la voix de Britney lui donnait la force de tout affronter. Adrien l'avait toujours enviée pour ça.

— Quand je rentrerai, je pourrai le dire à maman ? demande-t-il.

Léa s'assombrit. Elle tire une bouffée, expulse la fumée, prend son temps.

— Nan, répond-elle doucement. C'est mort. Tu leur dis rien. Ni à l'un ni à l'autre.

Des secondes passent, au cours desquelles les souvenirs affluent et plongent le frère et la sœur dans une torpeur désagréable.

Alors, Léa a un sursaut. Elle crache la fumée.

— Ils savent que t'es là ? demande-t-elle.

Un moteur gronde dehors, accompagné d'un concert de klaxons.

— Ah, les voilà, dit Adrien pour couper court à la conversation.

Au carrefour, une immense limousine blanche aux vitres teintées manœuvre lentement afin de s'engager sur la route qui longe la place carrée. Des roses roses sont disposées en forme de cœur sur la calandre et sur le toit. L'imposant véhicule est suivi par un cortège de voitures rugissantes qui zigzaguent, toutes vitres ouvertes, desquelles dépassent des enfants endimanchés assis sur les portières, qui crient et tapent des mains. Des nœuds de tulle ornent les rétroviseurs, les poignées et les antennes.

Au bas du bâtiment B, la porte du hall s'ouvre. Nadia et Lounès descendent sur le trottoir, suivis de Mohammed,

Mounia, Rafik, Jalila, Hayet, Nora, Sofiane et Idriss. Les hommes sont vêtus de costumes sombres, avec chemise blanche, cravate ou nœud papillon. À l'exception de Jalila, qui porte un tailleur-pantalon nacré, les femmes ont des robes longues, dans un dégradé qui va du rouge au rose. Nadia et Mounia portent le hijab. Le petit groupe attend près de la chaussée.

— Ça va coincer, dit Adrien.

En effet, la limousine est à l'arrêt. Un camion de déménagement bloque la route. Alexandra, la mère de Zoé, s'est approchée de la voiture et s'entretient avec le conducteur. Derrière elle, David et deux de ses amis hissent dans le camion un canapé enveloppé de plastique.

— Il se passe quoi ? crie Hayet en direction du bouchon.

Lounès fait quelques pas sur la place pour mieux voir.

Les portières avant de la limousine s'ouvrent. Kamel et Mokhtar en sortent alors qu'Alexandra rejoint David à l'arrière du camion.

— Il se passe quoi ? demande Léa depuis le lit.

— Il y a un déménagement. Ton carrosse peut pas passer.

Idriss pique un sprint en direction de la limousine. Au même moment, Zoé sort de l'immeuble. Ils s'installent côte à côte sur les marches, devant le hall.

— Idriss, t'assieds pas par terre, tu vas te salir ! crie Hayet depuis l'autre bout de la place.

Non loin, Lounès montre des signes d'impatience.

— T'as dit que c'était un ancien boxeur, ton mari ? demande Adrien. La vache, j'ai l'impression qu'il va nous faire une démo.

Léa se lève et le rejoint à la fenêtre. Des images de guet-apens l'assaillent soudain. Elle pense aux techniques des braqueurs qui bloquent des rues avec de faux camions de déménagement pour immobiliser les transporteurs de fonds et les attaquer au lance-roquettes. Tout le monde dit que Dan est complètement taré. Il serait capable de faire ça ? Dégommer leur limousine à la grenade ?

— Lounès ! crie-t-elle.

Enfants, badauds, voisins, toute la place se retourne.

— Laisse tomber, viens me chercher à pied. On montera dans la voiture au feu rouge.

Kamel lance à Lounès un regard interrogateur.

— Reculez jusqu'au feu rouge, crie Lounès. On arrive.

Kamel et Mokhtar font signe de reculer aux voitures qui les suivent. Puis ils remontent à l'avant et Kamel entame la périlleuse marche arrière, tandis que Lounès et le reste de la famille se mettent en route.

Idriss discute toujours avec Zoé, près du camion où le chargement a repris. Un youyou s'élève depuis une fenêtre, accompagné par un autre, quelque part sur la place. Bientôt, un concert de youyous et de klaxons accompagne la marche de la famille Kacem, tirée à quatre épingles, progressant sur la place carrée entre les tas de débris fumants et les objets carbonisés.

Un groupe de quatre hommes, en tenue traditionnelle marocaine, sortent de l'une des voitures du cortège. Ils sont munis d'instruments de musique : tara, karkabous, zurna, taârija. Ils échangent deux ou trois mots et le rythme démarre, lancé par la tara et immédiatement doublé par la taârija. Tout en tambourinant, le joueur de tara entonne un chant en arabe, repris par les membres du groupe. Ils escortent la famille sans cesser de jouer et de chanter.

Les louanges et les souhaits de bonheur s'élèvent au-dessus des ronds de cendres, rebondissent sur les immeubles, qui font comme une caisse de résonance géante. D'autres voisins apparaissent à leur fenêtre.

— C'est l'orchestre, dit Léa. La dakka. Il faut qu'on descende. Tu pourras garder mon sac ? J'ai pas de poches dans cette robe. Je sais pas où mettre mon portable.

— Léa, tu te maries, répond Adrien. T'as pas besoin de ton portable.

— Il y a aussi les clés de l'appart, dans ce sac. Lounès a paumé sa pochette. Faut bien que je puisse rentrer ici pour ma nuit de noces.

Adrien fouille dans la besace.

— Je prends les clés et ton portable mais je prends pas le sac. Je veux pas finir au poste, dans ce bled paumé, pour possession de cannabis.

Léa soulève sa traîne et la tend à Adrien.

— Quoique les cellules sont sûrement plus confortables que le Airbnb où je crèche, ajoute-t-il.

— C'est pas notre bled qui est paumé, dit Léa. C'est toi.

Léa apparaît dans l'encadrement de la porte de l'immeuble, sous les youyous et les applaudissements des invités, mais aussi des voisins qui observent depuis la place, depuis les marches de la maison de quartier, ou des fenêtres des trois immeubles de la résidence. La musique de la dakka marrakchia résonne plus fort. On commence à danser. Lounès monte les trois marches. Il tend sa main à Léa, qui la prend pour descendre sur le trottoir. Les mariés s'avancent au milieu du cercle des invités. Léa applaudit en rythme. Lounès est ce type qui réussit à ne pas sourire tout en se déhanchant le jour de son mariage.

Le joueur de tara harangue la foule, qui répète ses paroles en retour. Kamel a réussi à garer la limousine à quelques mètres à peine, entre la mosquée et le parking du haut. Malak et Tasnine, sept et huit ans, petites-cousines éloignées de Lounès, portent solennellement la traîne de Léa pour ne pas qu'elle soit tachée par les résidus de suie qui maculent le sol. Adrien suit le mouvement, assourdi par le son strident de la zurna, qui lui rappelle les cornemuses des supporters du XV du Chardon, le jour où il a assisté au match France-Écosse au Stade de France, il y a deux ans. Il a eu des acouphènes pendant deux jours et, en plus, on a perdu.

Kamel ouvre la portière de la limousine. Léa entre la première, suivie de Lounès. L'immense véhicule démarre lentement et marque l'arrêt au feu rouge, le temps que tout le monde regagne sa voiture et s'insère dans le cortège. Idriss laisse Zoé sur les marches, près du camion de déménagement. Elle lui fait un petit signe, auquel il répond par une révérence. Puis il court aussi vite qu'il peut afin d'intercepter la voiture de sa tante Jalila, qui part déjà. Il a juste le temps de se glisser sur le siège arrière. La musique de la dakka s'arrête. Les klaxons prennent le relais. Ils retentissent durant tout le trajet, dans la côte de l'Éléphant bleu, sur les boulevards, puis dans les rues étroites du centre-ville de Monzelle. À plusieurs reprises, les conducteurs des grosses cylindrées louées pour l'occasion font rugir leur moteur ou crisser leurs pneus tandis que de jeunes hommes assis sur les portières chantent ou brandissent au vent des drapeaux du Maroc et de l'Algérie sous les regards consternés des passants.

Leurs cris parviennent à peine à l'intérieur de la limousine. L'habitacle est comme une bulle de luxe, insonorisée et feutrée. Des odeurs de cuir et de rose ont remplacé celles, entêtantes, du quartier. Même les rayons brutaux du soleil se heurtent aux vitres teintées et leur chaleur est annihilée par la climatisation.

— T'as fait comme je t'ai dit? demande Léa, enfoncée dans la moelleuse banquette.

Lounès lui fait signe de parler plus bas. Il se rapproche d'elle et chuchote.

— J'ai dit à Mokhtar que le rendez-vous était à dix heures. À IE, j'ai dit treize heures et à Lassana, seize heures. Le lieu, c'est le troisième sous-sol du parking du cinéma. Il y a jamais personne, là-bas, juste des clodos qui dorment de temps en temps. J'en connais un. Il s'appelle Christian. Avant, il habitait sur la place carrée.

— Ouais, je sais, dit Léa. C'est le père de Zoé. L'ex d'Alexandra.

Lounès a un petit mouvement de surprise.

— Sérieux, mais tu connais tout le monde, toi.

— C'est mon boulot, j'essaie. Mais eux, surtout. Leur famille, elle m'intéresse. Putain il va où, ton frère ?

— Pour aller à la mairie avec une caisse comme ça, il y a des rues où tu peux pas passer. Il faut faire des détours.

La limousine, suivie de la vingtaine de voitures, évolue dans le labyrinthe des rues médiévales du centre-ville. Souvent, avant un virage trop serré, elle doit s'arrêter. Alors Mokhtar descend et guide Kamel avec force gestes et mimiques catastrophés.

— Christian, continue Lounès, va rester au troisième sous-sol toute la journée de demain, et le soir, j'irai le voir. Je lui ai dit de noter l'heure, s'il voyait quelqu'un se pointer.

— T'es un chef, mon cœur, dit Léa. T'as réussi à faire tout ça ce matin ?

— Et je suis allé chez le barbier, aussi. Faut que je sois nickel pour le rendez-vous.

Léa se renfrogne. Elle voudrait dire quelque chose,

puis se ravise. C'est peut-être pas le moment de se prendre la tête.

Quelques virages plus tard, après être passée devant une demi-douzaine d'églises, la limousine se gare sur les pavés de la place de l'Hôtel-de-Ville, qui fait comme un cirque, entourée de bâtisses à colombages et de boutiques de vêtements. Le ciel est d'un bleu éclatant. Sur les marches de la mairie, la dakka marrakchia attend déjà les mariés. Lounès descend le premier et aide Léa à sortir au son des percussions marocaines et des chants de bénédiction. La chaleur les prend à la gorge.

D'autres invités se sont joints à ceux qui sont allés chercher Léa dans les Hauts. Maintenant, autour de la limousine, des jeunes époux et des musiciens, il y a environ quatre-vingts personnes qui remuent la tête et frappent des mains. Certaines esquissent des pas de danse. Un peu à l'écart, des groupes de Monzellois venus faire du shopping en centre-ville se forment, attirés par l'animation. La place grouille de monde. Des commerçants regardent la fête d'un mauvais œil, debout sur le pas de leur porte. Chaque samedi, depuis le début du printemps, les mariages s'enchaînent. Quelques applaudissements et des pétales jetés en l'air, ça passe, mais le vacarme d'un orchestre oriental, c'est assourdissant et ça fait fuir le client, pensent-ils. Il n'y a que dans les mariages maghrébins qu'on joue de la musique en entrant et en sortant de la mairie. Autrefois, dans les campagnes, au Maroc, en Tunisie, c'était de cette manière qu'on prévenait qu'un événement important était en train de se passer. Les youyous et les chants avertissaient la communauté, laquelle ne se privait pas de rejoindre les festivités. Ainsi, l'état civil s'écrivait dans les souvenirs de chacun plutôt que sur un registre.

— Il y a trop de monde, ça craint, dit Lounès à l'oreille de Léa.

Il ne peut pas s'empêcher de jeter des coups d'œil inquiets autour de lui, afin de vérifier que personne de dangereux ne s'est glissé parmi les spectateurs. La seule chose qui le rassure, c'est qu'il connaît le visage de tous ses ennemis.

Hayet frappe des mains en l'air et s'approche des musiciens en bougeant les épaules en rythme. Le joueur de tara scande une parole : les invités lui répondent en cœur. Adrien secoue la tête avec un manque flagrant de coordination. Il essaie tant bien que mal de répéter les phrases en arabe.

— Détends-toi, dit Léa à Lounès. Qu'est-ce que tu veux qu'il arrive ici ?

Malak et Tasnine attendent sagement à côté de leurs parents, prêtes à reprendre du service, quand il faudra monter les marches. Un photographe, équipé d'une perche télescopique, filme la scène en tournant autour des musiciens et des danseurs. Beaucoup de fenêtres sont ouvertes, dans les étages des maisons qui donnent sur la place. Lounès les scrute aussi, la bouche pincée. Il aperçoit Nordine, vêtu d'une chemise et d'un nœud papillon, parmi les invités qui battent des mains. Lounès fend la foule et vient lui donner un coup dans l'épaule.

— Tu te crois où, toi ? crie-t-il pour se faire entendre

par-dessus la musique et les chants. Tu rentres chez toi et tu mets une veste. T'as cru qu'on allait au MacDo, fils de pute ?

Nordine est tétanisé.

— Mais il fait chaud, Lounès.

— Si t'as trop chaud, tu vas à la piscine, pas à mon mariage, t'as compris ?

Nordine acquiesce et s'éloigne. Lounès revient au centre du cercle de danse.

— Allez, on rentre, dit-il, en faisant un signe à l'orchestre.

Les percussionnistes exécutent les mesures de conclusion et le morceau s'achève sous les applaudissements des convives et des badauds, qui reprennent aussitôt leur chemin. Lounès aide sa mère à monter les marches, suivi par les invités. Léa fait un signe aux deux petites. Malak et Tasnine s'empressent de saisir le bout de la robe, puis attendent les instructions comme deux soldates zélées. La mariée fait quelques pas. Elle lève les yeux sur l'imposant bâtiment municipal, sa façade martiale, ses drapeaux tricolores, les trois mots de la devise de la République française qui courent sur toute sa largeur. Par une fenêtre ouverte du deuxième étage, elle reconnaît Gérard Fuchs, le directeur de cabinet du maire. Il s'entretient avec un homme dont le visage lui est familier, mais qu'elle ne parvient pas à resituer. Elle se désintéresse de la scène. Adrien lui tend le bras.

— Je t'emmène à l'autel, grande sœur ?

— Ça fait longtemps que t'es plus grand que moi.

Léa et Adrien gravissent les marches de la mairie, les deux petites cousines portent avec sérieux et concentration la traîne de la robe. Soudain, une voix s'élève, à l'autre bout de la place de l'Hôtel-de-Ville.

— Attendez ! Vous mariez pas sans moi !

C'est Idriss. Il était absorbé par la contemplation de la vitrine de la librairie juste à côté, où sont présentés les derniers tomes des mangas populaires. Il arrive en courant et grimpe les marches quatre à quatre.

— Je suis sûre que tu seras en retard à ton propre mariage, dit Léa.

Idriss lui décoche une grimace et entre.

Elle atteint le perron en se demandant où elle a déjà vu cet homme, à la fenêtre. Une chose est sûre, elle ne l'a jamais rencontré. Elle a un don surnaturel pour la physionomie. Elle saurait mettre un nom sur les visages de toutes les personnes qu'elle a interviewées depuis le début de sa carrière. Celui-là, elle ne l'a probablement jamais vu en chair et en os. Peut-être en photo. Sur une page du *Républicain* ?

Après avoir franchi la haute double porte en bois brun, aux poignées et heurtoir en fer forgé, Léa et Adrien arrivent dans un couloir qui traverse tout le rez-de-chaussée de la mairie, flanqué de portes fermées. Deux escaliers de pierre, à droite et à gauche, desservent les étages. À l'autre extrémité, un rectangle d'un vert éclatant laisse deviner la présence d'une cour intérieure arborée. Sur chaque porte, sur les murs, des panneaux indiquent les noms et usages des salles, les directions menant aux différents services de l'administration : état civil, dynamisme urbain, marchés publics... Au mur de droite, la liste des anciens maires de Monzelle est gravée sur une plaque de marbre. Depuis la Seconde Guerre mondiale, la ville n'a connu que quatre dirigeants, dont trois appartiennent à la famille Maximin : le père, le fils et le petit-fils, élu en 2008 et toujours en fonction. Une dynastie municipale, comme il en existe dans de nombreuses villes françaises.

Au pied de l'escalier de gauche, une flèche pointant vers le haut indique la « salle des mariages ». C'est dans cette direction que s'engage la file des invités. Seul Lounès patiente dans le couloir. Léa le rejoint et lâche le bras d'Adrien.

— Vas-y, monte, dit-elle. On fera notre entrée quand tout le monde sera installé.

Elle interpelle Idriss, qui attend, quelques marches plus haut.

— Tu vas voir dans la salle ? Et tu reviens nous dire quand on peut monter.

Idriss fait un salut militaire avant de s'élancer dans l'escalier.

— Je ressemble à quoi ? demande Léa.

— Ça va, tranquille, dit Lounès.

Léa sourit. Son dictionnaire français-Lounès lui certifie que ça veut dire qu'elle est super belle.

Des pas se font entendre à quelques mètres de là, dans les marches de l'autre escalier, celui de droite. Deux hommes débouchent dans le couloir, les deux mêmes qui se tenaient à la fenêtre un peu plus tôt.

— *Khra,* il est là, ce fils de pute, dit Lounès tout bas en les voyant.

— Qui ça ? demande Léa. Fuchs ?

— Nan, Vignon.

Léa s'étrangle. Des feux d'artifice éclatent dans ses neurones. Il y a trop de lumière et de couleurs pour qu'elle y comprenne quelque chose, mais elle admire le spectacle.

— Vignon ? chuchote-t-elle. Camille Vignon ?

— Ouais, le comptable.

— Tu le connais ? Comment tu le connais ?

— C'est le comptable de Salim. Je te raconterai.

D'autres pas résonnent, dans l'escalier de gauche cette fois. Idriss redescend.

— Lounès, viens, y a *henna* qui veut te demander un truc.

Lounès serre les dents en regardant Vignon et Fuchs s'éloigner dans le couloir en direction de la cour intérieure.

— Je reviens, dit-il en s'élançant dans les marches.

Léa tremble un peu. Les pièces du puzzle sont éparpillées sur la table. Jusque-là, la photo n'était pas claire mais, avec un peu d'imagination, Léa devinait ce qu'elle représentait : il y avait la famille Maximin, la famille Billet, des immeubles, de l'argent et, au centre, le cabinet comptable Caron, qui faisait le lien entre tout ce beau monde. À présent, de nouvelles pièces apparaissent. Soudain, Salim s'invite dans le tableau, et Vignon n'est pas si innocent qu'il le prétend.

Léa regarde l'escalier. Elle regarde les deux hommes disparaître dans le jardin. Elle regarde sa traîne, les deux gamines qui en tiennent les coins, dans leurs petites robes roses, leurs serre-tête garnis de fleurs.

— Idriss, dit-elle. T'as ton téléphone ?

Idriss sort son portable de la poche intérieure de sa veste.

— Les filles, dit Léa, on va pas monter tout de suite, vous me suivez. Idriss, tu viens avec nous.

— T'es malade, Léa, dit Idriss. C'est là-haut que ça se passe, le mariage.

— On en aura pas pour longtemps. Venez vite.

Et elle entraîne Idriss et les deux demoiselles d'honneur, à marche forcée vers l'autre extrémité du couloir.

La porte donne sur un vaste jardin privatif, clos par un haut mur d'enceinte. Il y a un grand chêne qui projette son ombre sur une pelouse finement tondue et d'un vert qui témoigne d'un arrosage quotidien. Des bancs de pierre bordent un chemin de gravier menant à un deuxième bâtiment. Des bacs de fleurs sont disposés dans l'herbe. On ne se croirait pas en plein centre-ville mais dans une résidence perdue au beau milieu de la campagne.

Vignon et Fuchs se tiennent debout près d'un massif de pensées multicolores. Ils fument chacun une cigarette en discutant. Ils ne semblent pas avoir remarqué qu'une mariée a fait irruption dans les lieux. Un samedi de juillet, ce doit être fréquent.

Léa s'arrange pour leur tourner le dos. Elle marche à reculons dans leur direction, en prenant soin de ne pas s'approcher trop. Elle s'arrête à une quinzaine de mètres et s'assied sur un des bancs.

— Venez à côté de moi, les filles. Souriez à Idriss, il va nous prendre en photo.

Idriss affiche un air dubitatif.

— T'es sûr que ça va ? demande Idriss. T'as pas fumé un truc chelou ? Ou le soleil, il t'a tapé sur la tête ?

Léa s'assure d'un coup d'œil que les deux hommes sont toujours là. Elle fait signe à Idriss de s'approcher.

— Prends des photos, dit-elle tout bas. Prends-en le plus possible. Tu fais comme si tu me prenais, moi, mais tu zoomes derrière. Je veux que tu canardes les deux mecs en costard qui fument.

Le regard d'Idriss s'illumine. Il brandit son téléphone portable et obéit sans discuter. Il agrandit jusqu'à dix fois l'image en écartant son pouce et son index sur l'écran. Vignon et Fuchs apparaissent, flous et tremblants, le temps que l'appareil corrige la mise au point. Sur le banc, Léa prend la pose.

— Souriez, les filles, répète-t-elle. Souriez à Idriss.

Malak et Tasnine livrent des moues forcées, bouches entrouvertes sur des rangées de dents dont certaines manquent.

— Encore, dit Léa. Il faut que j'en aie au moins une de bonne.

— On sourit pas bien ? demande Malak.

— Léa !

Le sang de Léa gèle dans ses veines. Les petites sursautent et Idriss range immédiatement son téléphone. Tous ont reconnu la voix de Lounès. Il se tient dans l'encadrement de la porte qui mène au couloir de la mairie.

— Tu fous quoi, putain ? Tout le monde t'attend !

Léa bondit du banc.

— Il y avait une bonne lumière, dit Idriss.

Léa lui touche la main pour lui faire comprendre qu'à ce stade, il vaut mieux la fermer.

Près du massif de fleurs, Vignon et Fuchs observent la scène. Ils plissent les yeux, l'air inquiet. Léa fait attention à toujours leur tourner le dos mais Lounès leur fait face.

— Je suis prête. On y va.

Lounès lui prend le bras et l'attire à l'intérieur. Elle se dégage d'un mouvement brusque. Elle accélère le pas. Ses talons claquent sur la pierre tandis qu'à sa suite, Malak et Tasnine essaient de suivre le rythme, emportées par la traîne, deux boîtes de conserve toutes roses, ballottées derrière le pare-chocs d'une voiture de jeunes mariés.

Mouss gare la BM dans un chemin de terre, devant une clôture de tôle ondulée rongée par la rouille. Il serre le frein à main. Il coupe le moteur. Il fait craquer ses doigts.

— On se connaît depuis trois ans, dit-il.

Dan s'apprêtait à sortir de la voiture. Il attend.

— Tu m'as jamais appris de tour de magie, continue Mouss.

Dan éclate de rire.

— Je savais pas que tu voulais te lancer dans le music-hall.

Derrière les vitres, le paysage champêtre rôtit sous le soleil de seize heures. Le vent chaud balaie les herbes plus vraiment vertes d'un terrain vague qui sépare le chemin des champs de céréales. Au loin, un petit bois constitue le seul îlot de fraîcheur pour les animaux des environs. Peut-être qu'ils y sont tous agglutinés, les loups avec les biches, les renards avec les perdrix. De l'autre côté, au-delà de la propriété du Manouche, par-dessus l'enceinte décrépite, les tours de Sainte-Té montent la garde.

Là-bas aussi, loups, biches, renards et perdrix transpirent les uns contre les autres en attendant la fin de la trêve et le droit de s'entre-dévorer à nouveau.

— Pas un truc dur, dit Mouss. Juste un petit tour, avec les cartes, ou avec une pièce.

— OK, dit Dan. T'es un peu vieux, mais j'accepte que tu sois mon apprenti.

Mouss soupire. C'est bon, il se fout encore de sa gueule.

— Laisse tomber, dit-il. Je regarderai sur YouTube.

Il sort de l'habitacle climatisé de la BM et retrouve la fournaise du dehors. Dan se tourne vers la banquette arrière, où l'épagneul breton est couché.

— Tu restes là, dit-il. Il y a un de tes congénères là-dedans.

Puis il sort à son tour.

— C'est de la merde, YouTube ! dit-il à Mouss. Je rigole pas. Je t'ai dit que j'acceptais. C'est sérieux, la magie.

Les deux hommes passent une porte en contre-plaqué qui marque l'entrée du terrain du Manouche, un capharnaüm de ferraille, de bouts de bois, de pneus et autres matériaux de récupération entassés sans logique apparente, comme une monumentale œuvre d'art brut créée par un doux dingue qui serait le seul à en connaître le sens et la destinée. Une caravane cabossée, qui n'a plus roulé depuis des siècles, et une cabane tordue sont les deux seules structures à émerger du chaos. Le reste n'est que tas, monticule, agglomérat, ne tenant debout que par la seule force de leur inutilité.

La porte du cabanon est entrouverte pour laisser sortir l'extrémité d'un tuyau d'une quinzaine de centimètres de diamètre, qui vibre au rythme de l'air qu'il expulse. Dan ouvre la porte. Elle émet un grincement de film d'horreur. Ses yeux mettent quelques secondes à s'accoutumer à l'obscurité. À l'intérieur, le décor n'a pas changé depuis la dernière fois : un comptoir sommaire confectionné à l'aide de trois palettes, un canapé défoncé dans un coin, des chaises longues, un poêle à bois dont le conduit disparaît par un trou dans le toit, et, bien sûr, le panier rongé où Sranje, un clébard pelé au pedigree indéfinissable, dort jour et nuit. La seule nouveauté, c'est la présence, sur le sol en terre battue, d'un bloc de climatisation ronronnant, sans lequel la cabane métallique se transformerait en four à pizza.

— Tu serais pas mieux dehors? demande Dan au Manouche.

Le vieil homme est affalé dans l'une des chaises longues, en face de la grille d'évacuation du climatiseur, un éventail à la main. Il lâche un énigmatique « pfff ».

— Ou chez toi, renchérit Mouss. Il fait sûrement plus frais, chez toi.

— Bon, vous voulez quoi? demande le Manouche en s'aspergeant le visage avec une pincée d'eau puisée dans un verre à moutarde.

Mouss s'assied dans le canapé. Dan s'approche mais reste debout. Il est déjà couvert de sueur. Pas question de rester là deux plombes.

— Il nous faut quatre ou cinq gars, dit-il. Des costauds.

— Costauds comment? demande le Manouche. Des mecs qui savent se battre?

— Nan, pas ce genre-là. Il nous faut des gaillards qui ont de la force dans les bras. Genre déménageurs, maçons. Genre qui portent des trucs.

Le Manouche cesse de s'éventer. Ses yeux à présent grands ouverts indiquent qu'il est bel et bien sorti de sa torpeur. Il examine le visage de Dan, le front plissé.

— Je veux pas savoir ce qu'ils auront à porter, dit-il. Mais j'ai besoin de savoir si ces gars sauront ce qu'ils vont porter.

Mouss fronce les sourcils.

— Ils portent, dit Dan, ils rentrent chez eux et si on leur demande ce qu'ils ont porté, ils disent qu'ils en savent rien. Comme ça, tout le monde est content.

Le Manouche trempe ses doigts dans le verre d'eau, s'asperge le visage et agite à nouveau l'éventail. Dans son panier, Sranje rêve qu'il court. Ses pattes bougent dans le vide. Il pousse des gémissements aigus.

— Tu parles anglais ? demande le Manouche.

— J'ai jamais trop aimé l'école.

— Je pense à quatre mecs qui pourraient faire l'affaire. Des migrants. Ils ont pas de papiers, ils ont pas le droit de travailler, ils ont besoin de fric. Mais c'est des Soudanais. Du Sud-Soudan, tu vois le genre.

Dan ne voit pas le genre, mais bon, il acquiesce.

— Si tu parles pas anglais ou arabe, dit le Manouche, tu pourras pas leur expliquer ce qu'ils doivent faire.

— Moi, je traduirai, intervient Mouss.

Le chien retrouve son calme. Dan tape dans ses mains.

— Alors ça roule, se réjouit-il. Ils peuvent être prêts ce soir, tes gars ?

Mouss sursaute. Il fait de gros yeux à Dan, qui n'en tient pas compte.

— Ils sont prêts dans un quart d'heure, si tu veux, dit le Manouche. Avec l'inflation, les deux cents balles qu'ils touchent de l'ADA, ça leur paie même pas le bus et un kebab.

Dan se frotte les mains.

— Nickel, dit-il. Dès qu'on est prêts, on t'appelle. Tu dis à tes gars de venir ici. On passera les chercher et on les ramènera quand ce sera fait.

Le Manouche approuve de la tête. Il fait un signe pour congédier poliment ses hôtes, qui ne se font pas prier. Dans la BM, Dan s'installe au volant, allume le contact et met la clim à fond. À l'arrière, le chien bâille.

— Putain, il faisait chaud comme en enfer, là-dedans.

— Ce soir ? demande Mouss. On avait dit qu'on lui laissait une chance.

Dan approche sa tête de la sortie d'air.

— Plus on attend, dit-il, et plus il risque de parler.

— Il se passe déjà beaucoup de trucs, ce week-end, argumente Mouss. Je crois pas que ce soit malin de donner aux flics d'autres os à ronger.

— Les flics, ils sont à la ramasse. Ils ont un million de dossiers sur leur bureau. Un petit délinquant qui se fait refroidir, tu parles comme ils en ont rien à branler. Règlement de compte, et basta. Et s'ils s'amusent à faire des prélèvements et à chercher de l'ADN, ils vont tomber sur le génome de nos potes les migrants. Ça leur fera une belle jambe.

— OK, dit Mouss. OK.

Dan se redresse et s'essuie le visage avec le bas de son t-shirt.

— Je pensais pas que le Manouche trouverait quatre mecs aussi vite, dit-il. Franchement, c'est de la balle.

Parce que juste tous les trois, avec Tonio, c'était pas possible. Il doit peser une tonne, ce gros porc.

Mouss ne répond pas. Il a une boule au fond de la gorge.

Dan démarre.

— Oui, dit Léa.

Et les youyous éclatent dans la salle des mariages de la mairie de Monzelle, sous les moulures dorées, l'immense lustre aux chapelets de verre et le regard sévère d'anciens édiles, figés aux murs, dans des toiles aux couleurs passées.

On applaudit, on lance des bravos, on frappe des pieds le parquet ciré avec un tel enthousiasme que le boucan s'échappe des fenêtres ouvertes, fait se retourner de surprise les passants qui traversent la place de l'Hôtel-de-Ville ; il parvient aux groupes de convives qui n'ont pas pu entrer dans la salle et attendent, au bas des marches, autour de la limousine, que sortent les mariés. Des applaudissements, en bas, répondent aux applaudissements de l'intérieur.

Lounès approche son visage de celui de Léa. Elle se liquéfie. Il l'embrasse sur la bouche. Pas longtemps, mais assez pour la faire vaciller. Elle s'agrippe aux bras de son mari. Elle déborde d'émotion.

Sandrine Gallois, adjointe au maire, écharpe tricolore en bandoulière, déclare les époux officiellement unis par le mariage. Elle les invite à se rapprocher de la table avec leurs témoins afin de signer les registres d'état civil. Lounès et Kamel passent les premiers, suivis de Léa et Adrien, tandis que la célébration bat son plein, dedans et dehors. Les musiciens de la dakka marrakchia reprennent leurs instruments. Ils se positionnent de chaque côté des marches de la mairie, au milieu de la haie des invités, formée par les premiers à être sortis du bâtiment.

Jalila, Hayet et Nora apparaissent dans l'encadrement de la haute porte de bois. Elles sont munies de sacs en plastique pleins de cœurs en papier, roses et blancs, dont elles commencent à distribuer des poignées à tout le monde. Des voix s'élèvent pour donner la réplique aux paroles scandées par le chef d'orchestre. La foule chaloupe. À nouveau, des promeneurs font une halte devant les vitrines pour assister à la sortie de la mariée. Le soleil toujours haut n'offre que de rares refuges ombragés. Puis paraissent Nadia, au bras de son mari, Kamel et Adrien, qui se mêlent au comité d'accueil. Enfin, sous la musique et les vivats redoublés, Lounès et Léa passent le seuil. Ils marquent une pause en haut des marches. De tous les côtés, on leur jette les cœurs en papier. Les confettis volettent devant les façades à pans de bois, s'insinuent par les portes ouvertes des commerces. Léa et Lounès se tiennent côte à côte. Discrètement, Léa tente de prendre Lounès par la main. Il ne s'y refuse pas. Les mariés se meuvent doucement, engoncés dans leurs costumes. La peau de Lounès contre sa peau, Léa cherche Adrien dans la foule. Elle trouve son sourire enchanté et c'est comme un barrage qui cède. Lounès lui tient la main, Adrien lui sourit, la musique enveloppe une scène féerique qu'elle est convaincue de ne plus jamais revivre. Elle pleure. Elle sourit et pleure et serre plus fort encore la main de Lounès en pensant sans y penser à tout ce qui l'a menée là, comme elle se foutait de la gueule de ses copines qui rêvaient d'être la reine d'un jour, en robe blanche et coiffure sophistiquée, bague au doigt sous les ors, comme elle jurait en crachant par terre qu'elle préférerait crever plutôt que de lier son destin à celui d'un mec, quel qu'il soit, père, frère, amant, la trinité des déceptions et des douleurs de sa vie, et pourtant, cet après-midi, il y a davantage de chaleur dans sa poitrine que sur les pavés de la place, chauffés par le soleil de juillet. Elle se sent bien. Infiniment bien. Lounès n'est pas parfait, mais qui l'est ? Cette histoire ne durera peut-être qu'un temps, et alors ? Si l'existence solitaire, les réflexions nocturnes dans les volutes de shit, le temps qu'elle a passé à écouter le récit de la vie des autres lui ont appris quelque chose, c'est bien qu'aucun bonheur ne dure et qu'au lieu de s'en lamenter, il convient de s'en réjouir, parce que, même bref, le bonheur existe et rien n'est plus difficile que de s'en apercevoir.

La main de Lounès se serre brusquement et interrompt sa rêverie.

— Il est là, dit-il.

— Qui est là ? chuchote Léa, sans se départir de son sourire mouillé de larmes.

— Dan, le Magicien. Je l'ai vu, ce fils de pute. C'est

maintenant. C'est ça qu'il voulait faire. Devant tout le monde.

Lounès bafouille, perd ses mots, son calme. Ça ne lui arrive pas souvent. Il scrute nerveusement la foule réunie sur la place. Désormais, ce sont près de deux cents personnes, dont les trois quarts dansent, chantent et battent des mains en l'air. Les visages disparaissent derrière des bras, derrière d'autres visages.

— Calme-toi, Lounès, dit Léa à l'oreille de son mari en haussant la voix. Je vois rien. Il y a personne, là. Il est pas là.

— Il était debout, il nous regardait, il souriait, le bâtard.

Lounès serre plus fort la main de Léa. Il l'entraîne dans l'escalier. Les confettis planent. La musique tonne. La foule s'écarte au passage des mariés et se recompose derrière eux si bien qu'ils sont encerclés par une guirlande de joie, de chants et de notes.

— Danse, dit Léa, danse.

Et elle pense « ... jusqu'à la fin du monde », et elle pense à Britney, et ça la fait frissonner encore plus, mais Lounès ne danse pas. Au milieu du tourbillon festif, il cherche un sourire, à droite, à gauche, un œil qui pétille, devant, derrière, entre les bras levés, les nœuds papillon, les chemises blanches, les robes satinées, la pluie de cœurs en papier et les doigts des musiciens qui courent sur les cordes et le bois.

— Il était là, grince-t-il entre ses dents. Viens, ça pue.

Il attire Léa en direction de la voiture. Nadia, Kamel, les musiciens, tout en continuant à jouer et chanter, se demandent ce qui se passe. On a pas fini. C'est que le début. On va se réjouir encore et bouger un peu plus, au rythme de la tara et baignés de la bienveillance des spectateurs qui tanguent et rient et envoient leurs bénédictions sur eux. Mais Lounès continue. Il franchit le cercle de danseurs, se fraie un passage, tirant Léa par la main, vers la limousine garée au milieu de la place.

— Kamel, crie-t-il. Vas-y, on se casse !

Kamel interrompt sa danse, jette un coup d'œil à sa mère, qui lui envoie un regard énigmatique. Ça pourrait vouloir dire « ne pose pas de questions et fais ce qu'on te dit », tout autant que « tu vas quand même pas le laisser partir comme ça ». Kamel ne se pose pas de questions. Il se faufile entre les danseurs, fait le tour de la voiture, s'installe au volant et démarre.

Lounès et Léa s'engouffrent à l'arrière du véhicule. En guise d'au revoir, Lounès fait un signe de la main, feint un sourire et referme la portière. Le calme revient. La musique n'est plus qu'un bruit de fond étouffé, les chants une lointaine mélodie. La voiture démarre. Lounès essaie de repérer le Magicien par la vitre teintée. Parce qu'il était là. C'est certain. Parce qu'il mijote quelque chose. Parce que cette putain de dame de cœur a un sens.

— C'était quoi, ce délire ? rumine Léa alors que la voiture manœuvre dans les rues exiguës.

Lounès ne répond pas, sur la banquette face à elle, la tête tournée vers la fenêtre, regardant au-delà, bien au-delà. Dans ses oreilles, le son de la dakka marrakchia vibre encore. Léa s'écroule sur le siège moelleux.

— T'as pas un spliff ? demande-t-elle.

— J'ai pas ma pochette. Je suis pas retourné à la salle pour la chercher.

Léa pousse un bruyant soupir. Lounès se reconnecte progressivement au présent. Il se cale contre le dossier et le confortable appui-tête.

— Je vendrais ma mère pour un spliff, dit Léa.

— Ta mère ?

— Laisse tomber.

Puis, après un court silence où la limousine rejoint le boulevard et entame sa descente vers les quais, la rivière, et le parc, où la séance photo est programmée :

— Tu le connais bien, Vignon ? Le comptable.

Lounès penche la tête sur le côté, comme il fait toujours quand il tente de sonder son interlocuteur et de déterminer ce qu'il doit répondre et s'il doit répondre.

— Un peu, dit-il enfin. Pas trop. Je lui ai apporté du fric pendant des années. Le fric de Salim.

Léa frotte le bout de ses doigts les uns contre les autres. Elle aimerait écrire, enregistrer, n'importe quoi. Elle aimerait que le témoignage qu'elle s'apprête à recueillir ne soit pas uniquement stocké dans sa mémoire. Elle se concentre afin de se souvenir du plus de détails possible.

— Il blanchit ? demande-t-elle. Ce mec-là blanchit le fric du deal ?

— Putain, dit Lounès. C'est une machine à laver. Personne sait comment il fait mais c'est un artiste. On lui filait du liquide, toutes les semaines, et le lendemain, ou trois jours après, il y avait un virement sur le compte de Salim. Ça, plus la gestion des commerces. Là aussi on injectait du cash qui ressortait propre.

— Tu t'es pris la tête avec lui ?

Lounès inspire profondément, puis expire par le nez.

— J'ai pété le contrat. Je lui ai dit d'aller se faire mettre avec ses vingt pour cent.

La voiture atteint le bas de la côte, là où le boulevard fait un coude avant de longer les quais et de remonter en faisant le tour du centre historique. Au lieu d'emprunter cet itinéraire, Kamel continue à suivre la rivière et emmène les époux du côté du stade de Monzelle et du parc aménagé sur la rive, entre les pistes d'athlétisme et les terrains de baskets.

— C'est pour ça qu'il y a tout ce fric à la maison, dit Léa.

— Au début, je lui ai pas dit que Salim était parti. Salim avait donné ses consignes. Il fallait rien changer. Moi, je continuais à apporter les sacs. À un moment, le comptable a commencé à s'inquiéter. Il voulait que Salim vienne signer des trucs, je sais pas quoi. C'était du gros mytho, mais j'avais pas le choix. Je pouvais plus mentir. Je lui ai dit que c'était moi qui m'occupais de tout en attendant que Salim revienne. Il en avait rien à foutre. Ça le dérangeait pas de traiter avec moi, alors il m'a expliqué le truc. Je continuais à lui apporter de la fraîche, comme j'avais toujours fait, et lui se chargeait d'approvisionner mon compte. Il m'a raconté un tas de merde, comme quoi je devais créer une société ou je sais pas quoi. Il pouvait le faire à ma place. Il s'occupait de tout. C'était comme le hawala des vieux du bled.

— C'est quoi, le hawala ? demande Léa.

Putain, qu'est-ce qu'elle aimerait griffonner tout ça sur un bout de papier, ou activer le dictaphone de son portable, et elle s'en veut d'avoir relancé Lounès parce qu'elle sait qu'il répétera jamais ça deux fois.

— Le hawala, c'est un truc pour envoyer de l'argent sans passer par la poste ou par la banque. Il y a pas de transfert, juste des livres de comptes, des livres de dettes, qui sont tenus par les sarafs. Un saraf, c'est un peu comme un banquier sans banque. Si tu veux envoyer cent balles à ta tante, au bled, tu files cent balles au saraf. Lui, il contacte un autre saraf, pas loin de chez ta tante. Il lui dit de lui filer les cent balles. C'est instantané. L'argent a pas voyagé. Personne peut l'intercepter. Après, les sarafs, ils s'arrangent entre eux pour savoir qui doit quoi. Je sais pas comment ils font mais on s'en fout.

— Ils font pas ça gratos.

Lounès fait claquer sa langue.

— Ils prennent une commission. C'est réglo, c'est normal. Mais cette espèce de pute de Vignon, il m'a demandé vingt pour cent. Il disait que c'était les mêmes conditions que pour Salim. De la merde. Salim aurait jamais lâché autant à ce *kalb*.

— Et ça fait combien de temps que tu as arrêté de lui apporter le fric ?

— Genre, deux ans.

Léa comprend immédiatement pourquoi elle a les fesses posées dans une limousine. De location, OK, mais une limousine. Elle comprend pourquoi elle roule en Porsche Cayenne, pourquoi Lounès n'a pas regardé à la dépense quand il s'est agi de choisir les prestations de la negafa pour le mariage. Elle comprend aussi pourquoi les commerçants des Hauts viennent le voir, à l'appartement ou sur la place, pourquoi des mères célibataires demandent à le rencontrer en pleurant et repartent, les larmes séchées, en déroulant des chapelets de mercis.

— Et sinon, poursuit-elle, tu saurais pas pourquoi Vignon était à la mairie aujourd'hui ?

— Je m'en bats les couilles des affaires de ce connard, conclut Lounès. Rien à foutre.

La voiture arrive à proximité du parc. Kamel se gare. Le photographe est déjà là. Les invités ne vont pas tarder. Il va falloir sourire.

Des saules pleureurs trempent le bout de leurs branches dans le faible courant de la rivière. Un couple de cygnes flotte majestueusement, des canards colverts montrent leur derrière quand ils plongent pour racler du bec la vase. L'herbe est coupée court sur les berges et sur les vastes parterres du parc, qui abrite des terrains de sport, des pistes cyclables, des jeux pour enfants, des allées de promenade serpentant sous de vieux arbres, chênes et châtaigniers, dont l'ombre ménage un havre de fraîcheur dans la ville.

Les mariés et leurs invités en tenues élégantes côtoient des promeneurs en bermuda, des sportifs en short et des chiens bavant sur les bâtons qu'ils rapportent inlassablement à leurs maîtres.

Le photographe a installé un gradin à deux étages entre le tronc d'un immense platane et le piédestal d'une statue représentant un personnage illustre dont le nom s'est perdu dans les archives poussiéreuses de l'histoire locale. Il donne des instructions. Il s'agace quand on ne les respecte pas à la lettre. Il fait de grands signes aux convives ainsi qu'à ses deux assistants, qui tournent autour du groupe en filmant la scène à l'aide de leur caméra et d'un téléphone sur une perche télescopique. Là encore, des promeneurs s'arrêtent à proximité, pour contempler la joie des autres. Ils se moquent qu'elle soit vraie ou fausse, sincère ou factice, qu'elle dure une semaine ou un siècle, l'important, c'est qu'elle soit là, en robes, costumes et chaussures cirées, maquillée, coiffée, souriante, débordant d'optimisme, au moins pour aujourd'hui. Après quoi, les promeneurs reprennent leur route, rassérénés par les images de bonheur et se demandant à quel moment il leur a échappé.

Les mariés prennent position en dernier, au centre du groupe. Léa tient devant elle un bouquet rond, rose et blanc. Le photographe demande le silence et des sourires avant de mitrailler la scène d'une première rafale, accompagnée d'un puissant flash. Il répète l'opération deux fois, puis libère une partie des invités.

— Maintenant, on fait seulement les mariés avec la famille de la mariée, crie-t-il. La famille de la mariée !

Jalila accourt. Elle lui chuchote quelque chose à l'oreille.

— OK, alors Léa et Adrien. Allez, une photo avec juste vous deux ! Le frère et la sœur.

Lounès sort du cadre. Il demande à sa mère :

— Ça va ? Tu veux pas t'asseoir ?

— Je suis pas une petite vieille ! s'insurge Nadia.

Léa passe son bras sous celui de son frère. Adrien fixe l'objectif de l'appareil. Les doigts fins de Léa touchent les siens. Ils se serrent l'un l'autre. Ils n'ont pas besoin de parler. Quand ils se rapprochent de cette manière, c'est comme une reconnexion, comme si on branchait un ordinateur à un autre et qu'ils se mettaient à communiquer instantanément. Les sensations affluent, les souvenirs débordent, la nostalgie les prend à la gorge.

Le cliquetis du déclencheur de l'appareil photo indique qu'une image restera à jamais de cet instant, frère et sœur réunis. C'était quand, la dernière fois ? pensent-ils au même moment. Aucun des deux ne s'en souvient. Les échanges sur WhatsApp, les coups de fil pressés, espacés chaque fois de plusieurs mois, ont écrasé le souvenir de leur dernière rencontre, anodine comme toutes les autres, dans un bar à Paris ou à Dijon, devant une bière sirotée lentement pour dissimuler le fait qu'ils n'ont rien à se dire, ou bien pour éviter de trouver un sujet, puisqu'ils n'ont en commun que leur enfance et leurs parents, et qu'il vaut mieux n'évoquer ni l'une ni les autres, et certainement pas leur père, absent bien sûr, et pourtant toujours là, à chacun de leurs rendez-vous, assis avec eux, à la table d'à côté, œil-espion par-dessus leur épaule, présence fantomatique qui ne cessera de les hanter, vivant ou mort, jugera leur tenue, méprisera leurs réussites, rira de leurs aspirations, exactement comme il l'a toujours fait, comme font les monstres d'orgueil incapables d'accepter que leur progéniture entreprenne quoi que ce soit et, pire, parvienne au moindre accomplissement. À la table de ce café, ou de ce fast-food, Léa et Adrien redeviennent les petits êtres terrifiés qu'ils étaient autrefois. Le temps n'a aucune prise sur cette terreur qui renaît, intacte. Ils se revoient, enfants, dans leur chambre commune, jouant en silence, prenant garde à ne pas déplacer l'air quand ils bougent, à ne pas faire craquer les lattes du parquet, espérant trouver le moyen, un jour peut-être, de ne plus respirer, d'empêcher leurs cœurs de battre afin de ne plus produire aucun son, être des brumes, des fumées, des gaz, disparaître enfin, invisibles, inodores, d'une tiédeur qui ne serait ni trop chaude ni trop froide, par crainte qu'elle perturbe sa précieuse quiétude. À lui. Seulement c'est impossible, et toujours sa quiétude à lui est perturbée, pour des raisons souvent incompréhensibles, qui ne tiennent, il leur a fallu du temps pour le comprendre, ni à eux, ni à quoi que ce soit, mais bien à lui et à lui seul, qui provoque lui-même ses fureurs, qui les chérit au point de les faire naître de rien, à tout moment, en toute saison, comme cet été-là, où il faisait aussi chaud qu'aujourd'hui. Où étaient-ils ? En vacances ? Chez leur grand-mère ? Adrien avait neuf ans, Léa douze. Ils étaient dehors, dans une sorte de bac à sable jonché de jouets de plage, pelle, râteau, tamis et seau en plastique à l'effigie d'un personnage de Disney, aux rebords rongés par des crocs. Donc ce devait être chez la grand-mère, qui possédait deux chiens, aussi énormes qu'inoffensifs. Ils aimaient juste grignoter tout ce qui leur passait sous la gueule. Léa avait appris une blague à l'école, ou à la télé, ou ailleurs, et elle mourait d'envie de la reproduire, sans que les conditions soient jamais réunies. Dans le bac à sable, ce jour-là, c'était le cas. Elle a tendu son index à Adrien, occupé à édifier la tour d'un château et, avec le plus grand sérieux, elle a dit :

— Tire mon doigt.

Interloqué, Adrien s'est exécuté. Au moment où il tirait, Léa a émis un pet bruyant et commencé à rire avant même qu'il soit terminé. Le petit frère s'est lui aussi esclaffé et ils ont été incapables de s'arrêter pendant cinq bonnes minutes, se roulant par terre, se tenant le ventre, Léa, les larmes aux yeux, jurant qu'elle se faisait pipi dessus.

Le frère et la sœur, durant ce séjour, partageaient la chambre de leurs parents. Ils dormaient sur deux matelas posés à même le sol, au pied du seul lit de la pièce. À l'heure du coucher, une fois les lumières éteintes, Léa a entendu le souffle saccadé de son petit frère. Il n'a pas fallu longtemps avant que leur père ne l'entende lui aussi et demande au gamin de fermer son clapet et de dormir, nom de Dieu. Adrien faisait de son mieux mais son hoquet était irrépressible. Il était pris d'un fou rire en repensant à sa sœur dans le bac à sable, l'air grave, le doigt tendu. Cette image, une seconde avant que le pet retentisse, s'invitait encore et encore derrière ses yeux fermés. C'était la chose la plus drôle qu'il avait jamais vue de toute sa vie.

Cinq minutes plus tard, le père a allumé la lumière, bondi de son lit, s'est jeté sur Adrien et a commencé à lui flanquer des claques sur le visage. Comme chaque fois que cela se produisait, Adrien n'émettait aucun son, ni pleurs, ni cris. Saisi par la surprise, il en oubliait d'exprimer sa douleur. Est-ce pour cette raison que leur mère ne leur venait jamais en aide ? Parce que l'absence de cris lui faisait croire que la raclée était fictive ? On invente beaucoup d'excuses à ceux qu'on aime pour justifier leurs manquements.

Face à cette violence, Léa et Adrien avaient développé des réflexes de survie. Ils avaient compris que, moins ils résistaient, plus la correction était courte. Il fallait juste laisser au bourreau le temps de passer ses nerfs, de déverser sa rage sur quelque chose, même si ce quelque chose, c'était vous.

C'était un été comme celui-ci, mais pas un été comme tous les autres, car ce soir-là, parce qu'elle se sentait coupable et aussi parce qu'elle s'en sentait le courage, pour la première fois, du haut de ses douze ans qui seraient bientôt treize, forte de la prémonition qu'elle allait devenir autre chose qu'une enfant dans un avenir pas si lointain, Léa a décidé de ne pas laisser faire. Elle a poussé un cri si perçant que son père en a interrompu son geste, sa main en l'air, paume ouverte.

— C'est pas sa faute, a-t-elle hurlé. Laisse-le tranquille.

Stupéfait, le père a abaissé son bras. La poigne qui serrait le pyjama d'Adrien s'est relâchée. Des bruits provenaient du couloir ; sûrement le grand-père ou la grand-mère alertés par le cri de la petite. Parce qu'ils étaient ses enfants et parce que c'était leur père, Léa et Adrien auraient aimé croire qu'à cet instant, il avait pris conscience de ce qu'il faisait, et à quel point c'était injuste, et cruel, et inutile, que s'il s'était arrêté, ce n'était pas seulement par peur d'être pris en flagrant délit par ses propres parents.

Le père s'est recouché. Il a éteint la lumière. Après une pause, les pas dans le couloir sont repartis dans l'autre sens. Adrien a fourré sa tête dans son oreiller et s'est mis à sangloter doucement, la main de Léa dans ses cheveux, caressant sa petite tête blessée.

Les années qui ont suivi, les enfants ont pu constater que leur père n'avait pris conscience de rien du tout. Quand Léa s'interposait pour protéger son petit frère, la colère du père ne s'éteignait pas. Elle ne faisait que changer de cible. C'est la puberté qui a permis à Adrien d'échapper aux violences. À l'âge de douze ans, il mesurait un mètre soixante-dix. Il dépassait déjà son père. Un an plus tard, il avait pris dix centimètres de plus tandis que la pratique du rugby lui taillait une silhouette massive et athlétique. Son père criait, l'insultait parfois, pour les mêmes absurdes raisons, mais il n'osait plus lever la main sur lui.

Ce qui a sauvé Léa, c'est la fuite, les études de journalisme, l'autonomie financière et la promesse de ne jamais plus remettre les pieds chez ces salauds.

Le photographe déclenche une dernière rafale.

— C'est bon ! crie-t-il. Maintenant, on fait les mariés et les demoiselles d'honneur.

Le frère et la sœur se tournent l'un vers l'autre. Ils se sourient. Adrien serre l'avant-bras de Léa.

— Tu seras heureuse, hein ? dit-il.

— Mais je suis déjà heureuse.

Et elle sourit de plus belle.

La séance se poursuit avec d'autres configurations, seulement les cousines et cousins germains, seulement les oncles et tantes, seulement les parents de Lounès, les parents et les frères et sœurs, et tout un tas d'autres combinaisons.

Enfin, on quitte le parc, on regagne les voitures, et avant même de sortir du parking, les klaxons retentissent, annonçant la mise en branle du cortège nuptial, qui contourne le centre-ville par les boulevards, certains véhicules zigzaguant entre les voies, drapeaux brandis par les vitres ouvertes, sous les regards noirs des passants consternés et les invectives des autres automobilistes, contraints de s'arrêter pour éviter la collision.

Dans la luxueuse fraîcheur de la limousine, Léa et Lounès sont chacun absorbés par leurs pensées et le paysage urbain qui défile, familier, insipide et menaçant.

— Vous lâchez pas, prévient Léa, assise sur l'amariya. Je veux pas finir le nez sur le carrelage !

Quatre hommes, dont Adrien, vêtus de jabadors, portent le palanquin de bois doré, sorte de lit à baldaquin miniature, avec colonnes sculptées et toit à coupole. Derrière eux, Kamel et trois autres porteurs, habillés de la même manière, s'occupent de l'amariya de Lounès, sur laquelle il est installé en tailleur. La sienne n'a pas de toit et ressemble plutôt à une sorte de barque dont les extrémités enroulées font aussi penser à un tapis volant. Les mariés pénètrent dans la salle de la maison de quartier sous les youyous, les applaudissements et la musique frénétique de la dakka, filmés par les deux cameramen, qui font tournoyer leurs appareils au bout de leurs perches.

La décoration de la salle a été modifiée depuis la veille. Le vert de la cérémonie du henné a laissé place au rose et au blanc du mariage civil. Le coin des mariés, avec ses deux grands fauteuils et ses tentures, a disparu, remplacé par une scène où un canapé blanc et or, aux accoudoirs capitonnés, attend les héros de la soirée sous trois arches orientales. Les spots diffusent une lumière rosée. Kenza porte maintenant un tailleur-pantalon crème. Ses cheveux sont attachés en une longue natte. Elle guide les deux amariyas sur le tapis central, jonché de pétales de roses. Les convives se sont levés de leurs chaises et frappent des mains au rythme de la musique de l'orchestre qui précède le couple.

Agrippé aux rebords de son palanquin, Lounès inspecte la salle, chaque tablée, chaque invité. Père, mère, sœurs, cousins, cousines, oncles, tantes, de France ou du Maroc, tout le monde est là, bien sûr, mais il s'en fout. Ce qui l'intéresse, ce sont les autres, ceux qui étaient des amis, des alliés, et qui peut-être ne le sont plus. Parmi les presque deux cents invités, il y a Mokhtar, évidemment, tout sourire, claquant ses paumes au-dessus de sa tête en se risquant à un déhanché peu conventionnel près d'une cousine qui préfère s'éloigner. À une autre table, il y a Malik, l'épicier, avec sa femme, Basma, et sa fille, Zineb, hijab bleu satiné sur la tête. Il y a la famille El Fassi, avec Amir, le petit dernier, qui fait les mêmes bêtises qu'Idriss depuis qu'ils sont à la maternelle. Il y a Ali, l'animateur de l'atelier théâtre de la maison de quartier, Saïd, l'imam, et même les Da Silva, dont le père tient le dernier atelier de réparation de vélos dans le centre-ville. Ceux-là non plus n'intéressent pas Lounès, qui cherche encore, entre les bras tendus et les visages réjouis. Enfin, il les voit, non loin du DJ, tous les deux assis à la même table, stoïques dans le bruit et les lumières de la fête : Kader et Omar, la quarantaine bien tassée, cheveux bruns coupés court, fine barbe noire pour le premier, rasé de près pour le second. Ils sont bien habillés, chemise et veste, sans pour autant avoir sorti leur plus belle toilette. Ils l'observent. Comme s'ils s'étaient concertés, ils font le même mouvement de tête en même temps. C'est un salut. Kader l'accompagne d'un geste de la main tandis qu'Omar affiche une moue qu'on imagine respectueuse.

Ils sont venus, pense Lounès, qui sait bien que, pour l'instant, cela ne veut rien dire. Seulement que le lien n'est pas définitivement rompu. Il a toute la soirée pour en savoir plus et évaluer si les Hauts de Monzelle sont toujours le fief de Salim malgré son absence, si les Coches, la Coulée et Saint-Émile sont toujours tenus par des lieutenants loyaux, comme c'est encore le cas ici, à Sainte-Té et sur la place carrée, ou bien si désormais l'union est brisée et qu'il faudra composer avec des alliances, ou pire, une guerre. Une chose est sûre : Omar et Kader ne s'éterniseront pas. Si Lounès veut en avoir le cœur net, il devra leur parler rapidement.

— Sérieux, Léa, faut que t'arrêtes le couscous, crie Adrien à sa sœur. On est quatre et on galère !

Léa pouffe de rire et donne une tape sur le crâne de son frère.

Quand les amariyas arrivent à proximité de l'estrade, Kenza indique aux porteurs où les déposer afin de faire descendre les mariés. Léa et Lounès montent sur scène sous les applaudissements. Main dans la main, ils saluent l'assemblée. Les lumières tournoient. Le sol tremble. Lounès essaie de sourire. Il ne parvient à offrir qu'un rictus de vendeur d'aspirateurs éconduit par un énième client. Léa jubile, elle-même étonnée de sa propre joie. Elle se prend au jeu, s'imagine souveraine, envoie des baisers à la foule. Dans l'assistance, tout le monde danse. Les convives forment spontanément un cercle pour que les mariés donnent l'exemple. Léa descend la première, bras en l'air, ondulant au rythme des percussions. Lounès est contraint de la suivre. Il ne peut s'empêcher d'épier les personnes présentes, à la recherche d'un visage inconnu, d'une menace, d'une promesse. Le rythme s'accélère, les mains frappent de plus belle, les corps tanguent, les sourires se confondent. Enfin la dakka marrakchia joue les dernières notes de la chanson. Les jeunes mariés saluent, essoufflés, et remontent sur l'estrade. Ils s'asseyent dans la banquette qui scintille sous l'éclairage rasant. La banquette scintille, la robe de Léa scintille, le couple est un diamant dont l'éclat illumine les convives. La fête peut commencer.

Lounès regarde par la fenêtre. Il pleut. Il a dix-huit ans. Il devine les gouttes de pluie qui frappent les carreaux jaunes et opaques, le mur de parpaing brut de la ruelle, derrière la salle d'entraînement du boxing club des Hauts de Monzelle. Il reprend son souffle. Le travail sur le sac a fait augmenter son rythme cardiaque. Il savoure ces quelques secondes, au bord de la suffocation, ce territoire qu'il recherche chaque fois qu'il cogne, seul, contre une masse inerte, là où son corps lance des signaux d'alerte, demande grâce, et que sa volonté n'en tient pas compte, repoussant la frontière de la douleur, par fierté.

Salim lui a demandé de l'accompagner ce soir, pour régler une affaire dont il n'a pas précisé les détails. Il le fait de plus en plus souvent. Lounès en déduit que Salim a confiance en lui. Généralement, il s'agit de rester debout, en retrait, l'air menaçant, pendant que Salim discute à voix basse avec un fournisseur ou un client dans un lieu isolé, aire d'autoroute, parking, lotissement en construction. Plus rarement, Lounès doit user de son pouvoir de persuasion. Il tord des bras, il donne des coups dans les tibias et, si vraiment le gars est récalcitrant, il en vient aux poings. Dans ce cas, la démonstration ne dure pas. Au premier crochet dans les côtes, le mauvais payeur ressent une furieuse envie de payer. Au deuxième, il vend sa mère.

— Nico, Lounès, sur le ring !

La voix de Bruno tire Lounès de ses pensées. Il se lève de son banc.

— C'est mort, dit-il en s'approchant. Je me bats pas avec lui.

— Qu'est-ce que tu me racontes ? dit Bruno. Depuis quand tu fais ta princesse ? Tu combats avec qui je te dis de combattre. Allez, monte là-dessus et la ramène pas.

Quelqu'un qui parlerait comme ça à Lounès dans la rue s'en prendrait une aussi sec. Mais Bruno, c'est différent. Lounès grimpe sur le ring sans jeter un regard à Nico. Dans son coin, Gwen lui enfile son casque, noue la lanière sous son menton et lui donne son protège-dents. Lounès regarde ses pieds. Le bruit de la salle est un mélange de coups assourdis, de claquements, de grognements, de grincements métalliques.

— Vous y allez doucement, dit Bruno. Je veux qu'on travaille l'esquive. Envoyez des directs à tour de rôle, pas trop rapides. Je veux pas que ça touche. Celui qui défend, il pense à bien bouger les épaules et les hanches. Allez, on y va.

Lounès croise le regard de Nico, des yeux timides qui demandent pardon. Lui aussi aurait préféré affronter quelqu'un d'autre. Depuis l'épisode dans le tunnel, ils ne se sont plus adressé la parole. Lounès n'a pas répondu aux SMS de Nico. Il a ignoré ses appels.

Le premier direct part et atteint Nico à la joue.

— N'importe quoi, crie Bruno. Vous avez entendu la consigne, tous les deux?

Les têtes des deux boxeurs se tournent vers lui et opinent.

Cette fois, c'est Nico qui envoie un direct du gauche. Lounès pivote légèrement et esquive sans peine.

— Quand je dis « pas trop rapide », je veux pas dire au ralenti. Même un aveugle, il l'aurait pas pris, celui-là.

Bruno a à peine fini sa phrase que Lounès frappe encore et touche encore, dans le nez, cette fois. Nico vacille.

— Woh woh, stop! crie Bruno.

Un autre coup part, un direct fulgurant, qui atteint Nico à la pommette, puis un crochet, sur le côté de la tête.

Bruno accourt vers le ring. Gwen passe entre les cordes et s'élance en direction du combat. Le temps qu'il rejoigne les boxeurs, Lounès a décoché trois nouveaux coups au visage de Nico qui, sonné, pose un genou à terre. Gwen empoigne les bras de Lounès par-derrière pour l'immobiliser. Lounès donne un violent coup d'épaule, se dégage, arme et envoie une dernière droite à Nico. La tête du jeune homme est projetée en arrière. Il s'écroule sans un son, face la première, sans avoir la force d'amortir sa chute, ses bras ballants, peluche molle qui tombe du lit. Des boxeurs sont montés sur le ring et viennent en aide à Gwen, saisissant Lounès par les bras et la taille. D'autres s'accroupissent avec Bruno près du corps tordu de Nico. Ils le mettent en position latérale de sécurité et lui parlent. Nico est conscient bien que ses yeux soient fuyants et ses paroles incohérentes. Une partie de lui s'est élevée au-dessus de la scène. Elle tournoie encore quelques secondes entre les néons et les chaînes auxquelles pendent les sacs de frappe.

Inutilement maintenu par ses camarades du club, Lounès ne fait pas un geste ni ne cherche à se dégager. Il surplombe Nico en vainqueur, l'achevant de son œil méprisant. Plus tard, on emmène sa victime à l'hôpital pour des examens de contrôle qui ne révéleront rien. La fracture dont souffre Nico est invisible aux radios.

L'acte de Lounès étant injustifiable, Bruno n'a attendu ni demandé aucune explication. Il a notifié à Lounès son renvoi du club, immédiat et définitif.

— Le champion, c'est pas toi.

Sa voix résonne encore aujourd'hui.

— Y a des mecs qui traînent vers l'arrêt de bus, dit la voix de Lassana sur le répondeur. Ils font genre ils nous calculent pas mais ça se voit trop qu'ils préparent un truc. Jimmy, il dit qu'il en a reconnu un. Il dit que c'est un bouseux de Fontaines mais qu'on le voit à Rive-Droite maintenant. Il dit que ce fils de pute, il charbonne pour le Magicien. Ils sont cinq et nous, on est deux. Ils vont nous niquer s'ils viennent. On fait quoi, Lounès?

Lounès retire le téléphone de son oreille et le pose sur la table.

— Ça va? demande Léa.

Il approuve d'un mouvement de tête, sans se départir de son air inquiet. Entre les tables, six serveurs et serveuses apportent des mignardises, sucrées et salées, en guise d'apéritif. Ils remplissent les verres et redressent les bouquets de fleurs que les danses ont bousculés. Le DJ a succédé à la dakka marrakchia, il enchaîne les disques de piano jazzy pour ménager un fond sonore.

Lounès reprend son téléphone et tape un message.

BOUGE PA IL VON RIEN FER C BATAR

APEL SI C CHO

Il envoie.

— T'as un joint? demande-t-il à Léa.

— J'ai plus rien. T'en as dans ta sacoche. Tu l'avais laissée là, non?

Lounès fait un tour d'horizon, sans trop y croire. Tout a été nettoyé, l'aspirateur passé, le mobilier remplacé. Kenza a dû retrouver sa pochette, dans le coin des mariés, et la garder quelque part, surtout si elle a constaté qu'elle contenait des joints.

— Elle est où, la negafa? demande Lounès.

Le regard de Léa passe de table en table. Les cousins de Lounès, les tantes de Lounès, les parents de Lounès, et Adrien, le nez dans son assiette, cherchant à comprendre ce qu'il y a dedans.

— Je la vois pas, mais elle doit venir me chercher pour que je change de robe avant le repas.

Lounès se lève.

— J'ai pas le temps d'attendre. Je veux un joint maintenant.

Il descend de l'estrade d'un bond. Il remonte l'allée centrale sur le tapis de pétales de roses, entre les colonnes orientales, les bouquets ronds et les serveurs encombrés, gratifiant d'un sourire forcé les invités qu'il croise sur son chemin. Il remarque Mokhtar, absorbé par son portable, visiblement en train de rédiger un message. Il faudra le capter pendant la soirée, ce gros lard. Il a intérêt à lui avoir trouvé de l'acier. Lounès se dit que ce mariage ne ressemble vraiment pas à un mariage. C'est sûrement à cause de lui. Beaucoup de gens se demandent pourquoi il fait ça. Et parmi ces gens, il y a lui. Hier, quand l'imam a parlé d'engagement, quand il lui a dit, avec un air solennel, qu'il devrait prendre soin de sa femme jusqu'à la fin de sa vie, Lounès n'a pas pu s'empêcher de penser que ce n'était pas si contraignant. Parce qu'entre maintenant et la fin de sa vie, il y a combien de temps, au juste ?

Dehors, il fait aussi chaud qu'à l'intérieur. Le granit de l'esplanade, le goudron des rues libèrent les calories accumulées durant tout le jour. Le quartier entier est une brique réfractaire. Un groupe d'adolescents, même pas quinze ans, imitant leurs aînés, ont mis le feu à un caddie rempli de cartons. Ils le lancent au milieu de la place en poussant des cris terrifiés quand la torche à roulettes vient dans leur direction. D'autres objets flambent ou terminent de flamber près des bancs de pierre alors que le soleil s'attarde, retenu par le long crépuscule d'été.

Lounès fait le tour de la maison de quartier. Derrière, au bord de la route qui longe les parkings, un groupe de manifestants rassemble des morceaux de bois dérobés sur le chantier de démolition de l'ancien collège Pablo-Neruda, et dont il ne reste plus que des débris broyés, des tas de gravats, de terre et de ferraille. On ne sait pas trop ce qui va repousser là, du béton ou de l'herbe.

— IE ! crie Lounès.

Le jeune homme jette le tissu enflammé qu'il tenait et avec lequel il jouait comme une championne de gymnastique rythmique. Il se tourne vers la voix qui l'appelle. Il porte un short de basket rouge, des claquettes Adidas et un débardeur aux couleurs des Chicago Bulls, avec le numéro 23 dans le dos. Il quitte le groupe et traverse la chaussée en se dandinant.

— T'es pas à ton mariage? demande-t-il quand il rejoint Lounès.

— Vas-y, file-moi un sdar, sale kahlouche.

IE perd son sourire. Il déglutit. Il montre ses mains vides.

— J'ai rien sur moi, là. Au cas où que les condés, ils font une descente. Viens.

Alors il retraverse la route, et, suivi par le marié, emprunte la volée de marches qui sépare le parking du bas du parking du haut. Il s'accroupit derrière une Golf GTI noire, passe sa main sous le pare-chocs et en sort une trousse d'écolier, de laquelle il tire un morceau de shit, des feuilles OCB, un briquet et deux cigarettes. En quelques secondes, appuyé contre le hayon de la voiture, il confectionne un joint, qu'il allume et tend à Lounès. Puis il en prépare un second, qu'il allume aussi. Les deux hommes fument en silence, les fesses sur la carrosserie encore chaude, Lounès en costume et nœud papillon, IE en tenue de basket, observant les manifestants qui répètent les gestes de la veille et de l'avant-veille, avec toujours moins de conviction.

— Arrête de m'appeler kahlouche, sérieux, finit par dire IE.

Lounès souffle la fumée.

— Oh, ça va, ferme ta bouche.

— C'est une insulte, tu sais. Ça fait pas rire.

Lounès tire une taffe sans répondre. Devant eux, surplombant la petite barre d'immeubles de la résidence Billet, les tours de Sainte-Té, fenêtres ouvertes, semblent factices, irréelles. Est-ce parce qu'elles sont promises à la destruction que Lounès les voit, ce soir, moins solides que jamais ? Elles lui rappellent les deux grosses boîtes de chaussures grises, percées de trous, que lui et sa classe, en CE1, avaient utilisées pour figurer les deux HLM dans la maquette du quartier. Tous les élèves, y compris Lounès, s'étaient impliqués avec enthousiasme dans ce projet. Chacun avait récupéré chez lui les éléments nécessaires à sa réalisation, bouteilles en plastique et rouleaux de papier toilette, bouchons de liège et boîtes de céréales vides. Des heures durant, supervisés par leur instituteur, ils avaient découpé les matières, assemblé les structures, bâtiments, mobilier urbain, végétation, voitures, puis peint le tout avant de coller chaque élément à sa place. Ils étaient fiers, bien sûr, du travail accompli, du résultat spectaculaire, une reconstitution presque à l'échelle, s'étendant sur près de deux mètres carrés, et qui avait ravi les parents invités à une présentation officielle dans le hall de l'école. Lounès ne pouvait pourtant s'empêcher d'être déçu et il voyait bien, dans l'œil de ses camarades, qu'il en était de même pour eux. Pendant qu'ils œuvraient, ils avaient imaginé un autre résultat à leurs efforts, une reproduction fidèle, plus vraie que nature, ils y avaient cru. Or, en dépit de l'énergie et du temps investis, ce qu'ils avaient produit, cette maquette, ce n'était pas le quartier. C'était du toc, des bouts de plastique, des bouts de carton. Ils ne parvenaient pas à y voir autre chose.

Ce soir, dans la lumière jaune du soleil couchant et des feux de barricade, Lounès ressent la même chose. Le quartier tout entier n'est que du toc, les immeubles menacent de s'effondrer sur eux-mêmes. Le collège qu'il a fréquenté a disparu dans un gouffre, les tours de Sainte-Thérèse seront bientôt dynamitées, et Salim, d'une certaine manière, s'est aussi effondré, ne laissant derrière lui que de la poussière et des gravats.

Lounès ferme les yeux. La beuh le soulage. Elle lui évite de prendre une décision, construire ou détruire. Il rouvre les yeux. Les tours ne se sont pas encore écroulées.

— Allez, dit-il, je bouge. Va faire un tour derrière le gymnase. Lassana dit qu'il y a les fils de pute de Rive-Droite vers l'arrêt de bus.

IE fume. Il fait un mouvement de tête dont il est impossible de déterminer s'il signifie oui ou non. Lounès s'en fout. Il quitte le parking, traverse la route et revient sur la place.

Debout devant les portes de la salle, deux hommes fument. C'est Omar et Kader. Des escadrons d'enfants sur leur trente-et-un entrent et sortent en courant et en riant. D'autres invités discutent sur le parvis, peut-être pour échapper à la chaleur de l'intérieur. Lounès monte l'escalier en essayant de ne pas paraître inquiet ni trop décontracté. Il ignore s'il y parvient. Les visages des deux lieutenants de Salim restent indéchiffrables.

Sur la place, plus personne ne pousse le caddie enflammé, qui termine de brûler contre une benne à verre.

— Ça fait plaisir de vous voir, dit Lounès en tendant la main.

Omar la saisit et la serre, avant de se frapper la poitrine. Kader fait de même.

— C'est normal, dit-il.

— On aurait dû faire un point depuis longtemps, continue Lounès. Mettre les choses à plat.

Un pétard éclate sur la route, derrière. Des pigeons effarouchés s'envolent d'un toit.

— Il se passe quoi, ici ? demande Omar. C'est un peu le bordel. Tes mecs, il faut que tu les tiennes.

Lounès hausse les épaules, dédramatise.

— Des gosses. Ils manifestent.

Un autre pétard. Des rires. Des cris.

— C'est pas bon, le bordel, dit Omar. Mets de l'ordre là-dedans.

— Je gère, répond Lounès, piqué au vif. Si je leur dis d'arrêter, ils arrêtent direct. Et chez vous ? Il se passe quoi ? On a plus d'info. Il y a plus de business ?

Omar et Kader se regardent. Kader tire une bouffée de sa cigarette.

— T'as raison, dit-il. Il faut qu'on mette les choses à plat. Faut que tu viennes nous voir.

— Je suis là.

Un long silence s'installe.

— Pas aujourd'hui, dit enfin Kader. Aujourd'hui, on parle pas business. Aujourd'hui, c'est la fête.

À voir son visage fermé, son regard noir et sa voix rauque, on ne croirait pas vraiment que c'est la fête. Mais bon, s'il le dit. Omar met sa main sur l'épaule de Lounès et ce geste est à la fois paternel et agressif, comme tout ce que disent les deux hommes depuis le début de la conversation. Omar s'approche trop près de l'oreille de Lounès. Il parle à voix basse, sa main toujours sur son épaule.

— Les petits cons qui brûlent des poubelles sur la

route, souffle-t-il, tu leur dis de rentrer chez leur mère. Ceux qui veulent pas, tu leur pètes la gueule. Quand t'auras fait ça, on discutera. On a plein de choses à se dire.

Des bruits de talons proviennent de l'intérieur de la salle. Kenza apparaît entre les portes ouvertes.

— Ah, t'es là, Lounès, dit-elle. On te cherche partout. Le dîner commence.

Puis elle s'adresse aux enfants.

— Allez, tout le monde rentre, maintenant, on mange !

Le groupe de gamins change de cap comme une nuée d'étourneaux et regagne la maison de quartier.

Omar lâche l'épaule de Lounès et s'écarte. Kader jette sa cigarette d'une pichenette. Le mégot rebondit sur les marches en projetant une petite gerbe de braises orange.

— Alors on fait comme ça, dit Kader.

— Félicitations, conclut Omar. Elle est bien mignonne, ta femme.

Lounès se tourne vers Kenza.

— C'est bon, j'arrive, dit-il pour la congédier.

Elle se retient de répliquer, ravale sa remarque et retourne dans la salle. Quand Lounès revient à ses deux interlocuteurs, ils sont déjà au bas de l'escalier. Ils s'éloignent, bifurquent à l'angle de la maison de quartier, sans jeter un regard à Lounès, sans une réponse, sans un au revoir.

Léa s'est changée pendant que le thé et les pâtisseries finissaient d'être engloutis. Avec l'aide de Kenza, qui la guide de la main, elle revient près de l'estrade vêtue d'une robe traditionnelle de la région d'Oujda, la chedda oujdia, qui se compose d'un caftan rouge cousu de fil d'or, d'une multitude de colliers tombant sur son cou, sa poitrine, jusqu'à sa taille, et d'une imposante coiffe pyramidale où sont accrochés deux larges pendentifs. La tenue est spectaculaire et provoque les applaudissements de l'assistance. Pour celle qui la porte, le plaisir est moins intense. La coiffe est lourde. Léa a peur de la faire tomber dès qu'elle bouge la tête. Dans l'épais tissu, elle meurt déjà de chaud et le costume entier pèse plusieurs kilos. Il entrave ses mouvements. Elle se sent comme dans un scaphandre au fond de la mer, chaque geste ralenti par la résistance de l'eau. Elle se demande de quoi elle aura l'air sur la vidéo que le jeune photographe est en train d'enregistrer, son appareil braqué sur elle, au bout de la perche télescopique.

Elle distingue Lounès, enfin de retour, à l'entrée de la salle. Avant que Kenza lui dise qu'il était sur le parvis, elle a craint un instant qu'il ne revienne jamais, une peur irrationnelle mais incontrôlable, de celles qui la saisissent quand quelque chose de beau se produit dans sa vie, quand cela ne peut pas durer et qu'un événement horrible va forcément survenir, parce que le bonheur a un prix et que jamais personne ne paie l'addition à sa place. Mais ce n'est pas pour cette fois. Lounès est bien là. En passant à proximité de la table de sa famille, il sourit à Nadia, qui lui serre les mains en souriant elle aussi.

Le DJ monte le volume de la musique dès que Lounès a rejoint Léa devant l'estrade. Des invités se lèvent et recommencent à danser. Des youyous retentissent. Les spots s'agitent et font onduler le plafond. Lounès se balance d'un pied sur l'autre. Il n'y a que Léa qui soit capable de lire son anxiété derrière son rictus discret et son regard de boxeur. Elle lui tend les mains. Il les prend. Ils dansent tous les deux, face à face, les yeux dans les yeux, pour ne pas avoir à regarder les autres, à faire l'effort de leur mentir. Est-ce que c'est ça, le sens profond du mariage ? se demande Léa.

Après deux morceaux de musique, les convives regagnent leurs places. Les mariés s'installent à leur table d'honneur, décorée de voilages nacrés et ornée de deux vases contenant des lys et des arums blancs.

Une petite armée s'affaire à servir l'entrée en s'assurant que personne ne manque de rien. Au milieu des serveurs et des serveuses, Idriss butine aussi, de table en table, incapable de rester en place. Il a un mot pour tout le monde, comme s'il était l'organisateur du mariage. Son père l'interpelle à plusieurs reprises. Il lui demande de s'asseoir et de bien se tenir, et Idriss fait semblant de ne rien entendre. L'adolescent finit par se camper devant la table des mariés, en train de manger leur entrée.

— Tu veux que j'aille prendre des photos, ce soir ? demande-t-il à Léa.

— Laisse tomber, répond-elle. Je te donne ta soirée. T'es en congé, amuse-toi.

Idriss prend un air consterné.

— Nan, mais t'abuses. Je commençais à bien maîtriser, là. J'ai trouvé le réglage sur mon tel, pour quand c'est la nuit. Ça fait des photos de malade. Je suis sûr que je vais avoir un prix ou je sais pas quoi avec ça. Y a des récompenses pour les photographes ? Un truc, genre les Oscars ?

— J'enverrai ton book à l'agence Magnum, dit Léa en rigolant.

— Magnum ? Le gars moustachu avec ses chemises à fleurs et sa Ferrari ?

Léa rit de plus belle. Idriss profite du fait que Lounès regarde du côté du DJ pour s'emparer d'une fourchette et piquer un brick aux légumes dans l'assiette de son oncle.

— Idriss, maintenant, tu retournes à ta place et tu manges !

Tout le monde sursaute. Kamel a surgi sans que personne ne le voie arriver. Il attrape Idriss par le bras. Le garçon se débat.

— Vas-y, lâche-moi !

Aux tables les plus proches, on fait semblant de ne pas remarquer le chahut.

— Putain, Kamel, lâche-le, fait froidement Lounès. Fous pas la merde à mon mariage.

Kamel desserre son étreinte. Idriss décampe, la fourchette à la main.

— C'est moi qui fous la merde ? demande Kamel, outré. T'es d'accord avec son attitude ? Tu trouves pas que c'est lui qui te manque de respect ?

Lounès pose ses couverts de chaque côté de son assiette. Il appuie ses doigts sur la table et se lève.

— Lounès, c'est bon, dit Léa.

Lounès n'y prête aucune attention.

— Idriss, t'as rien à lui dire, assene-t-il à son frère. C'est ton fils et tu l'as laissé tomber. Tu croyais quoi ?

Kamel esquisse un pas en arrière. Maintenant, c'est lui qui voudrait se sauver.

— On fait ce qu'on peut, dans la vie, dit-il. J'ai fait comme j'ai pu.

— Ce que t'as fait, continue Lounès, c'est que t'as laissé tomber tout le monde. T'as laissé tomber ton fils, ton père, ta mère, tes sœurs. T'as laissé tomber ton petit frère. T'as laissé tomber toute ta famille, alors viens pas à ma table, le jour de mon mariage, me parler de respect.

Kamel regarde autour de lui. Peut-être qu'il cherche un soutien. Peut-être qu'il veut s'assurer que personne n'entend ce qui se dit. Lui ne trouve rien à répondre. Il soupire, avec un furtif mouvement d'épaules.

— Tu sais pas ce que c'est, toi, de pas avoir de père, finit Lounès.

Un voile d'incompréhension se dépose sur les pupilles de Kamel. Le fil de l'histoire se déroule en silence. Dix-neuf ans séparent les deux frères. Quand Lounès fait ses premiers pas, Kamel a quitté l'appartement depuis longtemps. Il a terminé ses études, il s'engage dans sa vie d'adulte, il rencontre des femmes, il se marie, il divorce, il déménage, il se marie encore, il divorce encore. Lounès grandit, et son frère ne s'en rend pas compte, son attention mobilisée par les mille péripéties de son existence. Enfant, il avait tant rêvé d'avoir un frère. Lounès est juste arrivé trop tard. Il ne pouvait plus être le complice, le confident, le camarade avec qui il aurait joué sur le bateau pirate ou mis une tôle, au foot, à l'équipe des Portugais des Hauts. Quand Kamel revenait à Monzelle, il le trouvait bien mignon, ce bambin qui gazouillait dans ses couches, mais comment le voir comme un frère ? Il avait l'âge d'être son fils. Alors oui, c'est vrai, il ne l'a probablement pas traité comme il aurait dû, il ne lui a pas porté l'attention qu'il méritait, et il n'a pas vu non plus que leur père à eux, de la même manière, s'en était désintéressé, brisé par le travail, la colonne vertébrale tordue par les parpaings. Pour la première fois de sa vie, sous les étoffes soyeuses et le doux éclairage rosé, dans l'odeur de cumin et le son de l'oud, Kamel comprend que Lounès a toujours été seul, que ce qui se rapprochait le plus d'un frère pour lui, c'était Idriss.

Kamel tressaille. Il n'a rien à redire. Il se sent vide et con. Il fait volte-face et retourne s'asseoir à la table familiale, où les conversations vont bon train, où l'on ne le voit pas se servir un verre d'eau et le porter à ses lèvres, les yeux dans le vague, terrassé.

Lounès regarde par la fenêtre. Il pleut. Il a dix-huit ans. La voix de Nadia bourdonne dans le salon. Il ne l'écoute pas. Peut-être qu'elle lui parle, peut-être qu'elle parle à son père. Si c'est vraiment important, elle s'approchera, passera la tête dans sa chambre pour lui faire comprendre que c'est bien à lui qu'elle s'adresse.

La giboulée est de courte de durée. Le ciel redevient déjà bleu. Un arc-en-ciel se dessine au-dessus du collège Pablo-Neruda. Le long de la route, près de la maison de quartier, l'affichage électoral présente les candidats à l'élection présidentielle. Depuis des mois, Sarkozy est donné gagnant dans tous les sondages. Il se propose de nettoyer la racaille au karcher. Il encourage la France à travailler plus pour gagner plus. Mais gagner quoi ? Lounès sait bien que, même si on y met toutes ses forces, même si on travaille jour et nuit pour atteindre son but, parfois, ça ne suffit pas. Le champion, parfois, c'est pas toi, et tu peux rien faire contre ça.

Une silhouette familière s'avance sur le trottoir, le long

du bâtiment A. Nico est trempé. Il serre ses bras contre son corps, les mains sous les aisselles, le dos courbé. Il croise le père Da Silva. Ils échangent quelques mots. Nico fait des gestes, mime des mouvements avec ses doigts. Lounès comprend qu'il s'agit d'explications techniques. Nico parle de son vélo, qui est en panne, ou bien qui ne fonctionne pas comme il devrait. Da Silva hoche la tête comme un médecin à qui on décrit ses symptômes. Puis il dit quelque chose à Nico et poursuit son chemin. Nico lève la tête vers l'appartement des Kacem. Il n'y a plus personne derrière la vitre mais le jeune homme reste quand même là, debout sous les dernières gouttes de l'averse, cherchant à apercevoir Lounès entre les rideaux.

Un bruit le fait sursauter. Une femme vient de pousser un cri tonitruant juste à côté de lui. Ça ressemblait à une insulte. Elle disait « salaud », ou peut-être « salope », au singulier ou au pluriel, qui peut savoir ? Nico ne se formalise pas. Comme tout le monde ici, il connaît la folle aux rats, une semi-clocharde qui hante la place carrée, toujours vêtue de la même robe rose pâle et tenant contre elle un sac à main en skaï rouge. Toute la journée, la folle aux rats titube et vocifère contre des êtres invisibles, hurle ou chuchote des histoires inquiétantes peuplées d'animaux démoniaques et d'esprits telluriques dont elle certifie, les yeux exorbités, qu'ils finiront par avaler le quartier et ses habitants.

Nico s'écarte de la femme, qui n'avait même pas remarqué sa présence. Il reprend sa route mais s'arrête après deux pas. Lounès sort de son immeuble. Il vient dans sa direction. Nico se redresse. Son visage ne parvient pas à choisir quelle expression afficher, parmi toutes celles qui s'agitent derrière. Le résultat est une sorte de sourire crispé sous des yeux implorants aux clignements intempestifs.

— Salut, dit-il.

Lounès décoche sa réplique avant même la fin du mot.

— Je veux plus te voir dans le quartier, t'as compris ?

Le sourire de Nico s'éteint. Ne restent que les yeux implorants. Lounès est face à lui. Il le pousse violemment du plat de la main. Nico fait un pas en arrière pour ne pas tomber.

— Mais Lounès, qu'est-ce que tu racontes ? J'habite là. C'est chez moi, ici.

— Je m'en bats les couilles, lance Lounès. C'est plus chez toi. Tu cherches du boulot ailleurs, tu te démerdes, tu te casses. Si je te croise encore dans les Hauts, je te défonce. Et ce coup-ci, j'aurai pas de gants et il y aura personne pour sauver ton cul.

Nico reprend ses esprits, comme s'il se réveillait d'un mauvais rêve. Après tout, ce qui est en train de se produire est impossible. Lounès et lui se connaissent depuis toujours. Évidemment que ça ne s'arrêtera pas là.

— Allez, mec, dit-il en lui tendant la main, je suis désolé, on oublie.

Lounès se racle la gorge et crache sur la main tendue.

— Casse-toi, *zamel*, sale pédale.

Nico est pétrifié. Depuis l'autre bout de la place, la folle aux rats crie encore.

— Salope ! Salope !

Lounès lève le poing. Il feint une amorce de coup. Nico recule par réflexe. Puis il recule encore. Il fait plusieurs pas en arrière, n'osant pas encore tourner le dos, cherchant désespérément dans le regard de son ami un signe indiquant qu'il ne pense pas ce qu'il vient de dire, qu'il regrette un peu ce qu'il vient de faire. Mais il ne voit rien que de la rage, une fureur dangereuse, un sérieux, surtout, qui ne laisse aucune place au doute. S'il reste, Lounès le tuera. Il le tuera vraiment.

Nico se retourne et quitte le quartier.

Lounès baisse le poing.

Le téléphone d'Idriss indique vingt-deux heures trente. Il fait presque nuit maintenant. Pourtant, dehors, ça sent moins le cramé qu'hier à la même heure. Il faut croire qu'on se lasse de tout, même de foutre le feu à des trucs.

Fayssal est assis sur le capot de sa Golf, garée au bas du bâtiment B. Il a quitté la barricade. Il a retiré le foulard qui dissimulait son visage. Seul, il pose des paroles sur une instru sortie d'une enceinte bluetooth qu'il tient entre ses mains. Parfois il ferme les yeux, mais ses lèvres ne s'arrêtent jamais de bouger.

Contrairement aux autres soirs d'été, il n'y a aucun vieux sur les bancs de pierre. Ils sont tous à l'intérieur de la salle, invités par Mohammed au mariage de son fils. Le poulet aux pruneaux a déjà dû être servi. On a sûrement dansé. Personne ne s'est demandé où était Idriss. On se sera dit qu'il était encore parti faire un tour, fourrer son nez là où il ne devrait pas. Personne ne l'aura cherché. La plupart du temps, ça l'arrange. Parfois, ça le rend triste.

Idriss marche jusqu'à l'extrémité du parvis, de là où il peut voir la rue, le parking du bas et les manifestants. Comme il l'avait deviné, la contestation s'est éteinte. Sur la route, il n'y a plus de flammes, plus de barrages, seulement des débris calcinés et un groupe de jeunes en short et torse nu, qui se passent un joint. Quand une voiture approche, ils s'écartent pour la laisser passer.

Quelle soirée de merde. Ça aurait dû être une fête mémorable et tout est gâché parce que Kamel a décidé de se souvenir qu'il avait une famille. Ce bouffon, il lui parle comme s'il venait de découvrir des mauvaises moyennes sur son bulletin du troisième trimestre alors qu'il a jamais vu aucun de ses bulletins depuis qu'Idriss est entré au collège. Mais apparemment, ça le dérange pas. Il voit pas où est le problème. Il regarde la télé avec grand-père, il fait les yeux doux à *henna,* il donne des leçons à l'oncle Lounès, non mais on est en pleine hallu ! Quand il revient à Monzelle, personne attend qu'il se roule par terre et qu'il demande pardon mais, au moins, qu'il la ramène pas.

Idriss n'a même pas envie de rentrer pour goûter à la farandole de plats qui défilent sur les tables. Et pourtant, *wallah,* il a une sacrée dalle. Il serre la fourchette dans sa poche. Il s'assied sur le parapet en granit. La pierre est chaude. On dirait qu'elle est vivante.

Un bruit de pas sort Idriss de sa rêverie. La silhouette obèse de Mokhtar passe les portes de la salle. Il a l'air pressé. Il regarde derrière lui, comme s'il était suivi. Il ne remarque pas l'adolescent immobile dans un coin d'ombre.

Mokhtar descend l'escalier en vitesse, les bras écartés

pour conserver son équilibre. Au bas des marches, il tourne immédiatement à droite. Idriss le perd de vue.

— Qu'est-ce qu'il fout, ce phénomène ? se demande-t-il à haute voix.

Il bondit sur ses pieds et traverse l'esplanade en sautillant. Il atteint le parapet opposé juste à temps pour voir Mokhtar disparaître au coin du bâtiment C. Idriss fronce les sourcils, ne se pose pas de question et enjambe le muret. Il se laisse tomber sur le trottoir, trois mètres plus bas, se réceptionne comme un félin, se relève, et s'élance aux trousses de Mokhtar.

— Faut que je prenne une douche, dit Léa.

Kenza pose la coiffe dorée dans une boîte en plastique et la cale avec du papier journal froissé.

— Désolée, ma belle, t'as pas le temps de rentrer chez toi.

Les deux femmes sont dans une petite pièce qui fait office de vestiaire. Les robes de la soirée sont pendues à un portant métallique à roulettes. À côté des deux amariyas déposées au sol, d'autres accessoires ayant servi à la décoration sont stockés ici : bacs de pétales de roses, bouquets de fleurs, draps de tulle en rouleau.

Kenza aide Léa à retirer la lourde robe oujdia, qu'elle suspend à un cintre. La peau nue de la mariée ruisselle de transpiration. La negafa ouvre un sac de sport et en sort deux serviettes éponges.

— Tiens, dit-elle en désignant une porte. Va aux lavabos. Tu mouilles une serviette, tu te rafraîchis avec, et tu t'essuies avec l'autre. Tu te sentiras déjà mieux.

En culotte et soutien-gorge, Léa file vers les toilettes.

— Surtout, tu te frottes pas le visage, prévient Kenza. Je vais dire à Nour qu'elle fasse une retouche mais faut pas qu'elle ait tout ton maquillage à refaire.

Léa ferme la porte des toilettes derrière elle. Le néon au-dessus du miroir clignote avant de s'allumer pour de bon. Elle se retrouve nez à nez avec une femme au regard triste, au maquillage fatigué, un gros grain de beauté sur la pommette gauche, les mains couvertes de motifs orangés, un mandala fleuri et une phrase en tibétain tatoués sur les épaules. La femme, c'est elle. Elle se sourit timidement. Même à moitié nue, elle est encore habillée de mots et de symboles. Même quand Léa se tait, sa peau est bavarde, et raconte le passé et l'avenir. Elle a connu des copines qui se sont fait retirer certains tatouages, qui préféraient arborer une vilaine cicatrice plutôt qu'un souvenir douloureux. D'autres ont demandé à un tatoueur de créer une nouvelle image à partir de l'ancienne, de manière à ce que le souvenir perdure, mais en filigrane, noyé dans les détails, visible d'elles seules, parce qu'il serait bien naïf de croire qu'on peut oublier quoi que ce soit. Ce qui a été gravé demeure. Au mieux peut-on en réduire l'importance, en faire une simple case dans le patchwork ringard qui nous compose. Léa pense qu'on vit encore mieux quand on continue à porter haut ses erreurs ou ses blessures.

Elle ouvre le robinet, met ses mains en coupe, recueille l'eau et s'asperge la nuque, la poitrine, les bras. À quoi ça servirait de recouvrir ou de supprimer le mandala sur son épaule gauche ? Est-ce que les deux ans passés avec Sylvain s'évanouiraient, quitteraient sa mémoire comme on efface un fichier de son disque dur ? Et si tant est que ce soit le cas, ne manquerait-il pas un épisode décisif de son existence, fondateur peut-être, de la personne qu'elle est devenue aujourd'hui, cette investigatrice exigeante, frondeuse, indépendante ? Aucun de leurs amis n'aurait utilisé aucun de ces adjectifs pour la qualifier à l'époque où elle vivait à Lille avec Sylvain, tous deux étudiants à l'École supérieure de journalisme. Elle était amoureuse. Elle ne rentrait quasiment plus chez ses parents, où elle savait qu'elle retrouverait son connard de père et une ambiance de tombeau. Les événements s'étaient enchaînés naturellement. Sylvain lui avait présenté son père, sa mère, sa sœur. Sur ses conseils, et parce qu'il était idiot de payer deux loyers alors qu'ils passaient tout leur temps ensemble, Léa avait donné son préavis et emménagé dans le grand loft de Sylvain, au deuxième étage d'une ancienne manufacture textile reconvertie en résidence cossue. Les mois avaient passé, entremêlant leurs destins, leurs emplois du temps, qui peu à peu se construisaient en fonction l'un de l'autre. La famille de Sylvain appartenait à la grande bourgeoisie lilloise, dormant sur une fortune héritée de l'ère industrielle, et qui se contentait maintenant de créer de la richesse à partir de la richesse. Léa avait été accueillie à bras ouverts. De plus en plus, elle passait ses week-ends dans l'immense propriété familiale de Bondues, au nord de Lille, où elle profitait de la piscine couverte et chauffée tout en devisant sur la géopolitique européenne avec Sylvain et sa mère. Elle ne manquait plus de rien. Sylvain l'invitait souvent au restaurant. Elle ne regardait pas la note.

Ils fumaient beaucoup, baisaient tout le temps et aspiraient des quantités de cocaïne qui semblaient apparaître spontanément sur la table basse de leur salon. Ils prenaient leurs vacances à l'étranger. Bologne, Londres, Barcelone, où les bars ouvrent tard, où la fête permanente fait oublier qu'il faut réviser ses partiels. Sylvain n'accordait que peu d'importance à l'école. Il pigeait déjà pour des magazines musicaux parisiens, alors diplôme ou pas, il trouverait toujours du boulot, d'autant que son père avait des connaissances à *Libé,* où il lui avait déjà dégoté plusieurs stages. C'est à Berlin que Léa s'est fait tatouer le mandala en fleurs, d'après un motif que Sylvain avait dessiné sur la page de garde de son carnet de notes, où il consignait ses réflexions, ses idées de reportage. Ça lui avait paru naturel. Il n'y avait rien de solennel dans le geste, rien qui engage pour l'éternité, puisque leur relation, telle qu'elle la ressentait, n'avait pas besoin de symbole. Elle était limpide, forcément infinie. Sylvain l'avait laissée faire, bien que sa décision de la quitter était déjà prise. Il lui a annoncé à leur retour. Ce n'était pas une pause, c'était fini, c'était comme ça, c'était irrévocable.

Supprimer ce tatouage, ce serait nier l'existence de cet événement, ainsi que ses conséquences : Léa obligée de loger chez une amie pour les quelques mois de scolarité qu'il restait, les problèmes d'argent qui redevenaient un sujet, l'avenir qui se changeait en un obscur marécage, et les photos de Sylvain, sur Facebook, embrassant sur la Croisette une brune aux yeux bleus, décolletée jusqu'au nombril, un sac Longchamp à l'épaule. Sans ça, sans cette nouvelle gifle que le destin lui a administrée, elle ne serait pas qui elle est.

Elle passe la serviette sur ses épaules, sur ses bras, sous ses aisselles. Elle se fait un clin d'œil à elle-même.

— *Stronger than yesterday,* dit-elle au reflet.

Les applaudissements retentissent à l'entrée de Léa, remaquillée, recoiffée et vêtue de la quatrième robe. Après la robe verte du henné, la blanche du mariage, l'oujdia du repas, celle-ci est faite de tissu scintillant, avec des manches bouffantes et un décolleté peu prononcé. Elle est légère et ample. En l'enfilant, Léa a poussé un soupir de soulagement. Le plus dur était passé.

La musique repart de plus belle. Les invités se lèvent et frappent dans leurs mains. Ils s'avancent sur la piste de danse, rejoints par la mariée. Lounès, pour sa part, reste enfoncé dans son fauteuil. Seul un hochement de sa tête indique qu'il n'est pas totalement absent. Devant lui, son assiette est toujours pleine. Il ressemble à un Néron las, épuisé par les jeux. L'arrivée de Malik, tiré à quatre épingles, le sort de sa rêverie. L'épicier se penche à son oreille et élève la voix pour se faire entendre, par-dessus le volume de la fête.

— Je peux te parler cinq minutes ? demande-t-il.

Lounès hausse les épaules, l'air de dire « est-ce que j'ai le choix ? »

— Tu sais, dit Malik avec une expression accablée, c'est pas facile en ce moment. Il y a plus les clients comme avant. Y a beaucoup qui viennent et qui disent c'est trop cher. Mais comment je peux faire, moi ? Je vais à Rungis, j'achète les fruits et les légumes plus cher aussi. On dirait ça s'arrête jamais les prix qui montent. Après, il faut bien que je monte les prix aussi. Je peux pas vendre le prix que j'achète. Alors les gens, ils vont chez Aldi. Je leur explique mais ils m'engueulent et ils vont chez Aldi quand même.

— Putain, Malik, dit Lounès, tu racontes quoi, là ? C'est mon mariage. C'est toi qui dois me donner du fric, normalement.

— Je sais bien, je sais bien, implore Malik. C'est juste, c'est très difficile, le commerce. C'est ça je te dis. L'inflation. Ils le disent à la télé, c'est pas moi qui invente.

Léa danse avec Tasnine. Elle la fait tourner et la petite ne peut pas s'arrêter de rire.

— Tu veux combien ? demande Lounès.

Malik lui attrape les mains et les secoue.

— Oh, merci, petit. *Baraka Allahou fik.* Le bonheur sur toi. Deux mille, c'est bien. Deux mille, je peux tenir un peu. Après, je te rembourse, *wallahadim.* On me doit de l'argent, à moi aussi. Moi, je fais crédit comme un imbécile et voilà le résultat.

Le téléphone de Lounès vibre sur la table. Le nom de Lassana s'affiche sur l'écran. Ce n'est pas un message. C'est un appel.

Lounès retire ses mains de celles de Malik et se lève.

— Je passe te voir demain, dit-il à l'oreille de l'épicier. Ce soir, amuse-toi.

Tout en s'éloignant, Malik se confond en remerciements et en bénédictions. Lounès décroche. La voix de Lassana est inaudible. Le bruit sorti des enceintes toutes proches et les youyous des danseuses sont assourdissants. Lounès traverse à nouveau la salle de réception, téléphone sur l'oreille.

— J'entends rien, crie-t-il. Attends que je sorte !

À mesure qu'il s'écarte de la piste de danse, les sons du combiné deviennent plus clairs. Lassana ne cesse pas de parler. Sa voix est saturée de panique. Il crie, il chuchote, il bafouille, il jure.

En passant devant la table de Mokhtar, Lounès constate qu'il n'y est pas. Ça lui fout la rage. Mais chaque chose en son temps. Il arrive dans le hall, qu'il franchit, téléphone sur l'oreille.

— Calme-toi, putain. Il se passe quoi ?

La réponse est claire, cette fois. Lassana explique que lui et son binôme ont essuyé des tirs, des coups de feu, putain. Ce seraient les mecs de Rive-Droite, ceux qui traînaient autour de l'arrêt de bus. Ils se sont approchés, l'air de rien, ils ont sorti des flingues et ils ont tiré. Lassana ne parvient pas à se calmer. Il a des sanglots dans la voix. Devant les yeux de Lounès, l'image de la dame de cœur se forme. Il ne peut pas s'empêcher d'y penser.

— Vous êtes où ? demande-t-il en descendant les marches.

— Sur le chantier du collège. On s'est planqués entre deux cabanes.

— Vous avez le matos avec vous?

Lassana se met à pleurer pour de bon.

— On a pas eu le temps de le récupérer, miaule-t-il. Il y a un sac dans le buisson, au pied du gymnase. Ils l'ont peut-être pas trouvé.

Tu parles, pense Lounès. Si les mecs de Rive-Droite surveillaient ces deux petits cons depuis une heure, évidemment qu'ils ont capté où ils planquaient la came et le fric, évidemment qu'il y a plus rien, maintenant. Sans cesser de marcher, Lounès hésite. Est-ce que ça vaut le coup de risquer de se prendre une balle? Lassana et Jimmy n'avaient plus que du shit à vendre, quelques dizaines de grammes. Il contourne la maison de quartier, traverse la route, où les derniers insurgés ont enflammé une ultime poubelle avant d'abandonner les lieux. S'il avait eu un flingue, si les gars en face n'en avaient pas possédé un, il y serait allé, même en costard, même le jour de son mariage. Pas pour récupérer son matos, mais juste pour leur péter la gueule, comme il fait depuis des mois, et qu'ils comprennent qu'ici, c'est pas chez eux. C'est comme ça que ça marche. Et c'est pour ça qu'il faut vraiment qu'il trouve une arme. Plusieurs armes. Pour que ses mecs puissent se défendre. Dan a décidé de passer à la vitesse supérieure? Ce soir? C'était ça, la dame de cœur? Il voulait annoncer la couleur? OK, bâtard, la fête est finie.

Depuis que la destruction des deux tours et de la dalle de Sainte-Thérèse a été votée par le conseil municipal, l'office HLM de Monzelle a commencé à reloger la centaine de familles qui les habitaient. Les appartements ont commencé à se vider et la population des deux immeubles à décroître. Même si la démolition effective n'interviendra, au mieux, que dans trois ans, de nombreux appartements sont inoccupés et verrouillés. Ils attendent que des ouvriers viennent les dépouiller de tout ce qui leur reste d'éléments recyclables, portes, fenêtres, lavabos, cuvettes de toilettes, jusqu'à ce qu'il ne reste que les murs, les plaques de béton empilées les unes au-dessus des autres, les os d'un squelette nu, debout et troué, avant la dynamite.

Les portes de l'ascenseur de la tour 2 s'ouvrent au troisième étage. Mokhtar s'avance, sa main droite tâtonnant le mur du couloir à la recherche d'un interrupteur. La lumière s'allume, révélant le même carrelage moucheté qu'au rez-de-chaussée, le même qu'au premier étage, le même aussi que dans tous les couloirs de tous les immeubles du quartier, le même, peut-être, que dans tous les quartiers du même genre, partout en France. Le gars qui vendait ce genre de carrelage, à l'époque, a dû se faire plus de fric que Bill Gates.

Mokhtar marche lentement, à cause de ses chaussures neuves, cirées et classieuses, mais dont les semelles font un boucan d'enfer. Il s'en est rendu compte en sortant de chez lui, tout à l'heure, au neuvième étage de la tour d'en face. Quoiqu'aucune porte ne se soit ouverte sur son passage, il sait bien que des yeux se sont collés aux judas, pour s'assurer que ce grincement était normal. Dans ces immeubles, dans ces couloirs, il y a beaucoup de voisins qui se foutent de ce qui se passe de l'autre côté de leur cloison, qui ne veulent pas le savoir, mais il y en a quelques-uns pour qui épier les allées et venues des autres est un sport. Généralement, Mokhtar s'en fout pas mal, mais pas maintenant. Il n'a aucune envie de se justifier d'être là, en costume, les cheveux gominés, à cette heure de la soirée dans un HLM qu'il n'habite même pas et à un étage où il ne connaît personne. Malgré ses précautions, le son de ses pas rebondit dans le boyau minéral et jusque dans la cage d'escalier, qui en décuple la résonance.

Il se rassure à mesure qu'il progresse, en voyant qu'aucun nom n'est inscrit au-dessus d'aucune des sonnettes des appartements de cet étage. Il n'entend aucun bruit non plus, aucun éclat de voix, ni enfant qui pleure, ni pied de chaise qui racle le sol, ni casseroles qui s'entrechoquent, et ce sont des indices supplémentaires qui lui font dire que tous ces logements sont vides, que leurs locataires ont déjà été évacués. Dan a sûrement choisi cet endroit pour cette raison. Le mec a beau habiter Rive-Droite, c'est comme s'il connaissait mieux les Hauts que n'importe qui.

Mokhtar fait encore quelques pas en essayant d'identifier le lieu du rendez-vous. Le SMS parlait seulement du troisième étage de la tour 2, sans autre précision. Il pensait que la rencontre aurait lieu devant l'ascenseur ou dans la cage d'escalier. Il avance encore et obtient la réponse à sa question : l'une des portes, au fond du couloir, est entrouverte. Il y a de la lumière à l'intérieur.

Mokhtar s'arrête sur le palier, il s'éclaircit la voix, se frotte les mains sur son pantalon et se penche dans l'entrebâillement.

— Hé ho, chuchote-t-il. Y a quelqu'un ?

— Reste pas dehors, boulet, dit la voix de Dan.

Mokhtar pousse la porte et entre dans l'appartement.

— Referme derrière toi, ajoute le Magicien.

Au moment où Mokhtar ferme la porte, Idriss pointe sa tête à l'autre bout du couloir. Il s'approche sur la pointe des pieds, en chaussettes, ses chaussures à la main. Il s'arrête devant l'appartement dans lequel il vient de voir entrer Mokhtar. Avec précaution, il appuie son oreille contre le bois. Il connaît la voix de Mokhtar, il reconnaît celle de Dan. La troisième voix, c'est la première fois qu'il l'entend.

— C'est bon ? demande Mokhtar. Vous avez trouvé ?

Un claquement sec fait sursauter Idriss. La minuterie du couloir vient de s'éteindre. L'adolescent est dans le noir. Il a manqué une ou deux répliques.

— Je me demande vraiment pourquoi t'as besoin de ça, dit la voix de Dan. Tu peux m'expliquer ?

— Je sais pas, répond Mokhtar. Pour ma sécurité. C'est de plus en plus chaud, ici, vous savez bien. Je vais pas forcément m'en servir mais juste le montrer, ça peut calmer des gars qui veulent m'emmerder.

— Tu sais comment ça marche, ces trucs-là ? demande la troisième voix.

— T'inquiète, dit Mokhtar, je me débrouillerai. Y a sûrement un tuto sur YouTube.

Il lâche un petit rire, tout de suite ravalé face au silence des deux autres.

— Non, dit Dan. YouTube, c'est de la merde. Je vais te montrer. Il faut pas que tu te promènes avec cet engin sans savoir comment ça marche. Passe-moi des balles, Mouss.

Idriss déglutit. Il ignore que Mokhtar fait de même. Il entend un cliquetis métallique. Il entend aussi un froissement. Seulement, le froissement ne provient pas de l'intérieur de l'appartement. Il est bien plus proche. Il est là. Le cœur d'Idriss se serre. Il sent une main agripper ses cheveux et lancer sa tête contre la porte. À moitié assommé par le choc, il n'entend pas le boum qui en résulte. Il est juste assez conscient pour sentir qu'un coup de pied dans la hanche le projette en avant et, trop étourdi pour comprendre que le battant est à présent ouvert, il ne peut que s'étonner de ne pas le percuter à nouveau.

Idriss s'écroule à l'intérieur de l'appartement, aux pieds de Dan, de Mouss, de Mokhtar et d'un chien, qui se met à aboyer. Dans son dos, Tonio rigole.

— Regardez ce que j'ai trouvé. Il vous espionnait, ce petit fils de pute.

Idriss rampe aussi vite qu'il le peut en direction de la sortie, tout en secouant la tête pour faire passer son étourdissement. Il est comme un poisson dans une nasse, qui se tortille désespérément. Dan lui emmanche un grand coup de pied dans le ventre pour le stopper, sous les aboiements répétés du chien.

Tonio perd son sourire. Il écarquille les yeux.

— Putain, mais je te connais, continue-t-il. C'est toi qui m'as balancé à Salim, sale poucave.

Il se tourne vers Dan et Mouss.

— C'est à cause de lui que je me suis fait virer du quartier. Ce petit connard, il passe son temps à pas se mêler de son cul.

— On sait qui c'est, dit Dan, en faisant craquer ses vertèbres et en respirant fort, comme chaque fois qu'il doit prendre une décision.

Puis il émet un sifflement strident entre ses lèvres et ses dents et le chien cesse d'aboyer. Mouss se dirige vers la porte d'entrée. Il la claque puis se poste devant. Tonio s'agenouille sur les cuisses d'Idriss.

— Reste là, petite salope.

La respiration de Mokhtar s'accélère. Il ne peut décoller son regard d'Idriss, plié par terre, immobilisé par Tonio. Il ne peut se détacher du regard de l'adolescent, qui le fusille, qui le cloue et le fouette.

— Lâchez-moi, bande de fils de pute ! crie-t-il.

Dan pose sa main sur l'épaule de Mokhtar. De l'autre, il tient le flingue.

— Dis donc, c'était pas prévu, ça, dit-il calmement.

Tu pouvais pas vérifier que t'étais pas suivi ? T'as bien merdé, là. Tu nous fous bien dans la merde.

Idriss se débat, repousse Tonio et se redresse sur ses avant-bras. Mouss lui colle un nouveau coup de pied, dans le visage cette fois. Le gamin tombe lourdement par terre, mais gesticule encore. Il essuie de sa manche de veste le sang qui coule de sa bouche. Une traînée écarlate tache le poignet de sa chemise blanche.

Mokhtar transpire, il suffoque. Il dénoue sa cravate. Il tremble. Il bafouille.

— Il va tout dire à son oncle. Il va tout dire à Lounès.

Dan prend la main de Mokhtar et y fourre l'arme.

— OK, dit-il. Tu voulais un flingue pour ta protection ? Maintenant je comprends. Le voilà, ton flingue.

Il referme les doigts de Mokhtar sur le revolver. Tonio plaque Idriss au sol. Il déporte son poids sur les épaules de l'adolescent.

Mouss s'écarte et revient près de Dan.

— On pourrait l'enfermer jusqu'à lundi, dit-il. Après, il racontera ce qu'il voudra, ça changera rien.

Dan fait la grimace et secoue la tête.

— Trop risqué.

Mokhtar tient le flingue au bout de son bras, comme s'il était brûlant.

— Non, poursuit Dan. Ce qu'il faut, c'est que notre ami Mokhtar se débarrasse du problème. T'es en danger, là, Mokhtar. Tu comprends ça ? Nous, ce soir, on rentre chez nous, mais toi, tu fais quoi ? Tu retournes au mariage avec le petit neveu ? T'es cramé, mon vieux. Attends, bouge pas.

Il empoigne le revolver et ôte la sécurité.

— Woh ! dit Tonio en se relevant d'un bond, laissant Idriss seul par terre, qui se met à quatre pattes en gémissant.

— Vas-y, dit Dan. Fume-le.

Idriss tourne la tête vers Mokhtar, une terreur muette dans les yeux. Des gouttes de sang perlent de sa lèvre et éclaboussent le carrelage moucheté.

— C'est pas la peine de réfléchir, insiste Dan. Y a pas d'autre solution. S'il sort d'ici, il va te balancer, il va nous balancer. Quand Lounès apprendra que tu l'as trahi, il va te niquer.

Idriss chancelle mais parvient à poser un pied au sol, tordu, le souffle court.

— Bande de fils de pute, crache-t-il.

Il se remet debout, la lèvre ouverte et enflée. Mouss lui barre toujours la route. Pas d'espoir de ce côté. Alors il recule dans ce qui était le salon de cet appartement vide, dont il ne reste plus que l'ancien papier peint, où certaines zones rectangulaires, plus sombres, laissent deviner l'emplacement des meubles, de la télé, des cadres dont il est impossible de deviner ce qu'ils mettaient en valeur. Tous les sons sonnent étrangement dans ce cube lisse, la lumière crue, bavée d'une ampoule nue au plafond, ménage une ambiance d'abattoir. Les poils, le sang, les viscères se laveraient facilement sur ce carrelage marronnasse.

— T'es avec nous ou t'es pas avec nous ? demande Dan en serrant l'épaule de Mokhtar de sa puissante griffe.

Mokhtar lève le revolver avec peine et le braque sur Idriss. Il a les yeux toujours grands ouverts. On dirait qu'il ne cligne pas. On dirait qu'il vient de débarquer dans un monde fabuleux et inquiétant, un monde qu'il ne mérite pas et duquel il risque d'être expulsé s'il ne fait pas ce qu'il faut. Il est en costume de soirée, il braque une arme sur un adolescent. Tout ça ne peut pas se dérouler dans notre réalité. Tout ça ne peut pas être vrai.

— Mokhtar, dit Dan. Il faut que tu le descendes. C'est pas personnel. C'est le business, c'est comme ça. C'est lui ou toi.

Tête baissée, un pas après l'autre, Idriss recule encore. Il sait que, derrière lui, il y a la fenêtre. Il sait qu'il est au troisième étage. Il sait surtout qu'il ne lui reste plus beaucoup de temps ni beaucoup d'options. Sa plus grande inquiétude, ce n'est pas de savoir si Mokhtar va tirer, ce n'est pas non plus de savoir dans quel état il sera après avoir touché le sol, son corps accélérant selon une formule qu'il a du mal à se remémorer, alors qu'il a eu dix-neuf et demi sur vingt au contrôle de physique sur le sujet. Non, la question qu'il se pose maintenant, c'est : « est-ce que la vitre va céder ? » Est-ce que le verre éclatera en mille morceaux, comme dans les films ? Ou bien rebondira-t-il dessus et retombera-t-il sur le sol de l'appartement comme un boloss, juste avant de se faire dégommer ? Une vitre, c'est pas si facile à péter. Il faut prendre de l'élan et opposer un objet dur, son coude ou sa tête. Lui, il est de dos, espacé d'un mètre à peine. Rien ne garantit que la vitre se brisera.

— Putain, on va pas y passer la nuit, dit Dan.

Deux détonations, une troisième.

La douleur n'est pas si intense. La surprise est plus

forte. Idriss s'écroule. En même temps que le vacarme assourdissant des coups de feu, on entend la vitre qui pète. Une balle n'a pas touché sa cible.

Le chien aboie à nouveau. Dan siffle pour le faire taire tout en essuyant l'arme avec son t-shirt. Il la remet dans la main de Mokhtar, tétanisé.

— Tu voulais un flingue ? dit-il. Voilà, il est à toi. Mais je te conseille de pas le garder longtemps.

Mouss ouvre la porte de l'appartement, lèvres closes, essayant de dissimuler sa panique. Tonio sort en quatrième vitesse. Ses pas s'évanouissent dans le couloir. Mokhtar a la bouche entrouverte, les yeux humides.

— Idriss ? baragouine-t-il en s'agenouillant. Idriss, ça va ? Faut appeler les secours, faut appeler les pompiers.

Dan frappe Mokhtar derrière la tête.

— T'es con ou quoi ? On appelle personne. Reviens sur terre, bordel.

Mokhtar respire fort. Il est à genoux, les mains sur les cuisses. Il essaie de ne pas s'étouffer dans sa terreur.

— Tu sais, lui dit Dan, ce soir, j'étais venu pour te refroidir. Mais en fait, c'est encore mieux comme ça. T'as à moitié loupé ton test, mais t'as encore une chance.

Sur le sol, Idriss ne bouge plus. Mokhtar ne le quitte pas des yeux. Dan s'en tape. Tout en se penchant sur l'adolescent, en fouillant ses poches pour en tirer son téléphone portable, il continue :

— Le gamin, tu le fous dans un sac-poubelle et tu le balances dans le bois, derrière chez le Manouche. Le mieux pour le flingue, c'est la rivière. Tu veux bosser pour nous ? OK. Mais te plante pas. Et la prochaine fois, si c'est moi qui suis obligé de tirer, ce sera sur toi. T'as compris?

Dan fourre le téléphone d'Idriss dans sa poche et se relève. Mokhtar ne répond pas. Dan lui balance un coup de poing dans l'épaule.

— Bon Dieu, t'as compris?

Il faut quelques secondes pour que la question parvienne au cerveau de Mokhtar et quelques secondes encore pour qu'il la comprenne et revienne à lui.

— Hein? Oui, dit-il.

Mais il parle dans le vide. Le Magicien s'est volatilisé. Mouss aussi. Le chien aussi. Putain, comment on fait disparaître un chien? Il est seul, dans un appartement bouillant, une odeur de poudre dans le nez, un revolver dans la main, ses oreilles qui sifflent encore du bruit des coups de feu, Idriss étendu sur le carrelage, du sang sous lui. Il a envie de s'enfuir. Il aimerait posséder le même talent que Dan et s'évanouir le temps d'un clignement de paupière. Un sac-poubelle? C'est bien de ça qu'on lui a parlé? Il pèse combien, ce gamin? Au moins cinquante kilos. Et même s'il réussit à le porter, il se passera quoi, après? Il faudra descendre trois étages, traverser le quartier sous des dizaines de fenêtres ouvertes auxquelles des voisins se penchent en scrutant les alentours, même à cette heure du soir. Il faudra charger le corps dans la 208 et rouler en espérant ne pas être contrôlé par les flics, qui tournent autour du quartier comme des requins dans un film de pirates. Non, c'est mort. Il fera pas ça. Pas question.

Un bruit s'élève, rauque, humide.

Mokhtar déglutit. Il se penche sur Idriss. Le bruit résonne à nouveau. Il provient de la gorge de l'enfant. Ça doit être ça qu'on appelle un râle.

Ya khra, pense Mokhtar. Et il ne sait pas si le fait qu'Idriss soit encore en vie est une bonne nouvelle ou non. Est-ce qu'il peut encore exister des bonnes nouvelles, maintenant ? L'avenir est un immense océan d'emmerdes, un océan profond où rien ne survit.

Mokhtar se relève. Ses rotules craquent. Il regarde autour de lui, en quête d'un accessoire, d'un outil, de quoi que ce soit qui puisse l'aider, il ne sait même pas à quoi. Peut-être qu'une idée géniale surgira d'elle-même, une autre idée que celle qui le brûle et qui consisterait à composer un numéro d'urgence sur son téléphone et à quitter les lieux en courant.

Dans ce qui était la cuisine, il n'y a plus rien. Aucun électroménager, rien dans les tiroirs. Idem dans la salle de bains et les chambres. Un seul détail attire son attention : une clé est encore enfoncée dans la serrure de la porte des toilettes.

— Oh, putain, Idriss, je suis désolé, murmure Mokhtar.

Alors il pose l'arme par terre, il ouvre grand la porte des toilettes, il revient vers l'entrée, où il ramasse les deux chaussures qu'Idriss a lâchées en tombant dans l'appartement. Il lance les chaussures dans les toilettes, puis revient près de l'adolescent, qu'il saisit aux chevilles, juste au-dessus de ses chaussettes.

Une langue de sang se dessine sur le sol derrière le corps que Mokhtar traîne jusqu'au W.-C. Idriss n'oppose aucune résistance. Il ne fait aucun mouvement. Même le bruit sorti de sa bouche n'est plus audible. Idriss est peut-être mort, peut-être pas encore. Les toilettes sont petites mais il y a suffisamment de place pour le faire tenir près de la cuvette sans que ça gêne la fermeture de la porte. Ça n'était pas si compliqué. Le plus difficile, c'est de ne pas se salir. Les habits de soirée du neveu de Lounès sont imbibés de sang et du sang coule encore et se répand par terre, dans la tache de sang déjà formée.

Mokhtar attend un long moment, debout sur le seuil des toilettes, à l'affût d'un frémissement, d'un son, d'un battement de cœur. Rien. Il voudrait que le gosse survive et, en même temps, il voudrait qu'il meure. Il sait que, dans les deux cas, il est dans la merde.

Finalement, il éteint la lumière, referme la porte et donne un tour de clé.

Son regard se pose ensuite sur le flingue, qui gît par terre, mais ça, au moins, ce n'est pas un sujet d'inquiétude. Il sait exactement quoi en faire. Inutile de traverser toute la ville pour aller le jeter dans la rivière. Il y a un moyen bien plus simple de s'en débarrasser. Il faut juste souffler un bon coup, enfouir dans sa mémoire ce qui vient de se passer, comme si c'était un rêve, une hallucination, comme s'il avait vu un film horrible et que la séance était terminée. Puis retourner au mariage, juste à temps pour le dessert.

Lounès regarde Lassana déguerpir dans la nuit. Le gamin a eu tellement peur qu'il en oublie presque de boiter. Au loin, derrière le grillage, au-delà du chantier de démolition du collège, au pied du gymnase, des lueurs et des ombres indiquent que la bande de Rive-Droite tient toujours le point de deal. Pour le reste de la nuit, les clients qui se présenteront là-bas feront affaire avec l'équipe de Dan. Autant de fric qui ne rentrera pas dans les caisses. Mais est-ce qu'il a besoin de fric ? Il ne sait plus quoi en faire, du fric, de ces sales billets qui servent à rien. Il a réussi à acheter la Porsche grâce à Romu, le fourgue, qui avait un plan en Allemagne. Mais après ça ? On achète pas un vol Paris-Dubaï en liquide. On achète pas une villa sur la Côte en liquide. Il doit bien y avoir un moyen pour déposer tout ça sur un compte en banque sans passer par un comptable véreux qui prend vingt pour cent au passage. Lounès a besoin de mettre les choses à plat, de réfléchir, d'être conseillé. Tout le business est à revoir :

l'approvisionnement, les lieux, les filières de blanchiment, et ce qui est sûr, c'est que c'est pas à deux heures du mat, le jour de son mariage, qu'il va trouver des solutions. On verra ça demain, pense-t-il. Demain, il relance l'affaire. Demain, il remonte sur le ring.

Il fouille dans ses poches. Que dalle.

— *Khra,* lâche-t-il.

Ça aurait été le moment de fumer un bon joint. En fait, c'est toujours le moment de fumer un bon joint. Il faut absolument qu'il chope Kenza, qu'elle lui dise où elle a mis sa pochette.

Kenza. Léa. Le dessert.

— *Khra,* dit-il à nouveau en se mettant en route vers la salle.

Il traverse le parking du bas, passe entre les dizaines de voitures des invités. Le coffre de l'une d'elles est ouvert. Assis sous le hayon, quatre cousins éloignés, âgés d'une vingtaine d'années, fument et boivent à tour de rôle dans une bouteille de jus d'orange. Lounès bifurque dans leur direction. La bouteille de jus d'orange disparaît.

— Ça va, Lounès ? dit l'un des mecs. Félicitations !

— Allez, *bella fomouk,* dit Lounès. Vous pouvez picoler, je m'en fous. Filez-moi un spliff.

Les jeunes gens se regardent. Le joint réapparaît dans la main de l'un d'eux, qui le tend à Lounès. Celui-ci s'en saisit et tire une longue latte. Il recrache la fumée vers le ciel étoilé avec un soupir de contentement, puis il redonne le joint.

— Merci, les frérots, lance-t-il. Restez pas là trop longtemps. C'est bientôt le dessert.

Puis il repart vers le mariage d'un pas pressé.

En traversant la route, son regard se perd sur les façades des tours éteintes de Sainte-Té. La nuit, elles ressemblent encore plus à des boîtes en carton, de celles dans lesquelles dorment les clochards. Avec le plan de relogement en cours, la vie quitte peu à peu ces grosses carcasses.

Lounès repère Mokhtar, en train de gravir les marches qui mènent à la maison de quartier. Il grimpe l'escalier quatre à quatre pour le dépasser et lui barrer la route.

Mokhtar est livide, sa respiration saccadée.

— Depuis le temps que je te dis de venir à la salle avec moi, dit Lounès. T'es même plus capable de monter un escalier.

Mokhtar ne réagit pas. Ça ne l'aurait pas fait rire en temps normal. Encore moins maintenant. Il s'arrête, pose une main sur son genou.

— J'ai ce que tu veux, dit-il dans un halètement.

— Ici ? demande Lounès.

Mokhtar confirme de la tête. Lounès fait un tour sur lui-même. Il observe les fenêtres des trois bâtiments qui délimitent la place carrée. La plupart sont ouvertes. Quelques-unes sont allumées. Il est tard, mais les yeux du quartier ne se ferment jamais.

— Viens, dit Lounès. On rentre.

Ils pénètrent dans le hall. Les portes qui donnent sur la salle principale sont fermées et une musique étouffée s'en échappe. L'odeur de la viande, des pruneaux et des abricots cuits flotte encore. Lounès tire Mokhtar par la manche jusqu'à un renfoncement, dans un coin sombre, où aucun regard indiscret n'est susceptible de les surprendre.

Mokhtar ouvre un pan de sa veste et montre la crosse qui dépasse de sa poche intérieure.

— Vas-y, dit-il. Prends-le.

Lounès jette encore un coup d'œil derrière lui. Personne sur le parvis. Personne dans les toilettes. Il attrape l'arme, l'examine un instant, la soupèse.

— Ça coûte combien ? demande-t-il.

— Ça coûte rien, dit Mokhtar. Tu le prends, c'est tout.

Lounès a un sourire amer.

— C'est ton cadeau de mariage ?

Mokhtar ne parvient pas à ôter le voile de terreur sur ses traits tirés.

— Je sais pas, répond-il. T'as ce que tu veux, voilà.

Lounès fronce les sourcils.

— Il se passe quoi, là, Mokhtar ?

— Il est tard, dit-il seulement. Tes invités t'attendent. Pour le dessert.

Lounès glisse le revolver dans son dos, dans la ceinture de son pantalon, rabat sa veste par-dessus.

— Je suis pas taché ? demande-t-il à Mokhtar en écartant les bras.

Mokhtar lève la tête, penaud.

— T'es nickel.

Soudain, la double porte qui mène à la salle s'ouvre. Kenza surgit devant eux.

— Mais t'étais où ? rugit-elle. On attend depuis un quart d'heure pour lancer la pièce montée.

— Je suis là, dit Lounès.

Kenza a du mal à cacher son exaspération. Elle rentre aussitôt dans la salle. Lounès et Mokhtar traversent le hall côte à côte, poussent la porte battante en même temps.

C'est alors qu'une explosion retentit, accompagnée de youyous, d'applaudissements et de l'hymne de l'UEFA Champion's League joué à plein volume. Des confettis tombent du plafond tandis que des boîtiers posés au sol projettent des gerbes d'étincelles dorées le long du tapis qui mène à la pièce montée, un gâteau rose et blanc à trois étages de près d'un mètre de haut.

Tous les regards convergent vers Mokhtar et Lounès, debout sous la pluie de confettis, les yeux écarquillés. Ils s'observent, éberlués, dans les flashs et les crépitements. Puis l'attention des convives est détournée par une porte qui s'ouvre, à l'autre extrémité de la pièce, suscitant des applaudissements redoublés.

Guidée par Kenza, Léa avance sur le tapis couvert de pétales, vêtue de la cinquième robe, la dernière de la soirée. Elle est blanche, à manches courtes, garnie de dentelle et aux coutures décorées de perles. Le bas, ourlé lui aussi de dentelle, frôle à peine le sol.

Mokhtar se rassoit à sa table, à côté d'Adrien, tandis que Lounès va voir ses parents. Il se penche vers eux, leur demande s'ils vont bien, si la soirée se passe bien, s'ils sont bien assis. Nadia hoche la tête, radieuse. Mohammed sourit à son fils en lui serrant la main.

— T'as pas vu Idriss, dehors ? demande Kamel et, bien qu'il crie presque, sa voix s'entend à peine par-dessus les notes assourdissantes.

— Non, répond Lounès, mais il va pas tarder. Il parle du dessert depuis un mois.

Le marié poursuit son chemin et rejoint sa femme devant la pièce montée. Les effets pyrotechniques font scintiller la salle, les visages, les habits. Léa découpe les premières parts du gâteau à l'aide d'un long couteau à la lame polie comme un miroir. Lounès exécute son fameux pas de danse pataud au rythme de la musique qui accompagne habituellement les matchs de foot de la Ligue des champions. Ils sont les meilleurs, ils sont les champions, disent les chœurs, en français, en anglais, en allemand.

Puis les assiettes de dessert sont distribuées, puis on prend encore un peu de thé, un peu de café, puis on danse, et on chante. Le DJ délaisse les musiques traditionnelles pour des morceaux à la mode. À mesure que la nuit avance, l'éclairage devient plus frénétique. Des stroboscopes changent la salle en piste de night-club tandis que le personnel du traiteur commence à débarrasser les tables. Kenza et son équipe retirent des éléments de décoration avant que les danseurs les bousculent involontairement.

Les invités commencent aussi à partir, sans manquer de saluer Léa et Lounès, à nouveau calés dans leurs fauteuils d'honneur. On les remercie pour ce qui a été le plus beau mariage auquel on ait jamais assisté. On leur donne une petite enveloppe en cadeau, si ce n'est pas déjà fait. On leur souhaite le meilleur pour l'avenir, de beaux et nombreux enfants.

Léa ne cesse de se trémousser sur son siège.

— Tu vas danser jusqu'à quand ? demande Lounès.

— Jusqu'à la fin du monde !

Elle se lève et trottine jusqu'au DJ, à qui elle parle à l'oreille. Puis elle revient sur la piste de danse au moment où la voix de Britney envahit la pièce. Léa chante les paroles en play-back, les bras en l'air.

I need time, love, joy

I need space, love
I need... me

Quatre coups de caisse claire et la chanson démarre, *Overprotected.* Des danseurs rejoignent la mariée. C'est le début d'un quart d'heure consacré à Britney Spears. Léa tourne, chante, rit. C'est son moment. Elle est la reine. Comme Britney, le temps de quelques chansons, elle est la superstar blessée, exploitée par son père, son talent spolié, sa joie volée par l'égocentrisme d'un salaud, et dont le succès ne suffit pas à chasser la mélancolie, mais qui sourit, et qui exécute sa parfaite chorégraphie, parce qu'elle est pro, et que le spectacle doit continuer.

La fête n'est pas terminée quand le ciel commence à s'éclaircir et que les services de la Ville entreprennent de nettoyer la place carrée, avant que les camelots s'installent pour le marché dominical. Les premières camionnettes arrivent déjà et les exposants déchargent les armatures métalliques sur lesquelles ils tendront leurs bâches.

Léa et Lounès apparaissent sur le parvis. Le boum boum de la sono résonne encore, comme le cœur excité de la maison de quartier. Kenza et Kamel sortent à leur tour.

— Il est pas revenu, Idriss ? demande Kamel.

Lounès lève les yeux au ciel.

— Tu sais pourquoi il est pas revenu, assene Lounès. Lâche-le.

Kamel grimace.

— Maman a fait la chorba, dit-il. Vous en voulez pas ?

— On va se coucher, dit Lounès. On devrait même pas être là.

Kamel hausse les épaules et retourne dans la salle.

— Elle sera pas longue, mais passez une bonne nuit quand même, dit Kenza. Et félicitations.

— Merci à toi, dit Léa. C'était magnifique.

— Tu l'as mise où, ma pochette ? demande Lounès. Je l'ai laissée dans la salle vendredi. Une pochette verte.

Kenza se creuse les méninges mais secoue la tête.

— J'ai rien retrouvé, dit-elle. Il faudrait regarder dans le vestiaire.

— Laisse tomber, interrompt Léa. Je suis claquée, on va se coucher.

Elle prend Lounès par le bras et descend une marche. Il ne résiste pas. Il est tard. Lui aussi est épuisé. Ils arrivent au bas de l'escalier. Ils ont juste à traverser la rue pour atteindre leur immeuble. Kenza les suit du regard jusqu'à ce qu'ils aient tapé le code d'entrée et que la porte se referme sur eux.

Sur la place, le marché prend forme. Seuls quelques monticules de suie et des traces noires éparses sur la chaussée témoignent des violences des jours précédents. La révolte a bel et bien été nettoyée au karcher.

DIMANCHE

Lounès regarde par la fenêtre. Il pleut. Il a vingt-trois ans. Depuis l'intérieur de la Mercedes, on dirait que le paysage fond en coulées grises, qui emportent dans le caniveau les bâtiments centenaires pour leur rappeler qu'eux aussi sont périssables. Les larmes sur le pare-brise déforment les silhouettes des passants, les carrosseries des voitures, et dessinent un monde flou, en déliquescence, en lambeaux.

— Attends là, dit Salim en réajustant sa casquette des Lakers.

Il ouvre la portière et sort.

Lounès ne répond pas. Il sait bien qu'il doit attendre là. C'est chaque fois la même chose quand il emmène Salim quelque part. Il reçoit un SMS et il conduit sans poser de questions. Parfois ils vont dans les Hauts, quand Salim a pas envie de marcher. D'autres fois au centre-ville, au pied d'un immeuble de bourges. Il arrive que ce soit à la campagne, en périphérie d'un de ces villages qui se ressemblent tous, mêmes vieilles baraques grises, même bistrot, même église. Salim sort, il disparaît derrière un portail rouillé et revient sans un mot dix minutes plus tard. Plus rarement, ils font un bout de route. Une ou deux fois, Salim a demandé à être conduit à Villeurbanne, au Mans, à Reims. Était-ce pour rencontrer des fournisseurs, des clients, ou pour faire du tourisme ? Lounès n'en a pas la moindre idée. S'il pose des questions, Salim ne répond pas. Quand il croit avoir compris quelque chose, Salim nie. Depuis tout ce temps qu'il bosse pour lui, il reste un putain de chauffeur de taxi, un livreur de colis, un porteur de message, un épouvantail à trouillards.

— Moins t'en sais, mieux tu te portes, dit toujours Salim.

Mais c'est des conneries. Lounès sait qu'il serait bien plus efficace s'il connaissait les détails des affaires qu'il traite. Il prévoit d'en parler bientôt. Cette reconnaissance, il la mérite.

La pluie se calme. Un coup d'essuie-glace et le monde se recompose, solide, écrasant. Lounès aperçoit Salim, assis sur un banc, dans le petit square qui borde la gare routière. Il est seul. Il consulte son téléphone portable.

Un groupe de lycéens apparaît à l'angle de la rue et du square, suivi par un autre. Bientôt, des hordes d'adolescents envahissent les trottoirs, traversent la route en un flux continu. Il est dix-sept heures. Ils sortent du lycée Diderot, tout proche, et une grande partie d'entre eux se rendent sur le parking de la gare routière, où une dizaine de bus attendent de les ramener chez eux, dans les quartiers et villages alentour.

La transhumance dure une vingtaine de minutes, provoquant embouteillages et agitation à cette entrée stratégique de la ville. Lounès le sait car il a déjà conduit Salim ici, à cette heure.

La première fois, il ne s'est pas posé de question. La deuxième fois, bêtement, il a demandé à Salim s'il choisissait ce lieu et cette heure pour être couvert par le flot des élèves et rencontrer un contact en toute discrétion dans le square.

Salim s'est contenté de sourire.

— Démarre, a-t-il dit.

Et Lounès a démarré.

La chambre d'Idriss est vide. Kamel referme la porte et se rend à la cuisine, où sa mère, sa tante et ses sœurs s'affairent déjà à la préparation du déjeuner. Mounia est là aussi. Elle surveille une cocotte sur le feu.

— Vous avez vu Idriss ? demande Kamel.

Seule Jalila réagit. Elle cesse de découper le poulet et lève la tête. Par la fenêtre ouverte, on entend le brouhaha du marché qui bat son plein.

— Il sort tôt, le matin, dit Jalila. Il doit déjà être dehors.

— Mais quelqu'un l'a vu ?

— T'inquiète pas, dit Nadia. Idriss, il est là, il est pas là, il se promène. C'est impossible que tu lui dis de rester en place. C'est un courant d'air.

La porte d'entrée s'ouvre.

— Idriss ? appelle Kamel depuis le couloir.

Ce n'est pas Idriss. C'est Léa, vêtue d'une robe légère mi-cuisse, bleue à fleurs roses, au décolleté qui laisse apparaître le bord de son soutien-gorge, à épaules nues, qui révèle ses deux tatouages. Elle a attaché ses cheveux en queue de cheval et, sans maquillage, ses cernes sont à nouveau visibles. Elle a aussi retrouvé sa vieille besace, qu'elle porte en bandoulière.

— Bonjour tout le monde, lance-t-elle.

Les saluts fusent en retour.

— Je suis désolée, je peux pas vous aider, j'ai un rendez-vous super important. Mais je reviens vite.

— Un rendez-vous le dimanche? demande Hayet.

— L'information, c'est tous les jours!

— Mais c'est pas tous les jours ton mariage, dit Nadia. Il y a pas quelqu'un pour te remplacer? Envoie quelqu'un qui se marie pas.

— C'est le *ftour* de la mariée, renchérit Jalila. Le repas du dimanche, c'est pour toi. C'est la tradition.

— Je me dépêche, fait Léa. Mais comme Lounès a pris la voiture, je suis à pied.

Les femmes se remettent au travail. Léa patiente quelques secondes dans l'embrasure de la porte, puis sort de l'appartement. Elle espérait que Jalila ou Kamel proposerait de la conduire en ville, ou même de lui prêter une voiture. Les leurs sont garées sur le parking du haut, où elles se contentent de prendre le soleil dans les effluves d'épices qu'exhalent les étals du marché.

Léa sort de l'immeuble. Elle fait une halte, regarde ses pieds. Elle est chaussée de sandales légères. Elle hésite un moment à rentrer à l'appartement pour mettre des baskets. Elle y renonce. Elle n'est même pas sûre d'arriver à l'heure au rendez-vous. Elle se met en route.

Les phares de la Porsche Cayenne s'allument dès qu'elle pénètre dans le parking souterrain du cinéma CGR de Monzelle. Le parking du cinéma : c'est comme ça que les habitants appellent l'endroit même si, en réalité, il s'agit d'un équipement municipal n'ayant rien à voir avec la compagnie qui exploite les sept salles de projection.

Le véhicule entame sa descente sur la spirale de béton et plonge dans les profondeurs de la ville. Au premier niveau, une dizaine de voitures sont garées, appartenant aux quelques spectateurs de la séance de onze heures. Le deuxième niveau est vide, inutile, des rangées de néons sales éclairant des centaines de mètres carrés, uniformément peints en rouge, à l'exception des lignes blanches qui matérialisent les places de stationnement. Le troisième niveau, peint en bleu, ne sert quasiment jamais, n'existe pour personne, et c'est pour cette raison que des sans domicile fixe l'ont investi. Là, ils sont certains de ne jamais être dérangés, certains aussi de ne déranger personne.

Lounès se gare, à cheval sur deux places, ouvre sa portière et descend, moteur toujours allumé. Le ronronnement de l'engin résonne dans tout l'étage.

Dans la lumière des phares, le long du mur le plus éloigné, un amoncellement de duvets, de cartons et de bâches forme trois ou quatre abris de fortune. Lounès s'approche. Son ombre s'étire comme celle d'un démon.

— Christian ? appelle-t-il. T'es où ?

Un homme sort de derrière un pilier en se protégeant les yeux avec son avant-bras. Il est habillé d'un survêtement dont la couleur bleu marine, au troisième sous-sol d'un parking, empêche de voir qu'il est sale. L'homme est brun, les tempes grisonnantes, des poils blancs donnant l'assaut à une épaisse barbe noire. Il porte aux pieds de solides chaussures de randonnée.

— C'est bien, le félicite Lounès. Toujours au taquet.

— Je fais comme t'as dit.

Les deux hommes s'écartent du halo des phares.

— Tu devais pas venir si tôt, continue Christian.

— J'ai un rendez-vous. Je passais par là. T'as vu quelque chose ?

Christian émet un sifflement affirmatif.

— Un gars, dit-il, petit, la peau dégueulasse, au volant d'une Audi.

Tonio, pense Lounès.

— Il est arrivé à neuf heures et demie. Il s'est garé là-bas, dans le coin où les néons sont pétés. Il a éteint son moteur, il a éteint toutes les lumières et il a pas bougé. Il croyait qu'il y avait personne mais moi, je le voyais, enfoncé dans son siège, avec juste ses petits yeux de rongeur qui dépassaient pour surveiller. Tu l'as pas loupé de beaucoup. Il est resté presque une heure, et comme il se passait rien, il a pris son téléphone et il a essayé d'appeler. Tu parles, ça capte que dalle, ici. Alors il a démarré et il est parti.

— De neuf heures et demie à dix heures et demie ?

Christian opine. Lounès crache par terre.

— Le bâtard, grince-t-il entre ses dents.

Si Tonio s'est pointé ici, au troisième sous-sol d'un parking désert, un dimanche matin, c'est forcément parce que son info bidon est parvenue jusqu'à Dan. Et le seul à posséder cette info, le seul à croire que le rendez-vous aurait lieu ici à dix heures, c'était Mokhtar. C'est lui, le traître. C'est lui, le bâtard.

— Je reste là ? demande Christian.

— Si tu veux ta paie, oui. Tu te planques, tu notes l'heure et, ce soir, tu me diras ce que t'as vu.

Lounès sort un billet de cinquante euros de sa poche.

— Tiens, déjà ça.

Le billet disparaît dans le poing de Christian. Lounès fait un geste qui veut vaguement dire au revoir et regagne sa voiture, les épaules rentrées, le pas lourd comme un soldat, le dos rond comme un fauve. S'il avait une fourrure, elle se hérisserait le long de sa colonne vertébrale. Christian lui court après.

— Attends, dit-il.

Lounès se retourne.

— Quoi, putain ?

— T'as vu ma fille, hier ?

Lounès se radoucit. Il réfléchit. Il a bien vu Zoé discuter avec Idriss. Mais c'était hier ou avant-hier ?

— Comme ça, répond-il. De loin.

— Elle a l'air d'aller bien ?

Lounès esquisse une moue indécise.

— Ce sera mieux pour elle, dit-il finalement. Là où elle sera.

— Elle sera où ? demande Christian.

— J'en sais rien.

Et puis, en remontant dans la Porsche :

— N'importe où, ce sera mieux pour elle.

L'immeuble fait partie d'un ensemble de trois bâtiments, disposés en U autour d'une petite cour de graviers blancs. Le quatrième côté est constitué d'un muret, surmonté d'une clôture de fer forgé, et d'une grille toujours ouverte. C'est un peu comme la place carrée, mais pour des gens pleins de fric, pense Léa en pénétrant dans l'enceinte.

Elle examine les noms inscrits en face des boutons des interphones. Il y a aussi des plaques dorées, indiquant la présence de cabinets d'avocats, de comptables et d'huissiers.

La journée est déjà chaude. Le soleil est déjà haut. L'ombre d'un immense marronnier tombe sur un carré de gazon proprement tondu. Léa repense à la cour intérieure de la mairie. Elle repense à la journée d'hier. Elle regarde sa main gauche décorée de motifs orange, l'alliance qui brille à son annulaire. Elle a dit oui. L'assistance a explosé de joie. Lounès l'a embrassée sur la bouche devant tout le monde. Jusqu'à la dernière seconde, elle doutait qu'il le ferait. Elle se disait que ses lèvres se poseraient à la commissure, comme il le fait souvent. Cet homme restera à jamais une énigme, et ce mariage un mystère.

Le doigt de Léa s'arrête sur l'étiquette du cabinet Vignon. Elle regarde l'heure sur son portable. Onze heures et demie. Elle sonne.

Trois voitures ont le temps de passer dans la rue. L'une d'elles tracte une remorque qui fait un vacarme infernal en rebondissant sur un ralentisseur.

Malgré sa queue de cheval, Léa sent que sa nuque est humide de transpiration. Elle sonne encore.

— Je sais que t'es là, murmure-t-elle.

Et pourtant, c'est dimanche. Il n'y a aucune raison pour qu'aucun de ces cabinets soit occupé. Mais Léa a le pressentiment que les dénégations répétées de Vignon, au téléphone, n'étaient pas sincères. Il est là. Il l'attend. Elle sonne encore.

Un cliquetis, un souffle. Une voix calme émerge des parasites.

— Je vous ai dit de ne pas venir.

— Je vous ai dit que je viendrais quand même.

Le grésillement du mécanisme de déverrouillage se fait entendre. Léa pousse le battant et entre dans un sas. La porte d'entrée claque derrière elle. Sur le mur de droite, des rangées de boîtes à lettres. Face à elle, une porte vitrée. Sur le mur de gauche, un petit boîtier noir au sommet incliné, destiné à recevoir une carte d'accès. Le même boîtier semble contrôler l'ouverture de la porte principale. Léa cherche à la rouvrir et constate qu'elle est verrouillée. Même pour sortir, il faut une carte. Elle est prise au piège.

Des pas dans l'escalier, Vignon apparaît, en veste et

chemise, cravate serrée autour du cou, pantalon impeccable, sans le moindre pli disgracieux. Le gars est presque mieux habillé que Lounès à son mariage. Il atteint le palier du rez-de-chaussée et s'arrête devant la porte vitrée, les mains dans les poches.

Vignon est grand et sec. Il est chauve, le visage anguleux et ridé. Il porte une paire de lunettes rondes aux branches fines posée au bout de son nez et un bouc blanc qui allonge son menton pointu. Léa examine chaque mouvement de son visage afin de déterminer s'il l'a reconnue ou non, s'il a fait le rapprochement entre la mariée, de dos, entraperçue la veille dans le parc de la mairie, et la jeune femme cernée, en robe légère et sandales qui se présente devant lui aujourd'hui. Rien n'indique que ce soit le cas.

— Vous me faites pas entrer ? demande-t-elle.

— C'est inutile. Je vous ai dit qu'il n'y avait rien ici.

Il ne frémit pas. Il reste parfaitement impassible, ses traits cuivrés statiques. Derrière la paroi de verre, on croirait une statue de cire, immobile dans sa vitrine d'exposition.

— Vous perdez votre temps, poursuit-il. Qu'est-ce qui vous fait croire que je peux vous aider ?

Léa laisse échapper un petit rire. Elle vient de comprendre pourquoi Vignon a accepté de la rencontrer. Lui aussi est à la pêche aux infos.

— Vous voulez savoir si j'ai parlé à Georges Caron avant sa mort ? demande-t-elle. C'est pour ça que je suis là ? La réponse est non.

La tête de Vignon penche imperceptiblement et Léa s'en veut de ne pas avoir assez bien menti.

— Peu importe ce que vous croyez savoir, dit le comptable, je vous encourage fortement à abandonner votre enquête.

Léa ricane.

— Est-ce que vous me menacez, monsieur Vignon? On est où, là? En Russie?

— Je me contente de vous donner un conseil pour vous éviter de gaspiller vos qualités.

Léa perd patience.

— OK, dit-elle. D'accord. Je fais pas d'article, je fais pas d'enquête, tout le monde est content, mais dites-moi au moins ce qui s'est passé entre Jacques Billet, Georges Caron et la mairie.

Vignon reste silencieux. C'est peut-être comme ça qu'il réfléchit.

— Les Billet et les Maximin, dit-il, c'est une histoire qui remonte loin. Ce serait trop long de vous la raconter et ça ne servirait à rien.

— C'est dimanche, j'ai le temps.

Les yeux du comptable roulent de mépris et, comme il s'apprête à partir, Léa abat son dernier atout.

— Et Salim El Houari? dit-elle. Il joue quel rôle là-dedans?

La carapace se fissure. Vignon semble soudain horrifié. Il secoue la tête, désolé.

— Bien entendu, je ne peux rien vous dire sur monsieur El Houari, et je vous assure que vous devriez oublier tout ça.

— Est-ce que vous avez eu des nouvelles de Salim, après son départ?

Vignon soupire.

— Vous ne m'écoutez pas ? Vous ne comprenez pas le français ?

— Vous devez forcément savoir où il est.

Vignon sort ses mains de ses poches. Il les joint devant lui, comme pour une prière.

— C'est une pente très glissante que vous ne devriez pas emprunter, dit-il. À la lumière de ce que vous me dites, je serais même tenté de vous conseiller de prendre de longues vacances.

— Vous ne savez pas où est Salim ? insiste Léa.

— Et pourquoi vous ne demandez pas à Lounès Kacem ? lâche Vignon.

Il marque une pause, le temps de laisser geler le sang de Léa.

— Je ne sais pas où est Salim El Houari, poursuit-il. Je n'ai pas communiqué avec lui. La seule personne qui prétend avoir eu de ses nouvelles après sa disparition, c'est Lounès Kacem, votre mari.

Léa touche machinalement son alliance.

— Oui, continue Vignon, je sais que vous vous êtes mariés hier. Je sais que vous êtes au courant de son commerce. Et je sais aussi que cet homme garde beaucoup de secrets. Maintenant, faites votre travail de journaliste, posez-vous les bonnes questions et vous réaliserez qu'il est dans votre intérêt de vous éloigner de Monzelle pour un temps. Cette fois, nous en avons terminé. Adieu, madame Tazilly.

Léa n'a pas la présence d'esprit de le reprendre, elle qui se nomme désormais Léa Kacem. Elle déglutit, elle a les jambes qui tremblent pendant que Vignon lui tourne le dos et remonte l'escalier. En un instant furtif, les pièces éparses du puzzle forment une image limpide. Est-ce que Vignon bluffe ? Léa essaie de se souvenir des mots exacts que Lounès a prononcés quand il a parlé de Salim. Est-ce qu'il disait qu'il était « parti » ou qu'il avait « disparu » ? Elle a passé le plus clair de ces derniers mois défoncée au shit, hypnotisée par le charme violent de son fiancé. Elle ne se souvient d'aucun détail. Elle n'est catégorique sur rien. À côté de ça, le scénario que vient de souffler Vignon semble tellement évident. Lounès en a marre d'être l'éternel assistant. Il voudrait plus de responsabilités, mais pas pour être le calife à la place du calife. Son problème, c'est juste que Salim est bourré de principes. Il refuse de vendre des drogues dures dans les Hauts, il refuse que les gars portent des armes à feu. Sur le terrain, avec l'arrivée de Dan le Magicien à Rive-Droite, Lounès constate que les équipes sont de plus en plus en danger. Il a toujours existé une rivalité entre les deux quartiers populaires de Monzelle, mais Dan a envenimé le conflit. Lounès est excédé. Il ne comprend pas pourquoi il doit laisser faire, pourquoi il ne doit pas réagir. Ce n'est pas son tempérament, lui le nerveux, lui le cogneur. Alors malgré l'affection qu'il porte à Salim, il décide de s'en débarrasser. Ensuite, il passe quelques mois à jouer au naïf, à faire semblant d'attendre le retour du patron, avant de reprendre l'affaire, de virer le comptable et de changer de fournisseurs. Les mains libres, il peut vendre ce qu'il veut, rendre coup pour coup à ses adversaires, en boxeur, en combattant.

Léa sursaute quand le grésillement de la porte retentit. Elle ouvre et sort. La chaleur et la lumière l'assaillent. Elle est sonnée. Elle n'entend pas le bruit de ses pas dans les graviers, ni celui de l'hélicoptère de l'hôpital qui survole la ville. Elle n'entend que son cœur, qui bat pour quelqu'un qu'elle ne connaît pas.

Lounès regarde par la fenêtre. Il pleut. Il a vingt-cinq ans. Il renifle. Il grimace. Il entrouvre la vitre de la voiture.

— Putain, Tonio, dit-il, comment tu fais pour sentir le chien, comme ça ? T'as combien de chiens, chez toi ?

— Mais j'ai pas de chien, moi, répond Tonio. Vas-y, je sens pas le chien. Je mets du parfum.

— Ouais, rigole Lounès. Tu l'as acheté dans une animalerie, ton parfum.

— On y va, dit Salim depuis la banquette arrière.

Salim sort. Lounès sort. Tonio fait la tronche, le nez enfoncé dans le volant de la BM.

Une jeune femme, la capuche de son imper relevée, referme derrière elle la porte de l'agence immobilière et s'en va, tête baissée, en rasant le mur pour éviter les gouttes. Salim la suit des yeux, engourdi sous la pluie. Il ne revient à lui qu'une fois qu'elle a tourné au coin de la rue. Il pousse la porte de l'agence et entre, suivi par Lounès.

— Bonjour messieurs, dit l'agent immobilier.

C'est un grand roux à barbe courte et aux cheveux un peu gras.

— Quel temps pourri, hein ? On se croirait pas en plein mois d'août.

L'agence est plongée dans une atmosphère apaisante, une lumière chaude émane des lampes halogènes incrustées dans le faux plafond et des écrans LCD diffusent des annonces de ventes ou de locations.

Lounès ne cesse de regarder Salim. Ses sourcils froncés semblent dire « mais qu'est-ce qu'on fout là ? »

— Je peux vous aider ? demande l'agent, sans bouger de derrière son bureau, cliquant sur sa souris à intervalle régulier.

— J'ai un bien à louer, dit Salim, toujours debout.

Cette fois, le grand roux se désintéresse de l'écran de son ordinateur et se tourne vers ses interlocuteurs en souriant.

— Ah mais c'est excellent, ça, dit-il. Un appartement ? Une maison ?

— Un appartement, dit Salim en mettant la main dans la poche intérieure de son blouson.

C'est imperceptible, mais Lounès remarque quand même que l'agent immobilier a un moment de panique le temps que Salim ressorte sa main. Il a peur de quoi, ce bouffon ? Qu'on lui *hrchi* une villa à Saint-Tropez ? Qu'on reparte avec un immeuble sous le bras ?

Salim dépose une liasse de billets de cent euros sur le bureau, et ce geste, au lieu de rassurer l'agent, lui fait écarquiller de grands yeux apeurés. Par réflexe, Lounès recule de deux pas et se poste devant la porte.

— Qu'est-ce que vous voulez ? balbutie l'agent.

— Ça, c'est pour votre peine, dit Salim. Parce que j'ai un appartement à louer, mais j'ai aussi un service à vous demander. Prenez-les, ils sont pour vous.

L'agent n'ose pas toucher les billets. Il ose à peine les regarder.

— Je vais mettre mon bien en gestion dans votre agence, continue Salim, vous allez toucher une belle commission, et vous n'allez même pas avoir besoin de travailler parce que je veux que vous louiez cet appartement à la jeune femme qui vient de sortir.

Lounès ne peut réprimer un mouvement de surprise. L'agent aussi. Puis il prend un air dubitatif et contemple les billets. À présent, le fric ne lui fait plus peur. Son regard passe de la liasse à Salim.

— Cette gamine ? demande-t-il en retirant les élastiques d'une chemise grise cartonnée pour en sortir une feuille, qu'il dépose sur le bureau.

Salim se penche, examine la fiche d'informations, approuve de la tête, et la refait glisser vers l'agent.

— Exactement, dit-il.

— Et c'est tout ?

— C'est tout, confirme Salim. Bien sûr, vous ne lui dites rien. Vous faites comme si elle était une cliente comme une autre.

L'agent reste dubitatif.

— Si c'était une cliente comme une autre, jamais je la rappellerais. Elle est étudiante, sans ressources, sans garants. J'ai pris son dossier par politesse. Avec une situation comme ça, aucune agence ne s'occupera d'elle.

— Tant mieux, parce que c'est vous qui allez vous en occuper.

Salim tire la chaise et s'assied.

— Lounès, poursuit-il. Tu peux aller me chercher la pochette noire sur le siège arrière de la voiture ?

L'agent immobilier prend les billets et les range dans un tiroir du bureau.

— J'ai quelques documents à vous faire signer, dit-il.

L'espace d'un instant, Lounès n'existe plus. Il a l'impression de voler au-dessus de l'autoroute. Il observe le ballet des estivants, en bas, sous la passerelle couverte qui enjambe les quatre voies, les familles insouciantes, tassées sur des banquettes moelleuses lancées à cent trente kilomètres-heure vers le soleil. Il a déjà ressenti cette sensation, un jour qu'il était allé sur le toit de la tour 2, avant que l'accès par le skydome ne soit sécurisé. À quinze étages du sol, il avait contemplé le quartier, mais aussi toute la ville, en contrebas, ses vestiges antiques, ses maisons médiévales, ses quartiers cossus, le monde du haut et le monde du dessous, deux univers hermétiques, parallèles. Il n'avait pas eu l'impression d'être supérieur, de dominer quoi que ce soit. Il s'était juste senti mort, déjà au ciel, portant sur les vivants un regard envieux.

Les parkings de l'aire de repos, de chaque côté de l'autoroute, sont bondés. C'est l'heure de la pause déjeuner. Les tables de pique-nique sont prises d'assaut. De longues files d'attente s'étirent devant les guichets des sandwicheries et des restaurants. De nombreuses familles ont décidé de partir ce premier week-end de juillet plutôt que d'attendre le début officiel des vacances scolaires, le jeudi suivant.

Ça fait longtemps que Lounès n'est pas parti en vacances, jamais depuis l'adolescence, quand Kamel prenait encore la peine d'emmener les parents au Maroc. Il se souvient d'un voyage avec Hayet, d'un autre avec Idriss, quand il était tout petit, mais jamais la famille n'a été au complet pour ce périple estival. En voyant sa Porsche garée au loin sur le parking du personnel, de l'autre côté de la clôture, Lounès se dit qu'il devrait prendre le relais et conduire Mohammed et Nadia au bled. Pourquoi pas convaincre Kamel et les sœurs de les accompagner ? Toute la famille serait réunie, sur la terre de leurs ancêtres, ce serait quelque chose.

Pour l'instant, c'est impossible. Il y a trop de problèmes à régler dans le quartier, et personne de suffisamment fiable à qui confier l'intérim. Encore moins depuis ce matin, et la confirmation que ce *kalb* de Mokhtar l'a trahi. La rage le reprend. Il a envie de décocher un direct dans la vitre. Il se maîtrise. Le direct attendra que Mokhtar soit en face. Sous ses pieds, le flot des voitures coule avec la même écœurante régularité. Les vivants vivent. Lui n'existe pas.

Quand le mec de Monaco a dit « rendez-vous sur l'aire du Soleil levant », Lounès n'imaginait pas qu'il y aurait une telle foule. Ça grouille de partout. Des gamins crient et courent dans tous les sens. Les tables en granit sont occupées par des parents en short qui ouvrent des paquets de chips, distribuent des casse-croûte enveloppés dans du papier d'aluminium et versent du coca dans des gobelets en carton. Des voitures vont et viennent, se garent, manœuvrent, repartent dans un brouhaha permanent. La chaleur qui émane des carrosseries distord la vision, courbe l'air, et rend la scène floue et mouvante. Lounès avance sur une pelouse, essayant d'avoir une vue panoramique du lieu. Il examine un à un les groupes, cherche un homme isolé qui adopterait le même comportement que lui, qui ne ressemblerait pas à un touriste. Puis il se résigne à envoyer un message au numéro provisoire qu'on lui a filé.

Alors qu'il est en train d'écrire sur son téléphone, il entend appeler son nom. Il lève la tête. La voix provient d'un coin d'herbe, à l'ombre d'un petit bouleau pleureur dont la ramure peine à bloquer les puissants rayons du soleil de midi. Un homme lui fait un signe de la main. Il est corpulent, les cheveux frisés poivre et sel, la peau bronzée. Il porte un polo Lacoste bleu pastel au col déboutonné, un bermuda d'un blanc éclatant et des Ray-Ban aviator à monture argentée. Il est assis sur une nappe à carreaux, aux côtés d'une femme rousse, la trentaine, en robe vert d'eau très légère, et de deux enfants de moins de dix ans, qui mordent avec passion dans des burgers. Des boîtes en carton McDonald's sont ouvertes sur la nappe.

En approchant, indécis, Lounès remarque que la robe de la femme est presque transparente. Deux fines bretelles rayent sa peau blanche, couverte de taches de rousseur sur les épaules. Elle ne porte manifestement pas de soutien-gorge, si bien que la pointe de ses seins est visible sous le tissu. Lounès se dit que ce mec est complètement taré de laisser sortir sa femme comme ça. Il a honte pour lui.

— Venez à l'ombre, dit le gars, ça tape, aujourd'hui.

Lounès met les mains dans ses poches. Il essaie d'avoir l'air décontracté. Alors c'est lui, le caïd de Monaco ? Le grand trafiquant du bassin méditerranéen ? Il ressemble plutôt à un plouc en voyage organisé. Lounès avance jusqu'à l'ombre de l'arbre.

— Asseyez-vous, dit la femme. Il reste des frites, mais avec ces deux morfals, ça durera pas longtemps.

— C'est bon, répond Lounès. Je suis bien.

Dans le bas de son dos, il sent le métal du flingue glissé dans son jean, sous son t-shirt. Il n'est pas sûr de pouvoir s'asseoir sans être gêné et il n'a pas vraiment envie de sortir une arme au milieu du pique-nique familial, même pour la remettre en place. Et puis ça veut dire quoi, cette histoire ? On est pas là pour bouffer un Happy Meal.

La femme se lève. Elle s'essuie les mains avant d'en tendre une à Lounès. Il hésite deux secondes, puis la serre, l'air ahuri, en interrogeant du regard l'homme assis.

— C'est moi que vous avez eu au téléphone, dit l'homme, mais c'est avec elle que vous avez rendez-vous.

Lounès tente de dissimuler sa surprise et son incompréhension.

— Pas la peine d'aller cramer au soleil, ajoute la femme. On peut parler là. Les gamins s'en foutent pas mal, de nos histoires. Vous êtes sûr que vous voulez pas vous asseoir ?

— Je suis bien debout, dit Lounès.

En disant ça, il regarde à droite et à gauche, pour s'assurer que personne n'accompagne l'étrange couple et qu'aucun individu suspect ne surveille leur échange. Bien que Lounès n'ait parlé de ce lieu à personne, pas même à Léa, il reste la possibilité que Dan ait obtenu l'information par un autre biais, et que ses hommes soient à l'affût quelque part, prêts à tout faire foirer.

— Vous ne devriez pas être si parano, dit la femme. Dans nos métiers, il faut être méfiant, mais pas parano. Sinon, on dort plus, on vit plus, on voit des flics et des ennemis partout. Résultat, on se rend malade, on fait plus rien. Alors ça sert à quoi, finalement, de gagner tout ce fric ?

Lounès ignore à quoi ça sert, en effet.

— Donc vous avez besoin d'un fournisseur, poursuit-elle. Et moi, j'ai besoin de clients. Ça tombe bien, non ?

Les épaules de Lounès montent et descendent. Les mains dans les poches, il piétine. Son regard est fuyant. Il évite les yeux intensément bleus de la femme. Il préfère s'attarder du côté de la nappe, où l'un des enfants le dévisage en mâchant son cheeseburger.

— Vous m'avez dit que vous pouviez tout avoir.

— J'ai ce qui marche, dit la femme. J'ai ce qui paie. Si vous voulez un conseil, laissez le reste aux épiciers. De quoi vous avez besoin ?

Lounès déglutit. Il se retourne encore.

— Surtout du shit, dit-il tout bas. Mais je voudrais essayer la blanche.

— La blanche ? Quelle blanche ? Cocaïne ? Héroïne ? Les deux ?

Lounès hoche la tête.

— L'héroïne, c'est tendu, dit la femme en se baissant pour ramasser une canette de coca.

Elle boit.

— L'année dernière, continue-t-elle, les talibans ont interdit la culture du pavot. Il reste plus grand-chose de la production afghane et les Indiens et les Birmans ont pas encore réagi. Il faudra un peu de temps avant d'avoir des tarifs corrects.

— Ouais, je sais, ment Lounès.

— Enfin, faut voir les quantités. Vous pensez partir sur combien ?

Lounès se rapproche de la femme. Il se penche pour ne pas avoir à élever la voix, dans le vacarme des moteurs et des éruptions vacancières. Elle dégage une odeur fruitée, sans aucun effluve de transpiration. Lounès hésite.

— Allez, quoi ! s'énerve-t-elle. Si vous voulez m'acheter de la marchandise, il faut me dire quoi et combien.

— En beuh et shit, on passe dix kilos par mois, avoue Lounès.

— Bien, dit la femme, qui semble calculer mentalement. Donc, si vous avez un flux de cet ordre-là, je vous conseille de commencer avec un kilo d'héro et un kilo de coke. Vous voyez en combien de temps vous les écoulez et ça vous donnera une idée des commandes à venir. Vous voulez pas de la meth ? Ils font de la meth, maintenant, les Afghans.

Lounès hausse les épaules. Il y a toujours un gamin, paille dans le bec, qui l'observe, comme s'il suivait la conversation, comme si c'était lui, le vrai boss.

— OK, conclut sa mère, on verra ça plus tard. Je vous explique notre fonctionnement. Vous passez commande en ligne. Il vous faut le navigateur Tor et un ou plusieurs VPN.

Lounès n'y comprend rien. Il se dit qu'il aurait dû venir avec sa femme, lui aussi. Léa lui aurait expliqué tout ce charabia.

— À la validation de la commande, poursuit la femme, vous donnez un numéro de téléphone prépayé qui recevra les infos de livraison via l'application Signal. C'est le truc le plus sécurisé qui existe en ce moment, mais bon, on pensait que Sky ECC était sécurisé et on a vu le résultat. Bref, racontez pas votre vie là-dessus. La livraison, c'est nous qui prenons en charge. Dès que vous savez où et quand, évidemment, vous détruisez le téléphone. Et bien sûr, le paiement est en bitcoins.

— J'ai pas ça, moi, l'interrompt Lounès.

— Il va bien falloir. Vous imaginez pas que vous allez débarquer avec une valise pleine de billets, comme dans les films.

Lounès est gêné. Sa bouche se tord.

— Avant, on avait un plan, dit-il, pour se débarrasser du liquide. Mais on l'a plus. Vous faites pas ça, vous?

— Non, on fait pas ça, mais je sais qui le fait. Je vous enverrai un contact plus tard, parce que là, j'ai faim.

Un cri retentit près d'un SUV Volvo blanc. Par réflexe, Lounès met sa main droite dans son dos. La femme le remarque. Elle prend un air fâché, à la manière d'une maîtresse qui découvre qu'un élève n'a pas fait ses devoirs. Ce n'était que le cri d'une adolescente que son petit copain vient d'arroser avec une bouteille d'eau minérale.

— À moins que vous ayez d'autres questions, dit la femme.

Lounès semble hésiter. Il laisse échapper un soupir de résignation.

— On a plus rien, avoue-t-il. Il me faut de la marchandise pour demain. Le plus tôt possible.

La femme penche la tête sur le côté, surprise.

— Vous êtes bien exigeant pour quelqu'un que je viens juste de rencontrer.

— Si les clients se pointent et qu'on n'a rien à leur vendre, on va passer pour des bouffons.

La femme fixe Lounès droit dans les yeux. Son regard plonge jusqu'aux tréfonds de son crâne.

— Très bien, dit-elle. Je vous fais envoyer deux kils de shit demain matin. La somme sera à régler sur le site sous vingt-quatre heures. Mais je vous préviens, ça ne se reproduira plus jamais. À partir de maintenant, vous ferez vos commandes tout seul. C'est la dernière fois que vous me voyez ou que vous entendez parler de moi. Pour le paiement et les achats, vous passerez uniquement par le site, ou par d'autres moyens qu'on vous indiquera, si jamais le site n'est plus fiable, ce qui est toujours une possibilité.

Elle marque une pause. Lounès a l'impression qu'elle va lui tourner le dos et s'en aller.

— Avant d'autoriser l'accès à un nouveau client, ajoute-t-elle, on s'assure de le rencontrer physiquement, pour l'évaluer. C'est pour cette raison qu'on se voit aujourd'hui. Si on estime que travailler avec vous pose le moindre problème de sécurité, on supprimera votre accès sans préavis. Si vous divulguez la moindre information sur notre mode de fonctionnement, la sanction sera bien plus lourde. Je vais être honnête. Vous ne m'avez pas fait une très bonne impression. Je vous trouve stressé, dilettante. Je prends un risque en vous faisant confiance. J'espère que vous serez à la hauteur.

Lounès sent la chaleur monter dans ses joues. Ses muscles se tendent par réflexe, comme chaque fois qu'on lui manque de respect, qu'on se fout de sa gueule, qu'on le méprise. Elle se prend pour qui, cette *cahba* ? Elle veut se retrouver plaquée au sol avec un flingue sur la tempe devant ses gosses ? Pourquoi elle lui parle comme ça ?

Un coup de klaxon et puis le monde reprend forme autour de Lounès, les moteurs des voitures, les rires des enfants, les nombreux morceaux de musique qui s'échappent d'autant d'autoradios. S'il fout la merde ici, ce sera le poste de police direct, sans compter le deal qui tombera à l'eau. Il ravale sa fierté. Il ne répond rien. Il ne fait pas de geste brusque. La femme lui tend la main. Lounès la serre de sa traditionnelle main molle.

— Vous êtes pas vraiment de Monaco ? dit-il.

— Ce qui est sûr, c'est que vous, vous devriez arrêter de vous croire à Chicago.

Un sourire furtif fait trembler ses lèvres.

— Bon dimanche, dit-elle.

Et elle retourne s'asseoir sur la nappe, répond à une question d'un des petits, pioche dans une barquette de frites, comme si Lounès n'existait pas. D'ailleurs, pour elle, à cet instant, il n'existe déjà plus.

Sur l'écran de la télé, un présentateur fait le bilan, en arabe, des violences qui ont éclaté en France ces derniers jours. Des images spectaculaires de voitures renversées et brûlées, de façades de bâtiments publics calcinées, accompagnent le commentaire, auquel Adrien ne comprend rien. Il est assis à table, devant son assiette où refroidit une part de pastilla. Nora et Sofiane, les enfants de Jalila, pianotent en face de lui sur leur téléphone pour passer le temps. Derrière eux, Mohammed, Rafik et Kamel occupent le canapé, tandis que les voix de Mounia, Jalila et Hayet leur parviennent de la chambre d'à côté, entre les pleurs bruyants de Nadia. On entend par les fenêtres ouvertes le fracas métallique des stands que les camelots commencent à démonter sur la place.

Le téléphone vibre dans la poche d'Adrien : un SMS de Léa. Il le lit et s'empresse de quitter le salon. Dans le couloir, il frappe à la porte d'où proviennent les lamentations.

— Oui ? dit Jalila.

Adrien passe sa tête dans l'entrebâillement, sans toutefois regarder à l'intérieur.

— Léa a fini son rendez-vous. Elle dit qu'elle arrive tout de suite.

— Tu vois, maman ? dit Jalila. Elle arrive. Et Lounès et Idriss seront bientôt là aussi. Ça va aller.

Les gémissements de Nadia reprennent néanmoins. Adrien retourne au salon. Il a à peine le temps de s'asseoir que trois coups frappent à la porte d'entrée. Kamel attrape la télécommande et baisse le volume de la télé. Hayet traverse le couloir et va ouvrir.

— Bonjour, dit une petite voix. Il est là, Idriss ?

— Non, répond Hayet. On l'a pas vu, ce matin.

Kamel se lève précipitamment du canapé et rejoint sa sœur sur le seuil.

— Ah, tant pis, dit la jeune fille. Désolée de vous avoir dérangés. Au revoir.

— Attends, intervient Kamel. Tu saurais pas où on peut le trouver, Idriss ?

— J'en sais rien. On avait rendez-vous, il avait dit qu'on ferait le tour du marché une dernière fois. Parce que je m'en vais, je déménage. Comme le marché, il est presque fini, je suis venue ici.

— OK, bouge pas, dit Kamel.

Adrien voit le père d'Idriss débarquer en trombe dans le salon.

— Tout le monde s'en fout, de mon fils, ou quoi ? gronde-t-il.

Il attrape ses clés de voiture sur une commode, sa casquette sur le canapé, et repart aussi vite dans l'autre sens.

— Dis à maman que je suis parti chercher Idriss, lance-t-il à Hayet. Putain, me faites pas croire que c'est normal, ça !

Hayet ne répond rien. Adrien suppose qu'elle approuve. C'est vrai que ce gamin, personne ne l'a vu aujourd'hui. Les cousins qui partageaient sa chambre et qui ont repris la route un peu plus tôt ont assuré qu'il n'était pas là quand ils se sont couchés, et qu'il était déjà parti quand ils se sont réveillés.

— Ou alors, il a pas dormi ici, a ajouté Kamel.

Mais on lui a encore rétorqué qu'il ne fallait pas s'inquiéter, qu'Idriss était comme ça, qu'il connaissait le quartier comme sa poche, qu'il connaissait tout le monde et que tout le monde le connaissait, que rien ne pouvait lui arriver.

Adrien entend claquer la porte d'entrée, puis les pas de Hayet, qui retourne dans la chambre. Les pleurs de Nadia s'interrompent le temps qu'on lui passe le message : Kamel est parti, lui aussi. Il y a un silence, et c'est l'explosion. Nadia pousse un long gémissement aigu qui résonne dans tout l'appartement. Adrien écarquille les yeux en se demandant ce qu'il fout là. Nora et Sofiane ne bougent pas d'un cheveu, penchés sur leur téléphone. Mohammed prend la télécommande et augmente le volume du journal télévisé.

Lounès regarde par la fenêtre. Il pleut. Il a trente ans. Il tourne sa tête de l'autre côté. Son père, Mohammed, frêle et rabougri, est enfoncé dans le canapé devant la télé. Lounès se demande ce qui reste, dans ces traits creusés de rides et cette peau tannée par le soleil, du visage qu'avait son père quand il était jeune, quand il a quitté le Maroc pour venir empiler ici toutes les pierres de Bourgogne, de Caen, de Provence, et couler pendant toute une vie des tonnes de béton déversées par d'innombrables camions-toupies. Est-ce qu'il lui ressemblera, quand il aura son âge ? Est-il déjà en train de décrépir ? Malgré les heures passées à la salle, Lounès sent bien qu'il n'a pas la même vigueur qu'il y a dix ans. Il soulève un peu de fonte, oui, mais rien à voir avec les entraînements d'autrefois. Ceux qui lui disent qu'il est baraqué ne voient pas ses hanches qui s'épaississent, ses abdos un peu moins dessinés. À quel autre résultat pouvait-il s'attendre en passant ses journées assis dans une voiture ou à fumer des joints pendant que Salim traite l'une de ses affaires incompréhensibles ? De temps en temps, il met une raclée à un pauvre type, parce qu'il doit de l'argent, parce qu'il n'a pas fait ce qu'on lui avait demandé, mais il suffit de deux ou trois crochets pour se faire comprendre. À peine le temps de s'échauffer. Un soir, il en a mis un K.-O. sans le faire exprès. Il a fallu attendre un quart d'heure que le mec se réveille avant de savoir où il planquait sa beuh.

Nadia débarque dans le salon.

— Tu sors déjà ? demande-t-elle.

— Tous les jours, à la même heure, répond Lounès en enfilant ses Nike.

— Mais Jalila va appeler. Elle veut nous voir avec la vidéo pour dire bon anniversaire à Nora. Tu te souviens, elle a quatorze ans aujourd'hui. Tu lui as envoyé un petit message ? Tu as son numéro ? Elle a un téléphone maintenant. Tu te rends compte ? Quatorze ans et un téléphone. T'es sûr que tu restes pas ?

Lounès termine de lacer ses baskets. Il enfile son blouson.

— Je vais pas me promener, tu sais. J'ai des trucs à faire. Tonio il est déjà en bas, il attend.

Nadia se rapproche de lui.

— C'est pas avec Tonio que tu vas faire des petits-enfants. T'as trente ans, mon fils, il faut tu penses à te marier.

Lounès pousse un soupir bruyant. Il cherche de l'aide du côté de son père, mais celui-ci ne semble pas suivre la conversation, toujours absorbé par l'écran de la télévision.

— J'y penserai, lâche-t-il en partant.

Tonio est au volant de la BM, au bas du bâtiment B. La pluie tombe fort. Les grosses gouttes font comme un bruit de mitraillette sur le toit. Tonio crache la fumée de son joint par la vitre à peine ouverte.

— Fume pas dans la voiture, putain ! gueule Lounès en entrant dans l'habitacle.

— Mais toi, tu le fais tout le temps, s'insurge Tonio.

— Moi, je fais ce que je veux, toi tu fais ce qu'on te dit.

Il lui retire le joint des mains, tire une taffe et l'écrase dans le cendrier.

— Allez, roule.

La voiture progresse à faible allure sur le boulevard qui traverse les Hauts de Monzelle. Avec la pluie, les trottoirs sont vides. Seules quelques personnes sortent de l'enceinte de l'hôpital d'un pas pressé, abritées d'une capuche ou d'un parapluie. Sur la chaussée, en revanche, la circulation est dense. Camions, berlines, bus, camionnettes avancent pare-chocs contre pare-chocs.

— Le samedi à six heures, dit Tonio, c'est l'heure des cons.

— C'est tout le temps l'heure des cons, corrige Lounès.

La BM tourne pour atteindre le quartier Saint-Émile. Elle suit la route qui serpente entre les immeubles jusqu'à la lisière de la ville, où le goudron semble ramper dans l'herbe comme la lave d'un volcan urbain.

Tonio se gare sur le bas-côté, laisse tourner le moteur.

— Tu vas le chercher ? dit-il.

— De la merde, il pleut trop, je bouge pas. Vas-y, toi.

Une jeune femme court sur le trottoir en tenant son

sac de sport au-dessus de sa tête. Quand elle dépasse la BM, Tonio remarque son maquillage sophistiqué, au coin de ses yeux. Elle continue quelques dizaines de mètres et arrive à la hauteur d'un banc sur lequel est assis Salim, en jean et baskets blanches, sous sa casquette des Lakers. Il fixe un point non défini, vers l'horizon brumeux et son rideau de pluie. Le passage de la jeune femme lui fait tourner la tête. Il la suit du regard. Enfin, quand elle est hors de vue, il se lève, réalise qu'il est trempé, examine les alentours, aperçoit la voiture de Lounès et Tonio, et se dirige vers eux.

— Il est pas un peu cinglé, quand même ? demande Tonio.

Il a tout juste terminé sa phrase qu'il se prend un coup de poing dans l'épaule. Il pousse un cri de douleur.

— *Jahil,* dit Lounès. Parle pas de lui comme ça. Il t'a sorti du caniveau. Respecte-le, fils de pute.

Une portière s'ouvre. Un Salim trempé se glisse sur la banquette arrière.

— Ça va, les garçons ? demande-t-il.

— Nickel, dit Tonio.

Lounès grommelle des mots inintelligibles.

— Emmenez-moi au centre-ville, dit Salim.

— Où ça, dans le centre ?

— Chez le comptable.

Alors Tonio démarre.

La voix préenregistrée, sur le répondeur de Lounès, propose à Léa de laisser un message.

— Encore moi. Je suis vers le boulevard, alors oublie ce que je disais tout à l'heure. Quand tu rallumeras ton téléphone, je serai sûrement arrivée. On se rejoint chez tes parents. Bisou.

À l'entrée du quartier, une rangée de grands érables aux feuilles bordeaux étendent leurs branches jusqu'au-dessus de la route. En passant dessous, Léa sent la température de sa peau redescendre. Elle touche son épaule encore chaude. Elle est sûre d'avoir pris un coup de soleil en gravissant la côte de l'Éléphant bleu. Elle enrage de ne pas avoir de voiture. Elle se demande si ça va changer. Maintenant qu'ils sont mariés, Lounès va peut-être lui en offrir une. Avec tout le fric qu'il cache à l'appartement, il a les moyens, et ce serait un beau cadeau de mariage. En plus, dans la tradition musulmane, il est fréquent que ce soit le dimanche que la famille du marié offre des cadeaux à la mariée. Après avoir présenté le drap taché de sang pour prouver que l'union a été consommée et que l'épouse était bien vierge, celle-ci reçoit une ceinture en or, censée lui apporter la fertilité. C'est la *hzem*. Par décence, Lounès et sa mère ont convenu qu'il n'était pas nécessaire de procéder à cette cérémonie et ont choisi de se contenter d'un repas, le dimanche midi, pour clore le mariage en petit comité, un vrai petit comité cette fois. Lounès a peut-être prévu de lui offrir quelque chose à cette occasion. Une Porsche, peut-être pas. Une Twingo, ce serait déjà super.

La maison de quartier apparaît dans le champ de vision de Léa, ainsi que le parking du bas, la mosquée et les tours de Sainte-Té. Elle quitte l'abri du feuillage et se retrouve en plein soleil pour les quelques centaines de mètres qui lui restent à parcourir avant d'atteindre la place carrée. Elle fera un saut à l'appartement avant de se rendre au déjeuner. Elle ne peut quand même pas se présenter ruisselante de sueur devant sa belle-famille. Elle prendra une douche et en profitera pour se badigeonner d'après-soleil.

Elle longe la maison de quartier, bifurque et traverse la place. Au même moment, la Porsche Cayenne tourne au feu rouge et s'engage sur la route qui borde le bâtiment C. Le bruit des pneus qui crissent fait sursauter Léa. Le véhicule a freiné brusquement. La portière s'ouvre et Lounès sort, l'œil noir. Il commence à crier avant même d'avoir posé le pied par terre.

— Tu fais quoi, là, putain ?

Léa ouvre de grands yeux ronds. Elle se demande si c'est à elle que Lounès parle sur ce ton. Malheureusement, il n'y a personne d'autre dans les parages.

Lounès s'élance hors de la Porsche en laissant la portière grande ouverte. Fatou sort sur son balcon. D'autres voisins, dans les deux autres bâtiments, passent une tête par la fenêtre pour voir ce qui se passe.

— T'as vu comme t'es sapée ? crie Lounès. Tu rentres et tu te changes !

L'expression d'incompréhension sur le visage de Léa se transforme en colère. Aux fenêtres, d'autres curieux se sont accoudés. Jalila, Hayet et Adrien sont apparus au premier étage du bâtiment B, au niveau de l'appartement des Kacem.

— Nan, mais t'es taré ? crie Léa. Je m'habille comme je veux.

— D'où, tu t'habilles comme tu veux ? T'es ma femme, maintenant. Tu me fous pas la *hchouma* devant tout le monde !

Il arrive à sa hauteur. Bien qu'elle ne baisse pas les yeux, Léa a un mouvement de recul.

— T'as qu'à gueuler encore plus fort, alors !

Lounès s'arrête. Il regarde autour de lui, constate que son coup de sang est scruté par des dizaines d'habitants massés aux fenêtres.

— Rentrez chez vous, bande de fils de pute ! Vous matez quoi ?

Seuls deux ou trois voisins obéissent. Lounès agrippe avec fermeté le bras de Léa.

— Toi, tu viens, *cahba*.

Il traîne Léa à la voiture. Elle se débat.

— Tu me fais mal, merde !

Lounès s'arrête, lève la main au-dessus du visage de Léa. Elle bondit en arrière, trébuche et tombe sur les fesses, à même le goudron brûlant. Elle pousse un cri de douleur. Le haut de sa cuisse est écorché. Sa robe est remontée sur ses hanches. Catastrophé, Lounès se penche et lui tire le bras pour la remettre debout.

— Lève-toi, rugit-il, tout le monde voit ton cul !

Léa grimace. Elle serre les dents. Elle est au bord des larmes.

— Mais c'est quoi, ton problème, dit-elle. Je l'ai déjà mise, cette robe.

Lounès ne sait pas quoi répondre. Il la regarde de haut en bas.

— Tu la lâches, maintenant.

Les jeunes mariés se tournent. Adrien est à côté d'eux. Les murmures courent de fenêtre en fenêtre, le long des trois bâtiments en U, parmi les spectateurs.

— Laisse tomber, dit Léa en retenant ses larmes. T'inquiète pas. Rentre.

— Non, je rentre pas. Lâche-la.

Les yeux de Lounès pourraient cracher des flammes en cet instant. Il fait un pas en direction d'Adrien, ses griffes toujours serrées sur le biceps de Léa.

— T'as dit quoi, là ?

— T'as entendu ce que j'ai dit.

Lounès approche encore. Il se tient droit devant Adrien. Il est plus petit d'une dizaine de centimètres, il est moins large aussi, mais il n'a aucunement l'air intimidé. Il plante son regard dans celui de son beau-frère.

— C'est bon, mon cœur, intervient Léa. Viens, on rentre. On va régler ça à l'appart.

Lounès se tourne vers elle. Il lui lâche le bras.

— C'est ça, dit-il. Rentre à l'appart. J'arrive.

Puis il revient à Adrien, ses mains le long de son corps, le torse bombé. Léa ne bouge pas.

— Dégage, je te dis, hurle Lounès au visage de sa femme.

Léa sursaute encore mais ne se résout pas à quitter les lieux. Du sang coule le long de sa cuisse. Le bas de sa robe est déchiré.

— Elle m'a dit que se marier avec toi, dit Adrien, c'était la meilleure chose qui pouvait lui arriver.

Les épaules de Lounès semblent se décontracter.

— Tu le sais peut-être pas, continue Adrien, mais ma sœur, elle a vécu des choses bien merdiques, dans sa vie. J'étais petit. J'ai pas pu les empêcher. Mais maintenant, j'ai grandi.

— Adrien, c'est bon, supplie Léa.

Lounès écoute. Les muscles de son visage se détendent subtilement. On dirait que la colère le fuit. Il fait un pas en arrière. Son regard grimpe jusqu'au premier étage du bâtiment B, où Hayet et Jalila l'observent.

— T'as raison, dit-il enfin.

Adrien attend la suite. Il ignore à propos de quoi il a raison. Il ne sait pas non plus s'il s'agit d'un armistice ou du préambule à une déclaration de guerre.

— T'es un bon frère, poursuit Lounès. Si c'était ma sœur, j'aurais fait pareil.

Léa ne sait pas s'il faut rire ou pleurer. Elle tremble un peu.

— Moi, si c'était ma femme, répond Adrien, je la traiterais pas comme ça.

Lounès hoche la tête, fait une grimace, comme s'il se demandait quoi faire de cette nouvelle provocation.

Finalement, il ne dit rien. Il repart en direction de la Porsche, emmenant Léa avec lui, sa main refermée autour de son poignet. Elle se retourne, décoche un sourire à son frère et, avant de s'éloigner, articule muettement le mot « merci ». Lounès ferme la portière de la voiture et la verrouille. Les époux regagnent leur appartement. Quand la porte du hall se referme sur eux, les têtes des curieux aux fenêtres se rétractent, comme les tentacules d'une anémone effrayée.

C'est ça, la mort ? pense Idriss. Les ténèbres, la douleur, l'immobilité, jusqu'à la fin des temps ? Il n'est pas en mesure de développer sa réflexion plus avant. Douleur, immobilité, froid. Ce ne sont pas des mots. Seulement des sensations emmêlées, qui définissent sa condition. Pour ce qui est des ténèbres, il a un doute. Un halo gris se déplace devant ses yeux. Tout n'est pas noir. Est-ce que ça signifie qu'il n'est pas vraiment mort ? Ou bien que la mort n'est pas vraiment obscure ? Idriss aime la science. Il adorait lire des revues de vulgarisation quand il était plus jeune, caché dans sa cabane sous le gradin de l'ancien gymnase, avant que celui-ci soit réhabilité. Article après article, prenant conscience de l'immensité de l'univers et de la futilité de la vie sur Terre, une conviction était née en lui, celle que nous sommes tous des amas de cellules, doués de mouvement et de pensée, conscients d'eux-mêmes par hasard, peut-être par malédiction, et que cette conscience et ce mouvement s'éteignent ensemble avec la mort du cerveau et l'arrêt du cœur. Pas d'au-delà, pas de paradis ni d'enfer, pas de morale à cette anomalie ne représentant rien ou presque dans l'infini du temps et de l'espace.

Idriss possède cette conviction ancrée en lui, et c'est elle, intime, irréfléchie, qui dit à son corps qu'il n'est pas mort en ce moment, que s'il était mort, il n'y aurait rien, ni conscience de la douleur, ni froid, ni cette sensation d'étouffer, ni le toucher de cette substance collante sous ses doigts, encore moins cette lueur qui tremble devant ses yeux ouverts. Il sait que ses yeux sont ouverts car il voit la lueur disparaître quand ses paupières clignent. Pourquoi un mort aurait-il des paupières ? Pourquoi aurait-il le réflexe de les refermer par intermittence ? Parfois, la lumière disparaît plus longtemps. Il s'enfonce ailleurs, là où rien n'existe.

Il revient à lui. Le temps a passé. Combien de temps ? La douleur n'a pas disparu. C'était un cauchemar, d'abord, duquel on est prisonnier sans rien pouvoir faire que souffrir. Puis, un nouvel éveil succédant à un nouveau plongeon, la conscience de la situation est revenue, et avec elle la capacité de bouger. Les paupières, donc. Les doigts aussi. La jambe, maintenant, atrocement pliée et percée de centaines d'aiguilles. Si seulement il pouvait l'étendre. Mais quelque chose bloque. Un mur. S'il pouvait se débarrasser de ce qui lui serre le cou. Il étouffe. Il a froid.

C'est étrange d'avoir froid en plein été. Idriss se souvient que c'est l'été. Il ne saurait expliquer ce qu'elles signifient mais des images apparaissent, des sons lui reviennent en mémoire. Feux qui crépitent, pétards qui éclatent, youyous qui résonnent. Il doit sombrer encore car tout ça s'éloigne, comme aspiré au fond d'un puits.

Quand il refait surface, la lumière est plus forte. Ce qu'il a devant les yeux n'est plus une tache floue. C'est un rectangle jaune bien dessiné. C'est le soleil qui s'immisce sous une porte. Il ne réfléchit pas. Son instinct lui dit seulement que, s'il y a une porte, c'est qu'il peut l'ouvrir et sortir. Il ignore où il est, il ne sait pas comment il y est arrivé, mais il comprend qu'il a la possibilité de ne plus y être. Le mouvement de son buste pour se redresser lui arrache un cri aigu et fait pleurer ses yeux. Il retombe sur le carrelage, inconscient.

La robe déchirée fait un petit tas sur la moquette. Léa en porte une nouvelle, blanc cassé, au tissu moins léger, au décolleté moins prononcé, et imprimée de bouquets de fleurs bleues. Le bruit de la douche est un chuintement apaisant. Tant qu'elle coule, Lounès est dessous et leur dispute est mise sur pause. L'œil électrique du cyclone.

Léa a les yeux fermés, elle est assise sur le lit, son dos contre le mur, son ordinateur sur les genoux, un document Word ouvert sur une page blanche, le curseur qui clignote avec impatience. Elle ignore depuis combien de temps elle est là. Elle n'a aucune idée de l'heure. Elle est trop fatiguée et trop en colère pour analyser la somme d'informations qui lui sont parvenues ces derniers jours. Elle aurait voulu tout archiver dans un document afin d'être certaine de ne rien oublier, mais les histoires dansent derrière ses paupières, les voix se mélangent et tout est recouvert par les cris de Lounès et la brûlure du béton. Peut-être que demain, quand elle aura dormi, elle tirera quelque chose de ces éléments, elle ajoutera

Salim à l'équation et lui apparaîtra la substance du dossier qu'elle se constitue depuis qu'elle a rencontré Georges Caron, recroquevillé dans son EHPAD, vieillard sans descendance, à la mémoire trouée, qui lui a raconté, en bribes de phrases sibyllines, la guerre que les Maximin ont menée contre les Billet et le financement trouble de la main-d'œuvre qui a permis la construction des logements sociaux de Monzelle. Elle est convaincue qu'il suffirait d'un peu de calme et de réflexion pour éclaircir cette affaire. Elle a les pièces en main. Il faut juste qu'elle se repose. Juste un peu.

Le téléphone vibre sur la couette, à côté d'elle. Léa rouvre les yeux. L'écran de l'iPhone affiche le nom d'Adrien. D'autres images affluent. Son frère qui s'interpose, le torrent d'amour qu'elle a ressenti pour lui à ce moment-là. Elle ne décroche pas tout de suite. Elle craint d'essuyer une nouvelle série de reproches. Elle refuse que quiconque lui dise encore qu'elle a fait une erreur en épousant Lounès, même après ce qui vient de se passer, et tout ce qui a précédé aussi. Ce n'est pas seulement qu'elle est têtue, c'est surtout qu'elle est intimement persuadée d'être exactement là où elle doit être. Quand elle était ado, elle avait un poster de Britney au plafond de sa chambre. La chanteuse portait une robe dont les paillettes dorées réfléchissaient l'éclat des projecteurs. C'était comme un ciel étoilé au-dessus de sa tête de jeune fille et elle chantonnait les paroles de la chanson *Alien, the stars in the sky look like home* en se disant qu'elle aussi était une étrangère au sein de son propre monde.

Au début, c'est vrai, elle s'est rapprochée de Lounès afin d'accéder à Salim. Elle rêvait d'interviewer celui dont tous les habitants du quartier parlaient à voix basse, celui qu'ils respectaient et craignaient. Mais, s'il n'y avait eu que ça, elle aurait tout laissé tomber dès l'instant où elle a compris que Salim était parti. Bien sûr qu'il y avait plus. Quoi qui sorte de ces mois d'enquête, des reportages, un livre, pourquoi pas? tout ça était secondaire. Elle était restée pour Lounès. Et même si son enquête n'aboutissait à rien, si Vignon et tous les autres la forçaient à enterrer ce qu'elle avait trouvé, elle ne regretterait pas d'être parvenue jusqu'ici, de l'avoir trouvé, lui. Elle a encore la sensation d'être incomprise mais elle est convaincue que son mari l'est plus encore, et qu'elle est la seule à le voir tel qu'il est vraiment. Quand on lui conseille de s'enfuir, ce n'est pas elle qu'on juge mal, c'est lui. Elle est sa seule avocate, la seule qui lui fasse confiance, la seule qui le respecte. Elle décroche.

— Tu t'es pas fait mal? dit Adrien.

— J'ai le cul râpé mais ça va.

À l'autre bout du fil, Adrien ne rit pas. Les doigts de Léa glissent sur le clavier. Elle tape les mots « Billet » et « Maximin ».

— Mon train part dans une demi-heure, dit Adrien.

— Déjà?

La douche arrête de couler. Le rideau glisse sur la tringle avec un cliquetis métallique.

— Le repas est terminé? demande Léa.

— Je sais pas si on peut appeler ça un repas. Les mariés sont pas là, Idriss est introuvable, Kamel est parti le chercher et ta belle-mère pleure dans sa chambre. Ceux qui restent savent pas trop quoi faire, alors moi, je vais y aller.

Lounès sort de la salle de bain en boxer. Il se dirige vers le placard et choisit un t-shirt noir.

— Ça veut dire quoi, Idriss est introuvable ? demande Léa.

Lounès se retourne vers elle, l'air interrogateur. Elle lui fait signe de se mêler de ses oignons. Il enfile un short, des baskets.

— De toute façon, je t'emmène à la gare, j'arrive, dit Léa avant de raccrocher.

Ça sent le gel douche et l'eau de toilette Fahrenheit de Dior.

— Il se passe quoi, avec Idriss ? insiste Lounès.

— C'est bon, tu me parles pas, toi.

Léa se remet à taper sur le clavier. Lounès vient s'asseoir sur le lit, à côté d'elle. Elle l'ignore. Il passe son bras autour de ses épaules. Elle essaie mollement de se dégager. Tous les deux jouent la scène avec le talent et l'apparente sincérité des bons comédiens, jamais lassés de redonner un texte classique.

— Le traître, c'est Mokhtar, dit Lounès.

Léa arrête d'écrire. Elle referme son ordinateur.

— Je suis encore vénère, dit-elle.

— Tonio, il est venu au rendez-vous à l'heure que j'avais donnée à Mokhtar. Le *kalb qadhir,* il crache direct à Dan tout ce que je lui dis.

— Tu me refais ça, dans la rue, devant tout le monde, je divorce.

Lounès lui serre l'épaule un peu plus fort. Léa sent ses muscles, sa peau, sa force. Elle a l'impression d'être une figurine minuscule dans les mains d'un petit garçon peu soigneux, qui pourrait la briser d'un geste, ou briser ceux qui voudraient s'en prendre à elle.

— Chez ta mère, dit-elle, personne sait où est Idriss. Ils pensent qu'il a pas dormi dans sa chambre. Il est pas allé au rendez-vous qu'il avait avec Zoé ce matin et il est pas revenu pour manger.

Lounès s'assombrit.

— Il me faudrait tellement un bédo.

Léa se penche vers la table de nuit. Elle ouvre le tiroir, fouille à l'intérieur, referme le tiroir.

— On a plus rien, dit-elle.

Elle s'immobilise. Son regard s'est arrêté sur la carte à jouer, posée face apparente sous la lampe de chevet. La dame de cœur a l'air de mépriser quiconque l'observe.

— Le médium, c'est le message, dit Léa.

— Tu racontes quoi, là ?

— C'est pas moi qui dis ça, c'est McLuhan. C'est un philosophe des médias. On nous l'a fait lire à l'école de journalisme. McLuhan, il dit que le médium, c'est le message.

Léa pose son ordinateur sur le côté et se lève. Elle grimace. Elle remonte sa robe afin d'examiner sa cuisse. La peau est rouge, lacérée. Un hématome est apparu.

— Ce que je veux dire, poursuit-elle, c'est qu'on s'est pris la tête sur cette carte de merde, mais peut-être que le message avait pas d'importance. L'important, c'était le messager.

— Quel messager ? Je comprends rien.

— Idriss ! C'est lui que Dan est allé voir pour qu'il nous apporte la carte et son message à la con. Si ça se trouve, depuis le début, Dan voulait s'en prendre à Idriss. Il s'est foutu de ta gueule. Il a détourné ton attention pour pas que tu voies le gorille.

Lounès se lève à son tour. Il se met à faire les cent pas. Dan aurait kidnappé Idriss ? Pourquoi pas ? Quand Lounès était petit, à l'époque de Rachid, avant que Salim prenne sa place, un gamin de son école avait disparu. Tout le monde disait que c'était un petit neveu de Rachid et qu'il avait été enlevé. Lounès a jamais su si c'était vrai parce que le petit est jamais revenu à l'école mais, ce genre de combine, ça arrive souvent dans les autres villes. Un bâtard enlève un membre de la famille pour réclamer une rançon. C'était peut-être ça, le plan de Dan, depuis le début. Mokhtar savait qu'il gardait beaucoup de fric. Et puisque c'est Mokhtar la balance, ça se tient. Tout ce bordel avec la dame de cœur, c'était pour l'envoyer sur d'autres pistes, pour qu'il surveille les équipes, pour qu'il surveille son mariage, pour qu'il oublie Idriss. Lounès sent la rage irriguer tous ses membres. Chaque pensée brûle et se propage dans ses poings. Il voudrait frapper dans un sac, détruire une cloison. Buter Dan, ça irait aussi. En tout cas, il attendra pas de recevoir un faire-part pour savoir à combien s'évalue la vie d'Idriss. Il va reprendre la main, maintenant, de la seule manière qu'il connaisse.

— On le savait, putain, dit Léa. Il faisait juste son putain de tour de putain de magicien.

Lounès se rapproche de son placard.

— Maintenant, c'est bon, siffle-t-il entre ses dents. Maintenant, faut que ça se finisse.

Léa ne comprend pas. Lounès glisse sa main entre deux t-shirts, sur l'étagère.

— Ça se finit aujourd'hui, dit-il en sortant le revolver de la pile d'habits.

Léa pose sa main devant sa bouche. Lounès glisse le flingue dans sa ceinture.

— C'est quoi, ça ? demande-t-elle. Qu'est-ce que tu fais ?

Lounès traverse la pièce.

— Toi, tu prends la caisse et t'emmènes ton frère à la gare. On se retrouve chez mes parents.

Il ouvre la porte d'entrée.

— C'est pas la peine, dit Léa. Y a d'autres moyens.

— Y a pas d'autre moyen.

Il claque la porte derrière lui.

Idriss s'éveille, encore. Il a peur d'ouvrir les yeux. S'il le fait, il a l'impression que la douleur sera plus cuisante, comme si la vue apportait une torture en plus de la torture. Il se sent faible, plus faible que la dernière fois où il a repris conscience. Son corps se vide de sa force tandis que son esprit devient plus clair. Ou du moins le croit-il. Comment être certain que les souvenirs qui s'assemblent sont de vrais souvenirs, qu'ils ne sont pas des rêves, des visions provoquées par le délire de l'agonie ?

L'oncle Lounès s'est marié. Quel souvenir étrange. Voilà qui pourrait bien être une hallucination. Pourtant, les détails s'accumulent. Idriss se souvient d'abord des préparatifs, ces dernières semaines. Des bribes de paroles, des scènes précises, s'imposent à lui. Il se rappelle aussi nettement ses sentiments contraires quand il a appris qu'il allait revoir son père. Puis le grand jour qui approche, les jeunes du quartier qui descendent sur la place et brûlent des poubelles, la cérémonie du henné, les photos qu'il a prises avec son téléphone.

Son téléphone. À présent, il est assez lucide pour se souvenir que les téléphones existent et qu'il en possède un. Il pense que le geste de bouger le bras pour le sortir ne lui fera pas trop mal. Il commence doucement, plie à peine le coude afin de traîner sa main sur le sol et la ramener près de sa poche. Ça fonctionne. Idriss ressent des picotements dans ses membres mais rien d'insupportable. Sa main trempe dans une substance poisseuse. Sa joue aussi. Il s'en aperçoit, maintenant. Il comprend qu'il baigne dans son sang.

Le bout de ses doigts entre en contact avec le tissu de son pantalon. Idriss se dit que, dès qu'il aura réussi à atteindre son téléphone et qu'il aura appelé de l'aide, il essaiera de retirer le nœud papillon qui lui serre le cou. Il glisse l'index dans sa poche, rencontre un métal froid. Il approche son pouce afin de saisir l'objet et ne comprend pas tout de suite ce qui se passe. L'objet est beaucoup plus petit qu'un téléphone. Il n'a pas du tout la même forme. Idriss enfonce sa main entière dans sa poche pour palper l'intérieur. Ce n'est pas son téléphone. C'est la fourchette de Lounès, qu'il a prise sur la table des mariés. Idriss sent monter une terreur en lui. Il est allongé de telle manière que, si son téléphone était dans son autre poche, il le sentirait, pressé contre sa cuisse. Il ne peut pas appeler à l'aide. S'il veut sortir d'ici vivant, il doit le faire seul.

Zoé.

Le visage constellé de taches de rousseur de la jeune fille apparaît devant les yeux d'Idriss. La clarté du soleil qui filtre sous la porte indique qu'il fait jour depuis longtemps. Idriss avait promis à Zoé qu'ils iraient tous les deux au marché une dernière fois, en souvenir du bon vieux temps, de ces années à grandir côte à côte sur la place carrée, à l'école primaire puis au collège. Elle doit l'attendre. Elle doit se demander pourquoi il n'est pas là. Elle s'imagine peut-être qu'il l'a oubliée, qu'il se moque de parcourir encore les allées d'un marché qu'ils connaissent par cœur. Elle en tire peut-être la conclusion qu'Idriss n'en a rien à faire qu'elle déménage, alors que c'est tout le contraire. Cette pensée le rassérène. Il serre la fourchette dans sa main. Avec précaution, il pivote et se met à plat ventre. L'effort lui coupe le souffle. Il tousse et chaque quinte est comme une lame qui s'enfonce dans sa poitrine. Il sent qu'il crache autre chose que des postillons, un liquide plus visqueux, qui lui laisse un goût métallique dans la bouche.

Boum ! Boum ! Il se souvient des coups de feu. Il se souvient d'être projeté en arrière par la vitesse de la balle. Il est presque sûr qu'il a été touché au moins deux fois et que l'un des projectiles lui a percé un poumon. Il y a le nœud papillon qui l'empêche de respirer, mais le fait qu'il vienne de se prendre une balle dans le corps n'aide pas non plus. Est-ce qu'il va mourir ?

Idriss rassemble ses forces et son courage pour se mettre à genoux. Son visage glisse dans le sang répandu par terre. Ses mains se posent à plat sur le carrelage gluant. Il pousse, oublie qu'il souffre le martyre, lève le bras droit et commence à tâtonner. Il trouve rapidement la poignée. Il tire. La porte résiste. Elle est fermée à clé.

Idriss laisse tomber son bras et appuie sa tête contre la porte. Il ferme les yeux. Il halète. Il tousse encore. Sa poitrine le brûle. Il se dit qu'il doit se calmer. Il doit réfléchir. Blessé, dans le noir, sans téléphone, derrière une porte verrouillée, il a peu d'options. Il pourrait crier. On pourrait l'entendre. Des sons de l'extérieur lui parviennent, comme si une fenêtre était ouverte dans la pièce d'à côté. Mais comment crier avec un poumon perforé ?

Un frisson parcourt son corps, réveillant une vague de douleur. Il serre la fourchette dans sa poche. La crise passe. Il se décontracte assez pour se remettre à penser. Il pense à la fourchette. Il la sort de sa poche. Si les serrures de la tour 2 sont aussi rudimentaires que celles de sa résidence, il a peut-être une chance.

Il patiente quelques secondes, pour se donner du courage, avant de lever son bras gauche. Il repère le trou de la serrure. Il lève son bras droit et essaie d'enfoncer l'une des dents de la fourchette dans l'orifice. Sa main tremble. Ses bras lui font mal. Mille petites dents de mille petites fourchettes plantées dans ses muscles. Il respire de plus en plus difficilement. Il sent sa gorge le brûler tandis qu'il triture la serrure, sans trouver le moindre mécanisme, sans même parvenir à insérer le métal dans le trou.

Il a trop mal. Il lâche la fourchette. Il baisse les bras. Il se laisse aller sur les fesses, la tête contre la porte, un filet de liquide coule de sa bouche. Il n'est plus capable de penser. Il n'est plus qu'un souffle, une inspiration et une expiration, se faufilant entre ses lèvres mi-closes. Il n'entend plus que ça, un mince sifflement, venu de sa gorge, et dont le rythme diminue, dont le volume s'amenuise, jusqu'à disparaître.

Idriss retombe inconscient.

B'sah, il a rien demandé, lui. Jamais il a voulu que ça tourne comme ça, que les événements foncent sur sa tronche comme une putain d'avalanche de rochers, une menace qu'il a vue arriver de loin, qu'il a entendue gronder comme le roulement du tonnerre, dont il était sûr qu'il allait se la prendre sur la gueule sans savoir quelle caillasse en particulier lui fracasserait les os.

Mokhtar renifle. Ses joues sont humides. Il est recroquevillé contre un mur de son salon, assis par terre, encore vêtu de son costume de mariage. Sa cravate dénouée pend sur son col de chemise ouvert. Il ne pensait pas qu'il chialerait à nouveau dans sa vie, à son âge. Ses parents morts depuis longtemps, ses frères et sœurs disséminés dans dix villes de France, quelle émotion serait assez forte pour lui tirer les larmes ? Une nuit entière, en plus. Maintenant il sait. La peur de la mort, de la prison, la terreur de l'impasse, quand aucun chemin du futur ne mène à quoi que ce soit de bon. Il veut rester là, il ne veut plus voir personne, il ne veut emprunter aucune de ces routes.

Il pense à Idriss, dans les chiottes de l'appartement vide, dans la tour d'à côté, à quelques dizaines de mètres à vol d'oiseau. Le cadavre en tenue de soirée, le sang qui macule la chemise des grands jours. Il ne sait pas s'il supportera de vivre ici longtemps, si près du corps en train de pourrir, qu'on ne retrouvera peut-être que dans six mois, dans un an, quand les ouvriers de l'entreprise de démolition viendront ôter les portes, les fenêtres, la tuyauterie, récupérer tout ce qui se récupère comme ils l'ont fait pour l'ancien collège, derrière le parking du haut, avant que les explosifs et les pelleteuses entrent en scène. Ce jour-là, est-ce qu'il sera encore possible de remonter jusqu'à lui ? De l'ADN ? Des empreintes ? Mais monsieur, j'avais un copain qui habitait là, évidemment que j'ai laissé des traces. Mokhtar essaie de se souvenir qui habitait dans ce logement. Ça pourrait lui épargner la prison, mais il est trop bouleversé, trop épuisé. Sa mémoire lui envoie par vagues des souvenirs dont il n'a pas besoin et noie ceux qui lui seraient indispensables. Il repense à son parcours, à ce qui l'a mené ici et maintenant, dans le marécage du présent, enfoncé jusqu'à la taille dans une eau terreuse qui l'avale. C'était un gosse tranquille. Il vivait à la campagne. Immigrés marocains, ses parents n'ont jamais vraiment parlé français. Ils fondaient tous leurs espoirs sur leurs enfants, s'assuraient qu'ils travaillent bien à l'école, qu'ils auraient en France la vie qu'ils n'avaient pas eue au Maroc. Mokhtar a été bon élève. Il a eu son brevet, son bac puis un BTS. Ballotté entre les « on vous rappellera » et les « merci mais on ne va pas donner suite », il a mis du temps à trouver du boulot mais il en a trouvé. À EDF d'abord, puis chez Orange, puis dans cette boîte qui installait la fibre un peu partout dans le département. À quel moment tout a commencé à déraper ? Quand il est arrivé dans les Hauts de Monzelle ? Quand il s'est installé dans la tour 1 ? Même pas. Pendant des années, il a fait son boulot, il s'est tenu à l'écart des emmerdes. Le point de bascule, ça a été cette embrouille avec Mathilde. C'est là que son histoire a commencé à merder. Pourquoi il est pas resté sagement dans son coin, comme il avait fait toute sa vie ? Pourquoi il a accepté de rendre service à cette femme ? Il espérait quoi ? La sauter ? Il est beau, le résultat. C'était il y a quatre ans. Mathilde lui avait demandé de l'aider à berner une pauvre meuf. Ils devaient se faire passer pour des techniciens. Mathilde, c'est pas une délinquante. Si elle montait cette opération, c'était qu'elle avait une bonne raison, et Mokhtar avait vraiment envie de lui faire plaisir. Alors il a accepté. Ils sont allés chez la meuf, dans son petit pavillon, un jour qu'elle était toute seule. Mokhtar a coupé l'accès à internet pendant que Mathilde sonnait à la porte, avec le matériel de la boîte, l'uniforme de la boîte. Voilà. C'est là que tout est parti en sucette. *Khra !* Il sait pas ce qui se passe dans ce pavillon de merde. Ce qu'il sait, c'est que Mathilde paume la console et que lui se fait virer. Il a plus rien, il est comme un con, et quand Lounès le ramasse sur le goudron et lui dit que Salim est la solution à tous ses problèmes, évidemment il accepte. Après ça, plus possible de retourner en arrière. Ce genre de dettes se paient à vie. Et puis c'était quoi, l'autre option ? Il serait retourné à Pôle emploi ? Il se serait retapé des entretiens d'embauche avec des DRH qui le regardent mal à cause de ses cheveux trop frisés et de son bide trop gros ? C'était déjà dur avant, de trouver une place, mais avec un licenciement pour faute grave dans son CV, ça devenait carrément de la science-fiction. Et puis il y a eu Dan. Le Magicien de Rive-Droite lui a monté la tête. Il lui a fait comprendre que Salim était hors jeu et que Lounès était en bout de course, qu'il avait pas d'avenir, et que lui Mokhtar avait le choix entre l'accompagner dans sa chute ou se ranger du côté des gagnants. Les faits lui donnaient raison. Plus les jours passaient et plus Lounès avait l'air paumé. À part donner des coups, fumer des spliffs et gueuler, il faisait quoi ? C'est sa faute à lui aussi. S'il avait accepté de s'associer avec Dan dès le départ de Salim, rien de tout ça ne serait arrivé. C'est sa faute si Idriss...

Des pas dans le couloir interrompent ses pensées, une démarche lourde qu'il connaît bien. On tambourine à sa porte.

— Mokhtar ! gueule Lounès. Ouvre, fils de pute !

Mokhtar sent sa respiration s'accélérer, son cœur battre de plus en plus vite, des larmes monter à ses yeux, comme s'il avait encore de quoi pleurer.

— Je sais que t'es là, *sharmouta.* Si t'ouvres pas, je m'en bats les couilles, je te nique ta porte.

Mokhtar est pris de panique. Lounès sait tout. Ils ont retrouvé le corps. Un indice incriminant était sur les lieux, qui menait directement à lui. Mokhtar regarde autour de lui par réflexe. Qu'est-ce qu'il a pu oublier là-bas ? Des clés ? Une pièce d'identité ? C'est la fin. Il est au fond d'une voie sans issue. Rien ni personne ne peut l'aider. Il renifle, sanglote et émet malgré lui de petits sons aigus.

— Je t'entends chialer, dit Lounès de l'autre côté de la porte. Me force pas !

— C'est pas moi, gémit Mokhtar. Je te jure que c'est pas moi.

Lounès cogne la porte de toutes ses forces.

— Te fous pas de ma gueule. *Wallah,* je te fume si tu te fous de ma gueule.

— C'est Dan, je te jure que c'est Dan.

Lounès frappe encore. La porte tremble. Le son rebondit dans le couloir, s'enfuit dans la cage d'escalier pour avertir toute la tour qu'il vaut mieux rester enfermé chez soi.

— Si tu ouvres, je te fais rien, rugit Lounès, mais si t'ouvres pas, la vie de ma mère, t'es mort.

Mokhtar reprend ses esprits. Il réévalue la situation. Lounès n'a pas trouvé le corps d'Idriss. Autrement, il n'aurait jamais promis de ne rien lui faire. Il aurait déjà explosé la porte à coups de poing et serait en train de s'acharner sur son visage sanguinolent. Pourquoi il est là ?

Mokhtar appuie ses mains sur le sol et tente de se relever. Il a les membres engourdis, les fesses pleines de fourmis. Non. Personne a retrouvé Idriss. C'est impossible. Pas si tôt. Ce qui s'est passé, c'est que Lounès est allé à son rendez-vous avec le mec de Monaco et que Dan a débarqué pour tout faire foirer. D'une manière ou d'une autre, Dan l'a balancé, ou Lounès a compris tout seul qui l'avait trahi. Ça reste bien la merde mais moins que ce qu'il imaginait. Déjà, Dan a pas ouvert le feu. Lounès est en vie. C'est con, mais ça le rassure un peu. Et oui, vraiment, Lounès ignore qu'Idriss s'est pris du plomb.

Mokhtar se remet debout. Il époussette ses jambes, sa veste froissée.

— Tu jures que tu vas pas me buter ? demande-t-il d'une voix étranglée.

— C'est pas toi que je veux, répond Lounès. Ouvre, putain.

Mokhtar hésite. L'avenir est un trou noir. Il aspire sa volonté et ses espoirs. Mokhtar actionne les trois verrous, abaisse la poignée de la porte, et à peine l'a-t-il entrouverte que Lounès glisse son pied et sa main armée dans l'interstice. Il pousse le battant de toutes ses forces. Mokhtar est projeté en arrière. Sous la force du choc, il chancelle et percute le mur derrière lui. Il n'a pas le temps de comprendre ce qui se passe. Il a déjà le canon d'un revolver sur la jugulaire, le col serré par la poigne de Lounès, qui claque la porte d'un coup de talon et lui éructe au visage.

— Il est où, Idriss ?

Un voile de terreur tombe sur Mokhtar.

— Je sais pas, je sais pas.

Un éclair. Une décharge électrique qui naît dans l'abdomen et remonte jusque dans les oreilles. Le premier coup de poing est arrivé sans sommation. Il plie Mokhtar en deux.

— Te fous pas de ma gueule, dit Lounès.

Un son aigu sort de la gorge de Mokhtar. Il a le souffle coupé. Ses genoux plient. La douleur lui brouille la vision. L'appartement vacille. Ça fait aussi mal que ça quand

Lounès te frappe dans le bide ? Mokhtar l'a vu faire des milliers de fois et, de l'extérieur, ça semblait pas si terrible. Les gars se tortillaient, ils ouvraient de grands yeux, mais ils criaient pas, ils pleuraient pas, ils appelaient pas leur mère. Aujourd'hui, Mokhtar comprend. On a cette tronche-là quand on se prend un coup aussi violent, et si on fait pas de bruit, c'est parce qu'on peut plus respirer, parce qu'on voit plus rien, parce qu'on sait même plus qui on est, et parce que, putain, ça fait mal et rien d'autre n'a d'importance.

Les mains de Lounès se referment sur sa gorge. Elles le remettent debout. Mokhtar a du mal à tenir sur ses jambes. Il a une boule épineuse et brûlante à l'endroit où le poing l'a frappé. À cet instant, il n'y a plus qu'une seule question qui vaille : que faire, que dire, pour que Lounès ne recommence pas ?

Boum. Trop tard. L'appartement disparaît. Les sons s'éteignent. Le crochet a atteint sa pommette et l'a presque mis K.-O., mais il n'est pas tombé. Lounès l'a maintenu contre le mur, comme un adversaire dans les cordes avec qui il n'en aurait pas terminé. Mokhtar essaie de parler. Il ouvre la bouche. Un son liquide s'échappe. Une toux. Sa tête tourne.

Et boum. Le ventre, encore. Il y a quelque chose qui ressemble à une voix, derrière le sifflement dans les oreilles de Mokhtar, derrière la sensation de mourir et le goût du sang sur sa langue. C'est la voix de Lounès qui demande une dernière fois de cracher le morceau et de lui dire où est Idriss avant qu'il le défonce, sur la vie de sa mère.

— Dan, murmure Mokhtar, dans le noir et la souffrance.

— Tu dis quoi, fils de pute ?

Mokhtar laisse la bile et le sang s'écouler à la commissure de ses lèvres. Il a l'impression d'être à nouveau assis, maintenant, dans la même position que cette nuit, au même endroit, avec les mêmes regrets.

— Dan, répète-t-il, dans un filet de voix.

On dirait que ça marche, parce que Lounès ne frappe plus. Il attend que Mokhtar reprenne ses esprits, qu'il soit en mesure d'articuler plus qu'un seul mot.

— Dan, continue Mokhtar. Lui, il sait où il est, Idriss.

Lounès décoche deux directs contre la cloison. Le placo se fend sous le papier peint fleuri et diffuse un bruit mat, qui fait trembler toute la tour. Si seulement elle pouvait s'écrouler.

— Et Dan, où il est ? crie Lounès en secouant ses mains blessées.

Mokhtar gémit. Il essaie d'ouvrir son œil droit, sauf que son visage est trop enflé de ce côté.

— Je vais te le dire, bafouille-t-il. Je vais te dire où le trouver.

— De la merde, vocifère Lounès en le braquant, avec ce même flingue qui a servi, quelques heures plus tôt, à tirer sur Idriss. Tu crois que je vais aller là-bas tout seul ? Tu prends tes clés de bagnole, tu prends ton téléphone et tu m'emmènes, sale bâtard.

Mokhtar soupire. Il se dit que ça valait le coup d'essayer. Peu importe l'issue de la rencontre entre Dan et Lounès, ça lui aurait laissé le temps de se barrer, de quitter la ville et de jamais revenir. C'était son dernier atout. Maintenant, quoi qu'il arrive, au moins, il s'en voudra pas de pas l'avoir joué.

— Laisse-moi cinq minutes, dit-il.

— Va te faire foutre, crie Lounès en lui assenant un coup de pied. Tu lèves ton gros cul et on y va. Ça se termine aujourd'hui. La vie de ma mère, ça se termine aujourd'hui.

Mokhtar ne voit que la moitié du monde. Le moindre mouvement lui arrache un cri de douleur. L'avenir est un trou noir, le présent est un supplice. Lui aussi en est convaincu : tout se termine aujourd'hui.

Le parvis de la gare est un désert brûlant, une étendue minérale éblouissante que domine une immense horloge, au-dessus des trois ogives vitrées démesurées. Sur le parking, l'épave calcinée d'une voiture indique que les violences n'ont pas épargné ce côté de la ville.

— C'est pas la peine d'attendre, dit Adrien. Tu vas choper un bronzage permanent. Déjà que t'es à moitié arabe, maintenant.

Léa feint de lui assener un coup de pied, puis elle sourit, puis elle le prend dans ses bras, sa tête collée contre sa poitrine.

— Merci d'être venu, dit-elle doucement.

Adrien serre sa sœur contre lui. Il pose sa grosse main sur sa tête.

— J'aurais dû te protéger contre papa, dit-il tout bas.

Léa prend une profonde inspiration, lève la tête. Ses yeux sont pleins de larmes.

— C'est toi, le petit frère, dit-elle. C'est pas à toi de me protéger.

Du bout de son doigt, Adrien sèche une larme de Léa.

— S'il recommence, tu m'appelles direct, dit-il.

— Il est pas comme ça. Ça se reproduira pas.

— Tu appelles, répète Adrien.

Une femme d'une vingtaine d'années traverse le parvis, traînant derrière elle une lourde valise dont les roulettes claquent sur la pierre. Elle est sûrement étudiante. Elle a des AirPods dans les oreilles. Sa tête dodeline au rythme de la musique. Léa se demande quelle chanson de Britney exprimerait le mieux ce qu'elle ressent maintenant, au moment où part ce grand garçon qui symbolise à lui seul la première et douloureuse partie de sa vie. Elle n'en trouve aucune. Britney n'a pas réponse à tout. Léa fait un pas en arrière.

— Je t'ai laissé tout seul, dit-elle.

Adrien se baisse et ramasse son sac.

— Il fallait pas que tu restes.

Une annonce dans les haut-parleurs avertit de l'entrée du train en gare. Léa serre encore un peu Adrien. Puis le repousse.

— Allez, dit-elle. T'inquiète.

Adrien fait un geste de la main. Il s'éloigne, se retourne une ou deux fois, avant de disparaître dans le hall.

I don't need permission, make my own decisions

Alors qu'elle regagne la Porsche Cayenne, c'est *My Prerogative* qui lui vient à l'esprit.

They say I'm crazy
I really don't care, that's my prerogative

Pourquoi pas.

La fourchette gît devant son nez mais Idriss ne la voit pas. Il pense qu'il a les yeux ouverts. Il se sent cligner des paupières bien que cela n'apporte ni ne soustraie rien à ce qu'il voit. Il fait noir parce que la nuit est tombée, ou alors parce qu'il est aveugle, handicapé par l'agonie. Le sang est sec, l'air est chaud, le temps cuit à petit feu. Il n'a presque plus mal. Il flotte dans un éveil laiteux où de microrêves font irruption. Plus tôt, il s'est vu parcourir les allées du marché avec Zoé. Ils s'arrêtaient devant l'étal de madame Wang, qui leur offrait des chips à la crevette, puis ils grimpaient sur le toit du magasin Aldi et grignotaient leur butin en regardant le soleil se coucher sur la ville dans une effroyable lumière rouge sang dévorant les rues et les toits.

— C'est une belle fin, avait dit Idriss. Puisque je brûle, tout brûle.

Mais Zoé ne brûlait pas. Elle se changeait en Mathilde, taciturne comme de coutume, et Idriss pensait qu'il aurait bien voulu lui dire au revoir, à elle aussi, et la remercier encore d'avoir été là pour lui. Il ne croit pas le lui avoir jamais dit. Il ne parle jamais sérieusement à Mathilde, trop occupé à essayer de la faire rire. C'est sa mission, puisque le destin a décidé de s'acharner à la faire pleurer.

Maintenant, Zoé et Mathilde ont disparu. Le crépuscule sur la ville aussi. Il ne reste que l'obscurité, la chaleur et cette impression de flotter. Idriss se souvient d'une vidéo qu'il a vue sur YouTube. C'était la chaîne d'un médecin légiste et l'épisode racontait ce qu'on ressentait juste avant de mourir. Ça ne ressemblait pas à ce qu'il endure depuis des heures. C'est peut-être parce qu'il ne meurt pas, ou bien qu'il est déjà mort, et que tout ce qu'il voit, c'est ce que les trépassés éprouvent pour l'éternité, le voyage erratique dans les lieux qu'on a arpentés vivant, avec les personnes qu'on a connues, encore et encore. Peut-être qu'un mort est le gardien de toutes les expériences qu'il a vécues, qu'il les transporte comme un bateau de marchandises jusqu'à la fin de toutes choses.

Idriss a un sursaut qui éveille la blessure dans son abdomen. Il geint, il s'entend geindre et, malgré la douleur, convient que c'est bon signe. Avoir mal et entendre sa propre lamentation, c'est la preuve qu'on est en vie. Depuis combien de temps il est là ? Un jour ? Un mois ? Un an ? Il devrait être mort de faim et de soif, depuis le temps.

Idriss sursaute encore, et encore il souffre. À présent, il comprend pourquoi. Il vient d'entendre son prénom. Crié, lointain, dehors, quelque part au-delà de la porte, à l'extérieur de l'appartement. Il y a deux voix et elles sont si indistinctes que ça ne peut pas être un nouveau rêve. Il n'y a que la réalité pour être aussi vague. Rires, moteur de scooter, éclats de voix. Les sons du dehors formaient une mélasse inutile, le bruit de fond du quotidien qu'on entend sans l'entendre. Désormais, c'est différent. On crie son prénom. On s'adresse à lui. On attend une réponse.

Idriss se tord. Il souffle et crache. Il ouvre les yeux et voit le filet de lumière sous la porte, l'éclat morne de la fourchette au sol. Ainsi, il n'est pas aveugle. Il avait juste les yeux fermés et rêvait qu'il les ouvrait pour ne rien voir.

— Idriss ! Idriss !

Les voix se rapprochent. Une grave et une plus aiguë. Un homme et une femme s'égosillent. Kamel et Zoé. On le cherche. L'univers ne l'a pas totalement oublié.

— Je suis là, essaie-t-il d'articuler.

Le souffle se noie dans sa gorge. Il tousse. Il pleure. Il a mal.

— Idriss ! Idriss !

Les voix sont de plus en plus proches. S'il est là depuis des années, est-ce que cela signifie que Kamel et Zoé n'ont jamais cessé de le chercher ? Zoé n'a pas déménagé ? Son père n'est pas reparti dans sa nouvelle famille, avec sa nouvelle femme et ses nouveaux enfants ?

— Idriss ! Idriss !

Il essaie encore de parler mais seul un gargouillement sinistre s'échappe de sa trachée. Il vomit. Dans le noir, il ignore la nature du liquide qu'il a régurgité. Une quinte de toux, deux crachats. Une sourde vibration. Ses cordes vocales fonctionnent à nouveau.

— Idriss ! Idriss !

Il les entend. Ils sont juste là, en bas. Il perçoit leurs appels distinctement et il se souvient du bruit de verre brisé quand ce fils de pute de Dan lui a tiré dessus. Une balle perdue a cassé un carreau. C'est par là que les bruits de l'extérieur s'infiltrent, et c'est par là que les bruits du dedans peuvent s'échapper.

Idriss serre les poings. Il sait très bien que son cri compressera sa poitrine et éveillera ses blessures. Il sait que hurler le terrassera de douleur. Mais ils sont si proches. Zoé et Kamel l'appellent et, s'il ne répond pas, ils repartiront. Ils iront chercher ailleurs. Zoé ira dans son nouveau collège et Kamel dans sa nouvelle famille. C'est maintenant ou jamais. C'est un cri ou la mort. Idriss serre les poings. Il avance sa bouche au plus près de la porte, sa joue écrasée sur le carrelage poisseux, il inspire profondément, et il hurle, aussi fort qu'il le peut.

— Papa ! Papa !

Ce mot l'étonne. Depuis combien de temps ne l'a-t-il pas prononcé ? Ça fait du bien. Ça le rassure. Ça le réconforte. Ça le sauvera peut-être. S'il avait dit quoi que ce soit d'autre, Kamel ne l'aurait peut-être pas entendu.

Lounès regarde par la fenêtre. Il pleut. Il a trente ans. La BM ralentit, se range le long du trottoir. Les tours de Sainte-Té sont deux menhirs scintillants, troués de carrés bleus, jaunes, mauves, roses. Les télévisions diffusent les divertissements du samedi soir. Lounès laisse la portière ouverte.

— Tu m'attends, je vais voir, dit-il à Tonio.

Le moteur stoppe. Lounès se dirige, démarche chaloupée, épaules rentrées, vers la lueur qu'il vient de repérer et les silhouettes suspectes, à l'extrémité de l'aire de jeux pour enfants. Ces mecs-là ne sont pas du quartier, il en est certain. L'aire de jeux, devant la tour 2, c'est un endroit où Salim lui a dit de poser un charbonneur, sauf que ce soir, son mec est malade. Il a chopé une gastro, un truc comme ça. Avec Tonio, ils sont allés le voir juste avant. Le mec a failli se chier dessus pendant qu'ils discutaient. Il y a aucune raison pour que ça vende ici ce soir. Ces mecs n'ont rien à foutre là. Et puis, plus il s'approche, plus Lounès entend que ça parle turc. D'où ça parle turc, dans les Hauts? Lounès serre les poings. Il va pas s'annoncer. Il va pas envoyer d'invitation. Il va juste leur péter la gueule direct, à ces merdeux.

Il s'approche en essayant de ne pas faire trop de bruit. Ses semelles collent à la boue du terre-plein. Bolleg? C'est bien ce sale Turc de Bolleg qu'il voit, avec ses acolytes, en train de fourguer de la came sur son spot? Le petit nerveux est tout à fait reconnaissable, sous le lampadaire qui éclaire la zone. Le mec, on dirait une hyène, avec son dos rond et ses mouvements vifs, excité par sa propre connerie. Lounès ne cherche plus à être discret.

— Allez, c'est bon, dit-il d'une voix claire. Maintenant, vous dégagez.

Les deux potes de Bolleg ont le réflexe de s'écarter, prêts à décamper, mais Bolleg ne bouge pas. Il regarde Lounès en souriant.

— Fais pas chier, frérot, dit Bolleg. Rentre chez ta mère. Ce qu'on fait ici, c'est pas de ton âge.

Pour Lounès, une réplique comme ça n'attend pas de réponse verbale. C'est plutôt la cloche qui sonne le début du round. Il se précipite sur le Turc, poings serrés. Boum.

Celle-là, il l'a pas vue venir. Il tourne la tête. Boum. Il s'en prend une autre. Les deux compères de Bolleg n'étaient pas si trouillards que ça, finalement. Ils étaient en embuscade. Boum. Bolleg lui colle un crochet et Lounès chancelle. Il réplique et envoie un direct, qui touche sa cible. Bolleg est sonné. Lounès enchaîne. Droite, gauche, droite, uppercut. Bolleg tombe en arrière, sur le cul. Boum. Boum. Boum. Lounès rouvre les yeux et s'aperçoit qu'il est à quatre pattes. Trou noir. Des coups de poing, des coups de pied. Boum. Son arcade sourcilière éclate. Les fils de pute, ils l'ont pris en traître. Trois contre un. Les salauds, ils ont fait compter l'arbitre. Avec seulement trois frappes ? Il y a pas si longtemps, Lounès encaissait dix directs sans broncher. Il est si vieux que ça ? Il se relève en s'appuyant sur le tourniquet. Il est plein de boue. Bolleg aussi s'est remis sur pieds. Il éructe comme un clébard, le visage sanguinolent.

— C'est fini pour toi, dit-il. C'est fini pour Salim. Votre quartier, c'est le nôtre. Vous êtes cramés, vous êtes des merdes.

Dans l'obscurité, la bouillasse, les larmes et la honte, Lounès voit Bolleg qui se retourne.

— Il y a quelqu'un, là, putain, lance-t-il. T'es qui ? Casse-toi, putain, casse-toi.

Le quelqu'un, c'est Tonio, venu aux nouvelles. Bolleg fonce sur lui, poing en l'air.

Lounès se redresse et essaie de reprendre ses esprits. Les deux autres Turcs sont là, en garde, prêts à en découdre. Malgré la douleur, Lounès rigole. La seule raison pour laquelle ils ont réussi à l'étaler, c'est qu'ils étaient trois et qu'ils l'ont pris par surprise. Maintenant, c'est différent. Ils ignorent visiblement à qui ils ont affaire. Ils le comprennent vite. Deux uppercuts dans le bide et c'est réglé. Lounès se précipite vers la voiture.

À la boxe, c'est pas correct d'attaquer son adversaire de dos, mais rien n'est correct depuis le début de tout ça. Les Hauts de Monzelle sont pas corrects. La France est pas correcte. Le monde est pas correct. Lounès grogne, il accélère et s'abat sur Bolleg. Il l'étale. Il le marave.

— Espèce de fils de pute, vocifère-t-il entre ses lèvres meurtries. Jamais tu reviens fourguer ta merde ici. *Walla-*

hadim, si je te revois dans les Hauts, je te tue. Sur la vie de ma mère, je te pique.

Lounès se relève. Il s'essuie le visage. Il crache. Il crie. Il s'aperçoit qu'il a mal. Ces petits merdeux lui ont fait mal. Zobé, il est déjà si vieux ?

La vue de Mokhtar est obstruée par l'hématome qui gonfle sa joue. La moitié de son visage est engourdie. Les muscles de sa face et ses abdominaux sont douloureux. Il souffre quand il déglutit, il souffre quand il passe une vitesse, il souffre quand il cligne des yeux, il souffre même quand il respire. Pour parfaire sa condition de supplicié, Mokhtar exsude des litres de flotte par chaque pore de sa peau, comme autant de petites plaies suintant des gouttes noires de culpabilité. Ses mains collent le volant de la 208. Il n'a jamais autant transpiré de toute sa vie. Il sent carrément la sueur lui couler le long de la colonne vertébrale, sur les tempes et sous les bras. C'est à cause de la température extérieure, caniculaire. C'est aussi à cause de sa vieille bagnole, surchauffée comme un four, dont la clim est en panne depuis des lustres, et dont les fenêtres ouvertes ne font entrer que du vent chaud. C'est surtout à cause du flingue braqué sur lui et de l'air mauvais que Lounès ne quitte pas quand il lui ordonne de se ranger sur le bas-côté, le long des quais, en plein soleil, juste après avoir passé le pont qui mène à Rive-Droite.

— Envoie-lui un message. Tu lui dis que tu dois le voir en urgence. Tu lui demandes où.

Le pare-brise réfléchit un rayon éclatant, qui brûle les rétines. Mokhtar laisse ses mains posées sur le volant.

— C'est pas une bonne idée, dit-il en pleurnichant dans son costard trempé.

Tout ce qu'il gagne, avec cette réplique, c'est un coup de crosse sur la tête. Il pousse un cri de douleur et fouille dans sa poche intérieure. Le smartphone ne veut pas se déverrouiller sous ses doigts humides. Il est obligé de s'essuyer sur son pantalon. Il rédige un message. Il s'y reprend à plusieurs fois parce qu'il n'y voit rien et que ses gros doigts pressent deux ou trois lettres en même temps. Il gémit durant toute l'opération, tandis que quelques voitures les dépassent.

FO KE G T VOI URGEN

DIS OU

Mokhtar envoie. Ils attendent une réponse, moteur allumé. La 208 est devenue un sauna en tôle, dans lequel cuisent deux cons.

— Je vais pas me barrer, balbutie Mokhtar. Tu peux ranger ça. Un coup de feu, ça peut partir vite.

Lounès ignore la remarque. Accoudé à la portière, il contemple la rivière verdâtre, qui coule si lentement qu'on dirait un lac. Des péniches aménagées en habitations sont amarrées au quai. Des vedettes de location naviguent vers l'amont, pilotées par des touristes néerlandais, anglais ou américains, engourdis par la chaleur et le rythme lancinant du cours d'eau.

— T'as pas un bédo ? demande Lounès.

Le téléphone tinte. Mokhtar consulte le message.

— Il dit derrière le transformateur.

— Alors t'attends quoi ?

Mokhtar est secoué d'un irrépressible sanglot. Ses membres refusent de lui obéir. Il se met à trembler et chaque tremblement aiguise ses douleurs.

— Allez, bouge, dit Lounès, la vie de ma mère, je te plombe.

La bouche de Mokhtar s'ouvre et se ferme comme celle d'un poisson hors de l'eau. Il voudrait parler mais rien ne sort. Il déglutit, s'essuie délicatement les yeux avec sa manche de veste, renifle, grimace, et passe une vitesse.

Le transformateur à haute tension est situé sur une colline du quartier Rive-Droite, non loin de la résidence des Rosiers, une petite barre de cinq étages datant des années quatre-vingt, quand la ville a commencé à grignoter à l'ouest les champs et les bois, comme elle l'avait fait à l'est, quelques décennies plus tôt. C'est la lisière de Monzelle. Au-delà, il n'y a plus que des villages épars et des cultures de céréales, parfois ornées de rangées d'éoliennes.

— Je me gare où ? demande Mokhtar après avoir dépassé la résidence.

Du bout de son flingue, Lounès désigne un chemin de terre sur la droite. Mokhtar obéit et arrête la 208 au bord d'un fossé envahi de végétation jaunie. À une dizaine de mètres, le transformateur émerge des hautes herbes. Cerné d'un immense grillage barbelé pour éloigner les téméraires, il se compose de blocs métalliques gris, desquels partent des câbles et des fils, suspendus à une structure en acier. L'installation émet jour et nuit un grésillement inquiétant.

Lounès ouvre sa portière pour faire de l'air mais ça ne change rien. Il baisse les yeux sur l'arme dans sa main, calée contre sa cuisse.

— On va y aller, dit-il en arabe. Et quand on reviendra, Idriss sera avec nous, et Dan nous fera plus jamais chier. T'as compris ?

Mokhtar avale ce qui lui reste de salive. Il croit sentir le goût du sang. Lounès relève la tête. Il fixe Mokhtar.

— Je sais que t'as trahi, sale bâtard, continue-t-il, toujours en arabe. Tu m'as trahi. T'as trahi Salim, un mec qui t'a aidé, qui t'a tendu la main, qui t'a ramassé par terre. Moi, je t'ai invité chez moi. On a joué à la Play. On a partagé des spliffs. On t'a ouvert la porte. On t'a fait confiance. Je devrais te buter là, cash, et te laisser pourrir dans le fossé comme un enculé. Mais je te laisse une dernière chance. Si tu sais où est Idriss, tu me le dis maintenant.

Mokhtar a les yeux qui clignent, la bouche qui remue sans produire aucun son. On dirait un robot à qui on a donné deux instructions contradictoires et qui bloque à mi-chemin de leurs exécutions.

Lounès hoche la tête. Il prend ça pour une réponse.

— Bouge ton gros cul, dit-il en sortant de la voiture.

Il tient le flingue dans son dos et attend que Mokhtar s'extraie de la 208.

— Passe devant, dit-il. C'est ton pote.

Mokhtar s'engage en claudiquant sur le chemin qui

mène au transformateur. Ses yeux sont pleins de larmes. Ses jambes flageolent. Lounès le suit, une main sur son épaule, l'autre dans le dos, la paume sur la crosse, le doigt sur la détente. Le soleil n'a jamais été aussi chaud.

Ils contournent le grillage. Une voiture passe sur la route. Lounès remarque qu'ils sont hors de vue des regards indiscrets. Le poste électrique fait office de paravent. Cinquante mille volts les séparent du péquenot qui aurait envie de les déranger. À leur droite, un champ d'orge déjà bien mûr ondule comme une mer soyeuse. Devant eux, assis sur une butte de terre, deux hommes et un chien les regardent approcher. Mouss est en bermuda, t-shirt et casquette. Dan, clope au bec, porte un débardeur bleu marine, un short et un bob informe. Des ombres, sur ses bras, témoignent de la présence de tatouages aux couleurs fades, bleus et verts passés, noir délavé. Ils ne peuvent pas ne pas avoir repéré Lounès, et pourtant, les deux gars ne bronchent pas. Ils laissent venir, ils échangent des mots inaudibles. Seul le chien, assis, les oreilles dressées, observe les nouveaux venus d'un air impassible. Puis Dan lève la voix.

— Nom de Dieu ! gueule-t-il en écrasant son mégot dans un petit cendrier portatif. C'était pas prévu, ça, Mokhtar ! C'est pas ce qu'on avait dit.

Ce petit coin de Monzelle est plus étouffant que la surface d'une étoile. Lounès plisse les yeux pour ne manquer aucun geste de ces deux connards qui, à présent, se lèvent et époussettent leurs fringues. Le chien aussi se met sur ses quatre pattes.

Mokhtar marche péniblement et peine à respirer. Il ressasse les mêmes pensées, encore et encore, qu'il murmure pour lui-même, en arabe. Comment il s'est retrouvé là ? Quelle suite de galères l'a mené à ce lopin cramé à l'écart de la ville où plus aucune décision n'est la bonne ? À quel moment les choses ont vraiment merdé ?

— Qu'est-ce que tu racontes, putain ? demande Lounès dans son dos. Ferme-la.

— Ils se disent quoi ? demande Dan à Mouss. Traduis, bordel.

— J'entends rien, dit Mouss.

Mokhtar continue son soliloque. Il traîne les pieds dans la poussière du chemin. Il transpire et son cœur bat si fort qu'il l'entend, comme une timbale funèbre. Dans la moiteur de sa chemise imprégnée de honte, il refait une énième fois son parcours. C'était un gosse tranquille, pourtant.

— Putain, ils se disent quoi ? grince Dan. Il fait dans son froc. Il balance tout, l'enfoiré.

— Je te dis que j'entends pas, répète Mouss.

Mokhtar met un pied devant l'autre. Son ombre le suit, menaçante. Il n'a pas toujours été si gros. Quand il était petit, il faisait jamais de bêtises. Il sautait par-dessus le feu de la Saint-Jean avec ses copains. Il avait des bonnes notes au collège. Il a eu son bac, son BTS. Après, il a eu du mal, mais il a trouvé un boulot. D'abord à EDF, puis à Orange, puis dans…

Un sifflement strident interrompt sa pensée, suivi d'un claquement. Lounès reçoit une éclaboussure chaude sur la joue. Il se baisse par réflexe, à l'abri derrière la corpulence de Mokhtar. Deux autres détonations résonnent. Insectes, oiseaux, tous les bruits du monde se taisent. Lounès sent le corps de Mokhtar qui recule et qui, très vite, s'écroule, une affreuse plaie béante à la tête. Le chien aboie furieusement aux pieds de Dan, indifférent, les mains dans les poches.

— Tu voulais apprendre un tour de magie ? dit-il à Mouss. Ben voilà, Tonio a fait disparaître Mokhtar !

En bondissant sur sa droite, dans le fossé peu profond qui sépare le sentier du champ, Lounès repère Tonio, dont seuls la tête et le haut du torse dépassent des épis blonds. Il épaule une carabine équipée d'une lunette de visée, son œil encore fermé. Lounès fait feu à deux reprises dans sa direction sans prendre le temps de vérifier s'il fait mouche. Ce serait étonnant. Le recul du premier coup l'a surpris et le deuxième a dû partir vers le ciel. Lounès se réceptionne tant bien que mal et roule dans les hautes herbes. Il s'écorche le coude sur un silex. La première chose qu'il pense, c'est qu'il aurait dû s'entraîner à tirer. Il aurait aussi dû prendre des munitions. Il ne sait même pas combien il y a de balles dans ce machin. Il n'imaginait pas qu'il aurait à s'en servir. Il s'allonge au fond de la tranchée, à l'affût du moindre bruit. Il revoit la tête sanguinolente de Mokhtar. *Zebi !* Ce connard de Magicien était sérieux finalement. Lounès a du mal à réaliser. Il tremble un peu. Son cœur bat vite. Il a vécu beaucoup de combats, en compétition et dans la rue, mais jamais ça s'est terminé comme ça, avec de la cervelle et des os. Il n'a surtout jamais vu personne se faire tuer par balles. Salim avait deux règles : pas de drogue dure et pas d'armes à feu. Pendant toutes ces années, il a protégé ses gars de ce genre de choses, des têtes qui éclatent et des corps qui tombent. Tout ça, c'est fini maintenant. Avec l'arrivée de ce taré de Dan, Monzelle a changé de catégorie.

La ville est passée chez les poids lourds. Mokhtar parlait, il y a à peine une minute. Il respirait, il marchait.

— Il est où, Idriss ? crie Lounès.

Encore des messes basses, quelques mètres plus loin. Puis Dan répond.

— Je sais pas de quoi tu parles. Casse-toi de mon quartier !

Une autre voix s'invite. C'est Mouss.

— Et tu sais quoi, Lounès ? Casse-toi carrément de la ville. Tu prends ta meuf et tu pars en lune de miel. Pour toujours. Une très très longue lune de miel.

Lounès cogite, au fond de son fossé. Il voudrait retirer le chargeur de son flingue, pour connaître le nombre de balles dont il dispose, mais il ne sait même pas comment faire. Dans les films, ça a l'air facile. Un tuto sur YouTube lui aurait expliqué ça en deux minutes, s'il avait pris le temps. Il va se faire exécuter comme un abruti, comme un lièvre dans les broussailles.

— C'est pas vous qu'avez Idriss ? crie-t-il.

— Allez, casse-toi, répète Dan. Va le chercher ailleurs, ton petit merdeux.

Les stridulations des sauterelles reprennent. Il y a une forte odeur de foin et de poudre. L'herbe est sèche. La terre est sèche. Le cœur de Lounès est sec. Juste au-dessus du fossé, en vol stationnaire, une alouette grisolle. Le transformateur électrique fait vibrer l'air. Lounès porte une alliance à l'annulaire gauche. S'il meurt, on découvrira son repas de mariage dans son bol alimentaire. Il n'aura jamais d'enfants. Il n'en voulait pas vraiment. Il ne sera jamais champion de rien. Il le savait déjà. Il n'aura pas réussi à garder le quartier pendant l'absence de Salim.

Mokhtar ne verra pas le soleil se coucher ce soir. Peut-être que lui non plus. Tout ça dépendra de l'ordre que donnera Dan quand Lounès surgira du fossé pour courir le plus vite possible. Dans quelle direction ? Il n'a pas le choix. Du côté du champ, il y a Tonio et sa carabine. Du côté du chemin, il y a Mouss, Dan, son chien et sûrement d'autres armes. Il doit revenir sur ses pas et foncer à découvert, un mec armé dans son dos, jusqu'à l'angle du grillage. Il sera une pipe en plâtre dans un stand de tir.

Lounès se recroqueville. Il fait en sorte d'avoir la pointe des pieds posée sur le sol. Quand le moment sera venu, il poussera sur ses cuisses et s'éjectera du fossé. Il serre le flingue dans sa main. Il sent l'herbe sur son front. Il revoit la tête de Mokhtar qui éclate. Il compte mentalement. Un, deux. À trois, il jaillit de son trou, grimpe la pente et rejoint le chemin. Il ne se passe rien. Peut-être que Tonio l'a en ligne de mire et qu'il attend le signal de Dan, le même sifflement qui a condamné Mokhtar tout à l'heure. Lounès court. Cinq mètres le séparent du coin du poste électrique. Cible mouvante. Une parole de Roberto lui revient en tête. Roberto est un vieux qui habite dans un pavillon, pas loin de la place carrée. Il a un chien minuscule qui s'appelle Carlos et il a été militaire, tireur d'élite. Quand le taré du bâtiment B a ouvert le feu sur la maison de quartier, en 2021, il racontait aux gamins que c'était vraiment du sale boulot, qu'un tireur un peu entraîné dégomme sans problème une pièce de deux euros à deux cents mètres. Lounès ne sait pas si courir en zigzag changera grand-chose. Ça fera peut-être juste marrer le Magicien. Il préfère tout miser sur la ligne droite et la réduction du temps de course. De toute manière, il est beaucoup plus gros qu'une pièce de deux euros. Il accélère. Il a déjà fait la moitié du trajet et aucune détonation n'a retenti. Il ne prend pas le risque de se retourner. Il perdrait de précieux centièmes de secondes. Plus que deux mètres. Il fait un nouvel effort, accélère encore. Il n'entend plus l'alouette, les sauterelles, ni le champ électromagnétique du transformateur. Il n'entend plus que son propre souffle. Il oblique à l'angle du poste électrique et ralentit sans pour autant arrêter de courir. Il ne sait pas si on peut se faire descendre à travers deux épaisseurs de grillage et des obstacles métalliques mais il ose quand même un regard en arrière. Mouss est penché sur le corps de Mokhtar. Tonio a rejoint Dan, qui lui sourit en lui donnant des tapes d'encouragement sur l'épaule, comme un père félicitant son fils, tandis que le chien lèche la main de Tonio avec avidité. Plus personne ne se préoccupe du sort de Lounès. Il passe à côté de la 208. Il aimerait la cramer, pour qu'aucune trace de lui ne subsiste à l'intérieur. Trop tard. Il compte sur les mecs de Rive-Droite pour faire le boulot à sa place.

Il sort du chemin, traverse la route au petit trot, atteint l'aire de jeux pour enfants, au pied de la résidence des Rosiers. Il fourre son pistolet dans son pantalon. Si une vieille est à sa fenêtre, elle dira aux flics qu'elle a vu partir en courant un Arabe armé, peu après avoir entendu des coups de feu. Elle donnera son signalement. Mouss a peut-être raison finalement. Il serait peut-être temps de partir pour une longue lune de miel. Lounès jette un dernier regard derrière lui. Dan, Mouss et Tonio sont hors de vue. Il cesse de courir. Il marche dans le petit parc et la tête de Mokhtar éclate encore. Lounès se frotte le visage. Du sang sur ses mains. Il relève son t-shirt, s'essuie. Encore un détail croustillant pour la vieille derrière son rideau. Lounès sort son téléphone.

— Faut que tu viennes me chercher à la laverie, Rive-Droite, dit-il à Léa.

— Je suis à la gare, répond Léa. Adrien vient de partir.

— Viens vite, s'il te plaît.

Lounès raccroche sans laisser le temps à sa femme de s'inquiéter du ton de sa voix.

Heureusement qu'il fait cette chaleur. Il y a peu de gens dans les rues. Tout le monde est à l'ombre, avec la clim et les ventilateurs à fond. Heureusement aussi que son t-shirt est noir. Les taches s'y fondent. Le corps de Mokhtar s'étale dans la poussière. Encore. La plaie, les cheveux mêlés au liquide visqueux. Il le méritait, cette sale poucave. Ou peut-être pas. Lounès n'en est pas si sûr. Si Dan s'était approché du fossé, qu'il l'avait abattu lui aussi, en short, comme un connard, dans l'herbe roussie, est-ce qu'il l'aurait mérité ? Personne mérite de se faire fumer. Si Salim lui a appris une chose, c'est bien celle-là. Alors il se passe quoi, maintenant ? C'est la guerre ? On arme les gars et on tire à vue ?

Le téléphone sonne. Lounès sursaute. Sûrement Léa qui est dans le coin et qui attend un peu plus bas. Non. C'est Kamel.

— J'ai pas trop le temps, là, dit Lounès.

— On est à l'hôpital, dit Kamel. On a retrouvé Idriss. Faut que tu viennes. Maman est pas bien.

Lounès arrête de marcher. Il balbutie.

— On arrive.

Ses yeux balaient la route craquelée devant lui, les

pavillons gris, les toits ocre, les panneaux de quatre mètres par trois qui annoncent des promotions sur les outils de jardin. Pourtant, il ne voit rien. Il contemple l'intérieur de sa tête, rembobine le film de ces dernières heures. Qui a fait quoi ? Il n'y comprend plus rien. Il a juste besoin d'un bon joint. Zobé, il y a personne, dans cette ville, pour lui rouler un spliff ? Ou bien ?

Lounès regarde par la fenêtre. Il a trente et un ans. Il est seul dans la BM. Le soleil cogne sur les vitres du collège Pablo-Neruda, bâtisse inutile, à deux pas de la place carrée, fermée pour vétusté trois ans auparavant. C'est l'aube d'un nouveau jour, au milieu de cette période surréaliste où le monde est confiné, les rues désertes, les citoyens cloîtrés chez eux depuis que les chiffres de propagation du virus de la covid-19 ont forcé les autorités à prendre des mesures drastiques.

Quelques minutes plus tôt, Tonio a appelé et Lounès n'a pas bien compris. Tonio parlait vite. Il était nerveux. Il disait que Bolleg était de retour dans les Hauts, qu'il en avait après une infirmière de l'hôpital, pour une histoire de drogue, c'était incompréhensible. Tonio demandait à Lounès de venir pour régler ça. Même si c'était pas très clair, Lounès s'est déplacé et maintenant, il est là, devant le grillage du collège désaffecté. Qu'est-ce qu'il avait de mieux à faire, de toute façon? Sans compter que s'il a l'opportunité de défoncer la gueule de cette sale *cahba* de Bolleg, ce sera toujours ça de gagné. Après leur violente rencontre qui l'a laissé avec une arcade fendue et un orgueil blessé, Lounès n'a cessé de ressasser cette nuit et d'espérer le jour où viendrait sa vengeance. Depuis ce pugilat, dans le square, au bas de la tour 2, il a cherché à expulser cette colère en lui. Vient-elle vraiment d'un pauvre Turc surexcité qui l'a pris par surprise, à trois contre un? Peut-être, mais il y a autre chose, beaucoup de choses, en fait, qui se sont accumulées, et frémissent et grondent dans un coin de sa tête. Sa carrière de boxeur, son père qui était là sans être là, son grand frère aux abonnés absents... Et puis, quelques mois plus tôt, il a compris que ses parents avaient eu des problèmes d'argent, et qu'au lieu de lui en parler, ils avaient demandé conseil à leur voisine Mathilde. Parmi la centaine d'habitants des trois bâtiments de la place carrée, ils l'avaient choisi, elle, cette femme à qui il vouait une haine profonde depuis qu'elle avait assisté à la scène la plus humiliante de sa vie, dans le tunnel, avec cette pédale de Nico. A-t-elle parlé? A-t-elle révélé à Nadia que Lounès embrasse des hommes en cachette? Probablement pas. Mais la plaie suppure toujours. Il repense à ces quelques secondes pendant lesquelles ses lèvres ont touché celles de Nico, et à ce qu'il a ressenti, l'envie de le frapper, de le réduire en bouillie.

Lounès descend de la voiture. Il se faufile par un trou dans la clôture du collège et contourne le gymnase. Il aperçoit Tonio, qui l'attend au coin, sautillant d'un pied sur l'autre, jetant des regards inquiets derrière lui.

— Il est là-dedans, dit le jeune homme en montrant l'ancien bâtiment de brique rouge qui autrefois abritait les salles de classe.

Une porte s'entrouvre, au rez-de-chaussée. Une chaîne l'empêche de s'ouvrir en grand. Une jeune femme se glisse dans l'interstice. Elle est brune, maquillée avec des sortes d'arabesques au coin des yeux. Lounès la reconnaît tout de suite, bien qu'il ne comprenne pas ce que Bolleg lui veut, ni dans quelle mesure Tonio est mêlé à l'histoire.

La jeune femme voit Lounès et Tonio, qui l'observent. Elle prend peur et s'enfuit dans la direction opposée. Lounès fronce les sourcils. Il interroge Tonio du regard.

— Je t'ai dit, je sais pas ce qu'il lui veut, à cette fille. Mais il est là. C'est Bolleg, j'en suis sûr.

La porte du bâtiment bouge à nouveau. Bolleg s'extirpe des deux battants. Il relève la tête. Tonio est planté au milieu de la cour. Le Turc s'apprête à l'engueuler mais un poing s'abat sur sa pommette. Il chancelle, sonné. Un autre coup au ventre le plie en deux. Maintenant que t'as plus tes copains, on va voir qui c'est, le patron, pense Lounès, qui balance un autre coup de poing dans l'œil de Bolleg et l'expédie au sol. Sa tête percute le goudron avec un bruit mat. Lounès prend son élan, comme s'il tirait un penalty, et shoote dans la poitrine de l'homme à terre. Bolleg tousse, crache du sang et de la bile, qui lui coulent de la bouche et du nez.

— Je t'avais dit quoi, fils de pute !

Lounès donne un autre coup de pied, puis il s'accroupit, empoigne Bolleg par le col de son sweat et arme son poing. Un an après, il sent encore la chaleur du sang sur son visage, la brûlure sur ses lèvres. Il sent le sol spongieux, la fine pluie qui trempe ses vêtements, l'adrénaline, la pluie, encore la pluie, chacun de ses souvenirs mouillés d'une averse permanente, la pluie dans la cour de l'école, la pluie sur le pare-brise de la voiture qui le ramène de Dijon, la pluie qui tombe de plus belle à l'extérieur du tunnel, quand Nico l'embrasse et qu'il ne l'en empêche pas, qu'il se laisse faire tandis que tombe la pluie, toujours la pluie. Boum. Boum. Boum. Il décoche une série de directs en maintenant Bolleg de son autre bras. La lèvre supérieure de Bolleg explose, deux de ses dents se brisent. Boum. Boum. Le nez de Bolleg craque. Boum. Lounès l'agrippe par les cheveux, de chaque côté de la tête. Un instant, il croit tenir Nico entre ses mains, il le reconnaît, tel qu'il l'a vu la dernière fois, triste et désolé. Alors il le cogne par terre. Boum. Boum. Boum. Boum. Et Nico disparaît, et c'est la tête de Mathilde qui frappe le sol, le nez de Mathilde qui se fend, et boum, boum, boum, Bolleg ne bouge plus, et il pleut toujours dans les yeux de Lounès, qui se lève, et le soleil se lève, et Bolleg ne se lèvera plus jamais, et Lounès assene un dernier coup de pied au corps agité de spasmes de Bolleg, et il lui crache dessus, et il n'est pas sûr d'être tout à fait soulagé. Il ignore si Nico reviendra, si la pluie reviendra, si sa honte lui appuiera à nouveau sur le cœur. Il serre son poing gauche, l'examine. Il est plein de sang. Celui de Bolleg, le sien, et, il en jurerait, celui de Nico, de Mathilde, de Bruno, de son père, de son frère, le sang de la terre entière, le sang de tous ceux qui ont brisé ses rêves.

De retour de l'hôpital, Lounès est au volant de la Porsche, Léa à côté de lui. Sur la banquette arrière, Mohammed et Nadia ressemblent à deux enfants craintifs qu'on ramène à la maison. Personne ne parle le temps du court trajet. L'autoradio est éteint. Le silence est déchirant.

Idriss est dans le coma. Les médecins sont incapables de dire pour l'instant s'il va s'en sortir. Il a reçu deux balles, il a perdu du sang pendant des heures. C'est miraculeux qu'il ait réussi à crier assez fort pour que Zoé et son père l'entendent. C'est miraculeux qu'une vitre de l'appartement où on lui a tiré dessus ait été cassée. C'est miraculeux qu'il soit en vie, tout simplement. Kamel est resté à son chevet. Il a eu une longue conversation téléphonique avec quelqu'un qu'il appelait « chérie », et qu'il prévenait qu'il ne reviendrait pas tout de suite. Puisque Nadia a assisté à cet échange, Kamel a été contraint d'avouer à sa mère qu'il était bel et bien marié, une troisième fois, qu'il vivait avec sa femme et les enfants de sa femme à Valence, qu'il avait enfin trouvé l'amour, qu'il regrettait de ne pas être à Monzelle plus souvent, qu'il s'en voulait de lui avoir laissé la charge d'Idriss, mais que, jusqu'à ce week-end, le petit lui rappelait trop la toxicomane qu'il avait fait l'erreur d'épouser. Il n'a pas de mots pour exprimer ses regrets, pas plus pour dire à quel point il est fier de son fils, de qui il est, de ce qu'il est devenu malgré tout.

Kamel a hésité à appeler la mère d'Idriss. Il a renoncé, de peur d'apprendre qu'elle était défoncée, morte ou, pire, disposée à prendre le premier train pour les rejoindre. Il restera à l'hôpital autant de temps qu'il le faudra.

Dans la salle d'attente des urgences, il n'y avait qu'une adolescente à peu près du même âge qu'Idriss, le petit doigt de pied fracturé. Elle attendait de passer une radio. Des policiers en uniforme ont fait irruption. Machinalement, Nadia s'est tournée vers Lounès, avant de comprendre qu'ils n'étaient pas là pour son fils mais parce qu'un enfant venait de se faire tirer dessus. Kamel a répondu aux questions. Ils ont pris des notes. Kamel a demandé s'ils allaient retrouver le salaud qui avait fait ça. Ils n'ont rien répondu. Ils sont repartis.

La Porsche grille le feu rouge peu avant le parking du bas. De toute manière, il y a une bonne visibilité à ce carrefour. Ça aurait servi à quoi, de s'arrêter ? pense Lounès. Laisser passer les fantômes ? Mokhtar au volant de sa 208. La tête de Mokhtar qui s'ouvre. Le sang sur le visage. Le sang sur son t-shirt. Il faut qu'il se change. Il se gare au bas du bâtiment B, celui de ses parents. La voiture de Jalila fait de même. Zoé traverse la place en courant et s'approche de la famille Kacem. Elle interroge Léa du regard et celle-ci répond avec un sourire affligé. Le soleil est dur.

— Il est pas encore réveillé, dit Léa.

Zoé a les yeux rougis d'avoir pleuré, mais il lui reste des larmes. Elles roulent sur ses joues et gouttent à son menton. Plus loin sur le trottoir, sa mère transporte une sorte de cantine militaire en métal, kaki et cabossée, marquée de trois points blancs et du chiffre 9, dans l'une de ces typographies propres à l'armée. Elle la pose au bas de l'immeuble, à côté de conteneurs à poubelles déjà pleins, qui attendent le passage des éboueurs demain matin. Ceux-là ne devraient pas brûler cette nuit. Puis elle se tourne vers sa fille et lui adresse le même sourire triste que Léa. Elle fait un signe de la main aux Kacem. Jalila lui répond d'un geste, avant de soutenir le bras de sa mère pour l'aider à monter les marches menant au hall.

— Tu pourras lui donner ça ? dit Zoé à Léa en lui tendant un paquet de bonbons Haribo, des Croco.

Léa prend le paquet et passe sa main dans les cheveux roux de Zoé.

— T'es mignonne, dit-elle. On lui apportera. Et j'ai le numéro de ta mère. Je lui donnerai des nouvelles.

Zoé est secouée d'un sanglot. Elle se précipite contre Léa, qu'elle serre de toutes ses forces. Ses larmes mouillent la robe aux bouquets bleus. Léa se mord les joues pour ne pas craquer et faire bonne figure devant la petite, qui doit s'en aller maintenant. Alexandra l'appelle.

Lounès est parti vers le bâtiment C, vers l'appartement conjugal. Ses parents et ses sœurs sont montés. Léa est seule sur le trottoir. Le paquet de bonbons dans les mains, elle regarde Zoé rejoindre Alexandra, monter dans la voiture et quitter la place carrée pour toujours.

Léa trouve Lounès entièrement nu dans la chambre de l'appartement. Il est occupé à fourrer ses habits dans un sac poubelle gris.

— Tu veux toujours pas me dire ce qui s'est passé? demande-t-elle.

Quand elle l'a récupéré, quartier Rive-Droite, il s'est contenté de l'informer du sort d'Idriss et lui a demandé de l'emmener à l'hôpital. Rien de plus. Il n'a répondu à aucune question et Léa n'a pas insisté.

— Il faut brûler ça, dit-il. J'irai ce soir. Tout crame depuis une semaine, ça passera crème.

L'appartement semble identique et différent. Pour la première fois, peut-être, Léa a l'impression d'être chez elle. La robe verte de la cérémonie du henné est suspendue dans la penderie. Il y a ses baskets sous le lit, sa lotion Nivea qui côtoie, dans la salle de bains, les produits de beauté hors de prix que Lounès lui a offerts. Dans l'autre pièce, sur le bar qui sépare le coin cuisine du salon, son ordinateur est en veille. Elle a tant de choses à écrire. Il faudrait retranscrire le fichier audio de l'interview de Caron, qui dort sur son disque dur depuis des semaines, et vérifier méthodiquement ce qu'il a révélé, recouper, confirmer. Pourquoi ne pas établir aussi une chronologie des événements importants ? La construction de la résidence Billet, la construction des tours et des autres grands ensembles sociaux de Monzelle, la passation du cabinet comptable, l'arrivée de Salim en France... C'est un gros boulot, mais quand elle aura fait ça, l'affaire s'éclairera d'une nouvelle lumière, et même si Pablo et Linda essaient de la décourager, tant pis pour *Le Républicain.* Elle ira à *Libération,* ou au *Monde.* Elle est certaine que l'une ou l'autre des rédactions lui prendra une histoire pareille. Immobilier, argent sale, notables régionaux. Ces cocktails corsés, c'est leur came à eux.

Boum, boum, boum.

Les coups à la porte sont ponctués par un juron de Lounès, qui se précipite sur son arme, posée sur le lit. Léa lui fait signe de se calmer et d'attendre. Elle va vers l'entrée tandis que Lounès, à poil, flingue au poing, tire la porte de la chambre, laissant un espace par lequel il peut observer.

— C'est qui ? dit Léa.

— C'est IE, dit une voix derrière la porte.

Depuis la chambre, par l'entrebâillement, Lounès approuve de la tête. Léa tourne le verrou et fait entrer IE.

— *Wesh,* il est pas là, Lounès ? demande-t-il.

L'intéressé sort de la chambre, torse nu, vêtu seulement d'un bermuda.

— Ça va, ou bien, frérot ? dit-il.

— Tranquille, je reste pas.

IE ôte son sac à dos de ses épaules, ouvre la fermeture éclair et en tire une pochette verte.

— Fils de pute ! s'extasie Lounès, enchanté. À la vérité, tu me sauves la vie, sale kahlouche !

IE fait la tronche.

— La negafa m'a dit de te la filer, quand elle s'est barrée tout à l'heure. Ils ont tout nettoyé, c'est nickel, dans la salle. On dirait pas que tu t'es marié.

Léa montre son annulaire, puis son majeur. Elle passe derrière le bar et ranime son ordinateur.

— Il se passe quoi, ce soir ? demande IE.

Lounès ouvre sa pochette, en tire un joint déjà préparé et un briquet. Il jette la pochette sur la table basse.

— Vous vendez tout ce qui reste, dit Lounès en allumant son cierge. On reçoit une livraison demain.

Il aspire une interminable bouffée. Il crache la fumée dans le nez d'IE, qui s'écarte. Il prend une deuxième taffe et se laisse tomber, les fesses sur le canapé.

— Oh putain, ça fait du bien.

— Fais tourner, dit Léa.

Lounès l'ignore.

— Demain, continue-t-il, on est de retour. Tu peux le dire à tout le monde. Demain, on aura du matos. Demain on s'organise. Je vais vous filer de quoi vous défendre. Vous allez vous entraîner.

Il tire une latte, crache la fumée.

— Tu peux dire à tout le monde que c'est la guerre. Sur le Coran, c'est la guerre.

IE hoche la tête, pas rassuré.

— OK, dit-il seulement. OK.

Il fait un geste de la main, remet son sac sur son dos.

Léa l'accompagne à la porte et verrouille derrière lui. Elle revient s'asseoir près de son mari. Lounès lui tend le joint et s'écroule en arrière, contre les coussins. Léa tire une bouffée.

— Faut que j'aille bosser demain, dit-elle. Pablo pète un câble.

Lounès s'en fout un peu. Il pourrait hausser les épaules, mais Léa ne le verrait pas. Il fixe le plafond, là où pend un abat-jour sphérique et où la tête de Mokhtar éclate encore.

— Ça veut dire quoi, c'est la guerre ? demande Léa.

— Rien, je sais pas.

Lounès tend la main. Elle passe le joint. Il aspire, crache la fumée en l'air, observe les volutes qui s'élèvent et dansent. Léa s'enfonce à son tour dans le moelleux du divan, reprend le joint, fume encore. Elle ferme les yeux et c'est comme si son cerveau faisait un tour sur lui-même.

— Oh putain, dit-elle. Depuis combien de temps on avait pas fumé ? J'ai l'impression que c'est la première fois.

— Je crois pas que c'est Dan qu'a tiré sur Idriss.

Léa rouvre les yeux, sourcils froncés. Son regard balaie la pièce, comme si la solution s'y trouvait. Au lieu de ça, les murs sont flous.

— Je vais mettre de la musique, dit-elle.

Mais elle ne bouge pas. Pourtant, sa tête commence à battre la mesure. Elle fredonne. *Heart, all the hurt will soon be gone.* Lounès reprend le joint.

— Ouais, dit-il. De la musique.

Léa lui demande :

— Tu crois pas que Salim est parti parce qu'il trempait

dans un truc bien plus gros ? Un truc avec la mairie ? Un truc qui allait péter.

Lounès passe le reste de joint à Léa. Puis il se penche en avant, attrape la sangle de sa pochette, et il se met péniblement debout en poussant sur ses mains. Il se tient au mur. Sa tête tourne un peu, comme quand on se lève trop vite. Putain, il est déjà khabta.

— Non, dit-il. Moi, je sais pourquoi il est parti, Salim.

Léa cligne des yeux, rêveuse de retour d'un songe. Elle n'est pas certaine d'avoir compris ce qu'elle a compris. Elle tire une nouvelle taffe en faisant attention à ne pas se brûler les doigts. Elle laisse le temps à Lounès de développer. Il ne semble pas disposé aux confidences. Il disparaît dans la chambre. Léa soupire. Elle fait un effort surhumain pour écraser le joint dans le cendrier et se lever. Elle atteint l'entrée de la chambre, s'appuie contre le chambranle de la porte. Lounès est affalé sur le lit. Il contemple le plafond.

— Lounès, dit-elle. On est mariés, maintenant. Dis-moi la vérité. T'as quelque chose à voir dans la disparition de Salim ?

Un rire un peu idiot retentit. Le rire du défoncé.

— Il a pas disparu, Salim, dit Lounès. Il est parti, je te dis.

Son débit est lent, sa voix est traînante et rauque. Il ferme les yeux.

— Dis-moi que tu lui as rien fait, insiste Léa en rejoignant le lit, où elle s'écroule.

Lounès pouffe.

— Je le connais depuis longtemps, Salim. C'est comme mon père.

Il tâtonne de la main et extrait de sa pochette un autre spliff, le briquet. La flamme fait crépiter le bout entortillé des feuilles comme une bougie d'anniversaire.

— Mais c'est pas mon père, continue Lounès. Par contre, il avait une fille. Ça, personne le savait.

Il marque une pause.

— Moi, je le savais. Il me l'avait dit. Il l'avait eue avec une Française qu'il avait rencontrée en Algérie. Quand elle est tombée enceinte, ils se sont vesqui. Ils sont allés en France. C'était les années quatre-vingt-dix. *Wallah,* là-bas, en ce temps-là, c'était chaud. Personne était en sécurité.

— Tu me prends pour qui, balbutie Léa. Je suis pas débile.

Elle se rapproche de lui, tend sa bouche. Il la fait tirer sur le joint. Sa tête retombe sur le matelas.

— Pas longtemps après être revenus en France, dit Lounès, ils se sont séparés.

— Nous, on sera ensemble toujours, c'est pas vrai? demande Léa d'une voix fatiguée, les yeux clos, en posant sa main sur le biceps de son mari.

Lounès étend ses jambes. Le ciel est blanc. Il n'y a pas d'étoiles. Il en peut plus, de cette journée, de ce week-end. Il est tellement fatigué. Il voudrait juste terminer son histoire, et après il dormira, et demain tout ira mieux. Non. Il faut qu'il ressorte, qu'il crame ses fringues. Mais plus tard. Là, il a vraiment besoin de repos.

— Salim a promis de leur foutre la paix, de rester à l'écart, pour pas que la petite, elle trempe dans son business. Mais quand même, c'était sa fille. Il pouvait pas s'empêcher de l'espionner. Moi, je me suis aperçu de tout ça parce qu'il nous demandait de l'emmener devant le lycée Diderot à l'heure de la sortie des classes. Il se posait sur un banc, il regardait passer la fille et on repartait.

L'esprit de Lounès s'échappe par la fenêtre. Il survole Monzelle, la rivière, le pont Paul-Bert, il plane au-dessus de Rive-Droite, il descend en piquet vers la résidence des Rosiers. Le soleil est rasant. C'est le soir. Les ombres s'étirent. Celle du poste électrique ressemble à une immense araignée dont les pattes pointues s'apprêtent à attraper le corps de Mokhtar pour le rouler dans une bobine de soie noire. La 208 brûle. Mokhtar brûle. Le champ d'orge brûle avec Tonio au milieu. *Cheh.*

— C'est tout ? demande Léa.

Lounès revient à lui.

— Non, articule-t-il avec peine. Après, la petite, elle grandit. Elle fait des études pour être infirmière. Elle s'installe dans le quartier, ici, sur la place carrée, et Salim, il continue à la regarder passer. Et puis elle est infirmière. Elle travaille à l'hôpital. Salim, il connaît ses horaires. Il s'assied sur un banc et il l'attend. Il lui dit rien. Il la regarde juste passer.

Il n'y a plus de bruits dehors. Même Fatou, dans la pièce d'à côté, semble l'avoir mise en veilleuse. Quelle heure il est ? Ni Léa ni Lounès n'en ont la moindre idée. Ils se passent le deuxième joint, la bague au doigt, les yeux fermés, pour sceller définitivement leur union.

— Et puis un jour, continue Lounès, en plein confinement, le premier confinement, il s'est passé un truc chelou. On a pas compris pourquoi, mais la fille de Salim, elle s'est retrouvée dans un traquenard. Un matin, un mec l'a pécho dans l'ancien collège. Elle a réussi à s'enfuir mais juste après, en traversant la route, vers les tours de Sainte-Té, elle s'est fait buter par une caisse. Une conne qui regardait son portable en conduisant, je sais pas quoi.

— Merde, murmure Léa.

Elle esquisse un mouvement de la tête, atterrée. Ses paupières tremblent mais ne s'ouvrent pas. Lounès bâille. Son esprit divague. Des voitures décorées des froufrous du mariage lui foncent dessus. Des feux d'artifice éclatent au-dessus du transformateur électrique. Il tire encore une latte. Il a un drôle de goût, ce shit.

— Ouais, merde, dit-il doucement. Après ça, Salim, c'était plus le même. Sa fille était morte. Il parlait plus. Il bougeait plus. Des fois, il allait s'asseoir sur le banc où il la regardait passer. Elle passait pas. Ça a duré des mois. Il faisait une dépression, en vrai. Et puis il a disparu. Mais en fait, ça faisait longtemps qu'il était plus là.

Léa ne réagit pas. Un léger ronflement s'échappe de sa bouche entrouverte. Lounès se fait violence pour tendre le bras et lâcher le joint dans le cendrier.

— Faudrait qu'on parte, nous aussi, chuchote-t-il. Un voyage de noces. Un long voyage de noces.

Sa tête tourne. Elle est si lourde. Léa ne répond pas, profondément endormie. Lounès essaie de s'asseoir mais la fatigue le cloue sur le lit.

— C'est pas normal, dit-il.

Il secoue Léa, qui sourit dans un demi-sommeil étrange.

— *Khra,* dit-il.

Ou bien le pense-t-il seulement, plus capable de prononcer un mot, à peine de penser, de contempler un maelstrom d'images qui entrent en collision, du sang, du feu, du soleil, de la nuit, les appareils clignotants auxquels

Idriss est branché, une foule d'invités en costume venus assister à ses noces, encore des feux d'artifice, Léa, souriante, qui virevolte au ralenti sur la piste de danse, dans la chambre d'hôpital et puis là, assis sur le lit, assis sur son cul, un épagneul breton, qui l'observe, affligé. Il faut pas dormir. Il faut pas dormir. Il faut sortir et cramer les fringues sur lesquelles le sang de Mokhtar coagule, la tête de Mokhtar, le corps de Mokhtar qui s'écroule, la terre qui s'ouvre sous lui et l'avale. Mokhtar s'enfonce. Il plonge en spirale dans les entrailles de la Terre, au troisième sous-sol du parking du cinéma. Christian. Merde. Il faut qu'il aille voir Christian. Il y avait peut-être un autre traître. Lassana, ou IE. Putain… IE. La pochette. Les joints. Il y a quelque chose dans les joints. Lounès essaie de se lever mais aucun de ses muscles ne répond. Même ses pensées n'obéissent plus. Il tombe. Les odeurs, les sons et les sensations disparaissent. Avant de s'enfoncer dans l'oubli, il croit entendre la voix de Léa, un murmure dans son oreille, une douce musique, qui lui dit :

– C'est toi, mon mari, c'est toi, mon champion.

Noir.

LUNDI

Boum, boum, boum. On frappe à la porte. Non, on défonce la porte. Quelqu'un donne des coups si violents qu'ils font vibrer la boîte crânienne de Lounès. Ça ne le réveille pas tout à fait. Une partie de lui, fauve en alerte, voudrait bondir, attraper son flingue, rouler derrière le lit, tandis qu'une autre flotte entre deux états de conscience, pensées qui éclatent en vapeurs, vapeurs qui produisent des images, images qui génèrent d'autres pensées où son attention se perd, où il oublie qu'un danger trépigne sur son seuil pendant qu'il reste écrasé dans son oreiller.

Léa ira ouvrir. Elle voit bien comme je suis claqué. Je sais même plus pourquoi. J'ai fait quoi, hier soir ? Léa s'en souviendra. Elle me racontera. On se rendormira.

Les coups redoublent à la porte. Police. Est-ce que c'est ça qu'ils viennent de dire, ces bougs qui tambourinent ? Police ? C'est pas possible. Les kisdés foutent jamais les pieds ici. Ni dans l'immeuble ni sur la place carrée, et quasiment jamais dans les Hauts. Comment ils pourraient être derrière sa porte ? Ou alors. Putain, c'est pour Mokhtar. Ils sont là pour Mokhtar.

Lounès essaie d'ouvrir les yeux. On dirait qu'il fait jour. Quelle heure il est ? Au début de l'été, on n'en sait jamais rien. Le soleil se lève à cinq heures du mat. Quand il fait clair derrière les rideaux, il est peut-être midi, il est peut-être six heures. C'est sûrement pour ça qu'il arrive pas à se lever. Il a pas assez dormi. Il se souvient. C'était son mariage. Le henné, l'imam, la mairie, les photos, le dîner, et tout le reste, toute cette guirlande de merdes qui s'est déroulée ces trois derniers jours. Mokhtar. Idriss. Maintenant, il veut dormir. OK, c'était chaud, mais tout va s'arranger. Le matos arrive bientôt. Les problèmes sont réglés, non ? On peut quand même dormir un peu avant de s'y remettre.

— Madame, crie un homme. Répondez ! Est-ce que vous allez bien ?

C'est à Léa qu'ils veulent parler ? Lounès est rassuré. Il replonge dans son oreiller, essaie de se rendormir, mais ça s'arrête pas de taper. Boum, boum, boum. Lounès se retourne. Il grogne.

— Putain, Léa, va voir ce que c'est.

Il reconnaît à peine sa propre voix. Il y a plus que de la fatigue et sa langue lourde dans sa bouche pâteuse. Il en sait quelque chose. Ces derniers mois, il s'est souvent écroulé sur son matelas ou dans le canapé du salon, terrassé par l'épuisement. Il a aussi été bourré, ou meurtri, ou défoncé, mais jamais à ce point, jamais comme ça. Il y a autre chose. Un trou noir. Il ne saura jamais pourquoi il est dans cet état s'il ne se souvient pas de ce qu'il a fait hier soir. Et puis quel jour on est, pour commencer ?

Boum, boum, encore des coups. Encore des cris. Cette fois, ça ressemble à des menaces. C'est bien ce que vient de dire la voix ? Qu'ils vont défoncer la porte ? Mais qu'ils aillent se faire enculer, ces fils de pute. Qu'ils essaient de niquer son appart, tiens, ils vont comprendre leur douleur.

Lounès se tortille sur la couette. Il essaie d'ouvrir les yeux. Sa tête est nimbée de coton. Ses paupières sont lestées de plomb. Il se met sur le dos, lève son bras en l'air, le laisse retomber à côté, sur Léa.

— Léa, va voir ce que c'est, répète Lounès avec un timbre un peu plus clair cette deuxième fois. Léa !

Sous sa main, il sent le drap humide. Il sent le froid. Il ne sent pas Léa.

Les esprits de Lounès accourent, se pressent dans son cœur et dans son crâne pour reprendre connaissance plus vite. Désormais, il est certain qu'il se passe quelque chose d'anormal, et de grave. C'est poisseux sous ses doigts. Une odeur de métal. Un décompte derrière la porte. Des éclairs bleutés par la fenêtre.

Lounès s'appuie sur ses coudes. Il bascule sur le flanc. Il ouvre un peu plus les yeux et ne comprend pas ce qu'il voit. Du rouge. Du brun. Le drap-housse et le tissu de la couette sont mouchetés de taches d'un dégradé écarlate. Il y a aussi des projections sur les murs, sur le sol. Un miroir est fracassé. Deux étagères du placard ont été déboîtées, les vêtements s'éparpillent sur le sol. Un fauteuil est renversé. Les objets qui étaient posés sur le bureau ont été jetés à terre. La robe verte de la cérémonie du henné gît sur la moquette. Un camaïeu de rouges, partout, comme si la pièce entière avait été aspergée. Dans un coin, une forme presque humaine trempe dans une tache luisante, encore plus large que les autres. La forme présente des aspérités blanches, d'autres plus sombres. La forme est assise, vêtue d'une robe dont il est difficile de deviner la couleur qu'elle avait hier. Ce matin, elle est rouge, gorgée de sang, une robe de sang, portée par une mariée anonyme. Comment reconnaître celle qui repose ici, les bras écartés, paumes ouvertes, assise par terre, appuyée contre le mur, sans visage ? Lounès essaie de se souvenir, de toutes ses forces. Il ne sait même pas s'il est responsable de ce carnage. Non. C'est pas lui. Jamais il aurait fait ça. Pourquoi il aurait fait ça ? Parce que c'est un connard ? Pas à ce point-là.

Une nouvelle salve de cris, dans le couloir, le ramène à l'aridité du présent. Pas le temps de se perdre en conjectures. Il faut agir car la porte d'entrée de l'appartement va exploser dans quelques secondes. Que ce soient les flics ou quelqu'un d'autre, il doit se tenir prêt.

Où est le flingue ? Il n'en sait rien. Il ne se souvient même pas d'être arrivé dans le lit. Sur la table de nuit, la carte à jouer du Magicien a disparu. Et sa valise, dans la penderie ? Rien. Il se frotte les yeux. Un scénario commence à prendre forme. On cherche à lui baiser la gueule. Maintenant, c'est certain. Il n'a rien fait à sa femme. C'est un piège conçu spécialement pour lui. Ce qui se passe maintenant, c'est le dernier acte d'une pièce où il se fait baiser, où ils se font tous les deux baiser, les jeunes mariés, *al earusin.*

La robe est celle que Léa portait hier. La blanche à fleurs bleues. Un flash. Il lui demande de se changer, devant tout le monde, au milieu de la place. Lounès reconnaît les fleurs, regroupées en bouquets souillés. Il n'y a plus de doute : le corps méconnaissable assis sur la moquette, c'est celui de Léa. Elle ne bouge pas. Son sang ne coule plus depuis longtemps. Son visage est un carnage de chair et d'os. Le mec qui a fait ça a frappé de toutes ses forces. Lounès sait bien la rage qu'il faut pour éclater une tête à ce point. Avec une arme, une batte ou une barre à mine, ça nécessite de frapper fort. Mais si le gars a tapé à mains nues, alors là, c'est encore autre chose. Ça demande plus que de la force. On ne parvient à un tel résultat que si on est porté par une furie inhumaine, par la folie ou la haine. Personne ne déteste Léa à ce point. Tout un tas de connards le haïssent, lui, sans aucun doute, mais pas sa femme. Il pense à Léa comme à sa femme. Combien d'heures ils ont été mariés ? Cette idée stupide. Il y a une odeur de boucherie et de shit. Le shit.

Lounès se souvient des joints, bien roulés au fond de sa pochette. Il se revoit allumer le premier, le passer à Léa. Combien en ont-ils fumé ? Il se souvient de la première inspiration, profonde comme une tombe. Il se souvient de IE. Est-ce que ça aurait un rapport ? Il n'y aurait pas eu qu'une poucave. Il y avait Mokhtar, mais aussi IE. Et combien d'autres ?

Cette fois encore, Lounès n'a pas le temps de rassembler ses pensées. Un dernier boum, immense. La porte d'entrée s'ouvre avec fracas et des policiers en tenue complète, casques à visière, gilets pare-balles, pénètrent dans l'appartement. Ils sont cinq, huit, dix. Lounès a l'impression que tout un bataillon s'engouffre chez lui, envahit le salon, pénètre dans la chambre et fond sur son corps engourdi.

— Bouge pas, fils de pute ! dit l'un d'eux en l'empoignant.

— Une arme ! crie un deuxième, près de la fenêtre.

— Sur le ventre, hurle le flic.

Lounès sent qu'on lui administre une clé de bras. Il se retrouve le nez dans l'oreiller. S'il pouvait se rendormir. Mais il sent les menottes se refermer sur ses poignets et quatre mains le tirer violemment pour le mettre debout. Il tient à peine sur ses jambes. Il remarque qu'il porte toujours son bermuda. À l'autre bout de la pièce, il regarde encore Léa, morte, la mâchoire démise, brisée, la peau du visage pilée, les os des pommettes concassés. Il voudrait expliquer aux flics que c'est pas lui qui a fait ça. Il sait que ça ne sert à rien. On le pousse hors de la chambre. Avant de quitter la pièce, il jette un œil en direction de la penderie. Aucun doute. La valise de fric a disparu. De ça non plus il ne peut pas parler, de la manière dont il vient de se faire niquer en beauté.

On le traîne dans le salon. Il titube, trébuche. Il voit que l'ordinateur de Léa n'est plus sur le bar. Les flics l'ont déjà pris ? Non. Quelqu'un d'autre s'en est chargé. Les fils de pute. Les fils de pute.

Le couloir, l'escalier, le hall.

La porte est déjà ouverte, maintenue par le pied botté d'un policier. Lounès sort du bâtiment C. La clarté du jour n'est pas aussi forte qu'il le croyait. Ou bien ses yeux s'habituent.

Des dizaines d'agents sécurisent la place, flash-ball en main, revolver à la ceinture, positionnés devant chaque entrée de chaque bâtiment de la résidence. Ils sont tous là pour moi ? C'était vraiment pas la peine. Des voitures de police sont garées en travers des rues, deux fourgons de CRS sur le parking du bas. La lumière des gyrophares fait scintiller les façades. Malgré l'heure matinale, les voisins sont tous à leur fenêtre. Certains sont descendus et observent la scène, en robe de chambre, en caleçon, entre les cordons de police. Lounès les connaît tous mais il ne les voit pas. Les seuls visages qui se détachent sur la foule des badauds, ce sont ceux de ses sœurs et de ses parents, descendus sur la place eux aussi, côte à côte devant la porte du bâtiment B. Lounès a souvent vu pleurer sa mère, pour un oui ou pour un non. Il connaît par cœur ses cris aigus et ses mimiques théâtrales. Pourtant, il ne l'a jamais vue pleurer comme elle pleure aujourd'hui, debout, droite, en silence, le visage fermé, où seules les grosses larmes témoignent de la tristesse.

On lui fait traverser toute la place. Comme si les condés n'avaient pas pu garer leur voiture en bas de chez lui. Encadré de deux policiers qui lui tiennent chacun un bras, et de deux autres qui gardent la main sur la crosse de leur flingue, Lounès longe les marches de la maison de quartier où il s'est marié vendredi, où il a fait la fête samedi, où la tragédie s'est nouée sans qu'il y comprenne rien.

— Lounès !

— Reculez, madame ! crie un flic en braquant son arme sur Hayet.

— Braque pas ma sœur, fils de pute ! bafouille Lounès en se débattant mollement.

Deux agents s'interposent entre la sœur et le frère.

— Il se passe quoi ? demande Hayet.

Lounès a soudain l'air effaré. Il baisse la tête, comme s'il venait de se prendre un coup sur le crâne.

— Léa, dit-il. Elle est morte.

Hayet a un mouvement de recul. Son visage s'assombrit.

— Non, enchaîne tout de suite Lounès. *Wallah,* c'est pas moi. Dis à maman que c'est pas moi.

Hayet fait un pas en arrière. Elle ne dit rien et se contente de regarder les policiers emmener son frère, spectatrice, comme tous les autres habitants de la place.

— *Wallahadim,* ma sœur, balbutie Lounès. J'ai rien fait. C'est ce fils de pute de Magicien. C'est lui qui nous a baisés.

Il s'éloigne encore, entre les débris calcinés de poubelles et de palettes. Hayet ne cherche pas à le rattraper. Un policier ouvre la portière d'une Peugeot 5008 grise, siglée de la police nationale et dont les gyrophares colorent les visages d'un bleu maladif. On appuie sur la tête de Lounès pour qu'il s'asseye à l'arrière. Il se retourne une dernière fois vers sa sœur.

— Hayet, essaie-t-il de crier. Dis à Jalila qu'elle retrouve Salim. Il faut retrouver Salim.

C'est alors que le Magicien apparaît, juste au bout de la rue, sur le trottoir, à l'extrémité du bâtiment A. Il est entouré de Mouss, son lieutenant, de cette petite merde de Tonio, mais aussi d'IE, et de Kader, et d'Omar. Les mains dans les poches de son bombers défraîchi, il se pavane à l'entrée de la place carrée. Il ne sourit pas. Les autres non plus. Ils observent Lounès, qu'on pousse à l'intérieur de la voiture. Ils sont tous là. Donc ils étaient tous au courant. Ils roulaient tous pour Dan depuis le début.

La portière claque. La voiture démarre. La sirène hurle. La 5008 ralentit à l'approche de l'intersection, là où six ennemis attendent de savourer leur victoire. Lounès ne peut pas s'empêcher de les fixer. Dan sort une main de sa poche. Il tient une carte à jouer, une seule, qu'il fait papillonner entre ses phalanges blessées, la dame de cœur. Depuis l'habitacle de la voiture, Lounès jurerait qu'elle est maculée de sang. Dan la laisse tomber négligemment sur le sol et tourne les talons.

Léa avait raison. Le principal talent du magicien consiste à détourner l'attention du spectateur. Tant que la victime compte le nombre de passes, elle ne voit pas le gorille. Putain, pense Lounès. J'ai rien vu. Rien. Aucun de ces putains de gorilles, et pourtant il y en avait un paquet, qui sont passés dans le champ, en martelant leur poitrine poilue. J'ai pas vu que c'était IE qui avait piqué ma sacoche. J'ai pas compris que c'était pour faire un double de ma clé d'appart. J'ai pas vu non plus que Mokhtar allait tout balancer, que c'est pour ça que Dan a donné l'ordre de le descendre, que finalement c'était le moins traître de tous les traîtres et qu'il a été sacrifié pour ça. Surtout, j'ai pas compris que Dan travaillait pas seul, qu'il rendait service à de bien plus gros poissons, des gars qui commençaient à flipper parce que Salim ne revenait pas et que Léa remuait trop de vieilles affaires. Je croyais que c'était une bête guerre de territoire, une bête guerre de succession, alors qu'en réalité, c'était un plan pour faire taire une journaliste qui avait mis la main sur quelque chose de gros. Faire taire la journaliste et foutre en taule son caïd de mari, accusé de son meurtre. Le plan, c'était ça. Et moi, j'ai rien vu. Comme un con, je comptais le nombre de passes. Même hier soir, quand je croyais que tout était fini, j'ai pas vu non plus comment IE a attendu qu'on soit dans l'appartement pour rapporter la pochette qui contenait les deux joints, spécialement préparés. Je sais pas ce qu'il a foutu dedans, mais c'est ça qui nous a assommés tous les deux. J'espère que Léa s'est pas réveillée pendant que ces fils de pute lui écrasaient la tête.

Un sanglot monte du fond de sa gorge. Depuis combien de temps il n'a pas pleuré ? Il n'a peut-être jamais pleuré. Ça pleure pas, un boxeur. Lounès pense à Salim, qui retrouvera le quartier perdu, si il revient un jour. Il pense à Kamel, qui sera encore déçu quand il apprendra ce qui vient de se passer. Il pense à Bruno. Il entend encore ces phrases qui l'ont hanté et continueront de le hanter. Le champion, c'est pas toi, Lounès. Faut que tu t'y fasses. Le mec qui gagne, c'est pas toi. Il pense à sa mère, à son père. Il pense à Idriss. Il serre les dents. Il ravale ses larmes.

La 5008 accélère pour de bon. Sous le regard de la communauté stupéfaite et à l'ombre des tours de Sainte-Té, promises à la destruction, Lounès quitte la place carrée en se jurant qu'il reviendra. Dans deux mois, dans deux ans, dans vingt ans. Il reviendra et, *wallahadim,* la vie de sa mère, il leur fera tous payer.

Remerciements

CE LIVRE n'existerait pas sans la bienveillance, l'expertise et la disponibilité de Houria Bentalha Bekkouy, ma negafa, qui m'a fait découvrir la symbolique et les subtilités du mariage traditionnel musulman.

Merci aussi à Mohamed Bekkouy, qui m'accompagne depuis le premier volume de cette série, et qui, une fois de plus, a été un allié précieux, un connaisseur intarissable de la culture maghrébine, un correcteur attentif et, avant tout, un ami sur lequel on peut compter.

J'espère avoir retranscrit au mieux les détails de la cérémonie. Si une erreur s'était glissée dans ma description, elle serait due à ma seule négligence.

Je remercie Caroline Girard, journaliste à *L'Yonne républicaine*, d'avoir pris le temps de m'éclairer sur le fonctionnement interne d'une rédaction de presse quotidienne régionale. Même si Léa prenait quelques libertés avec sa hiérarchie, il était important que j'en saisisse la structure.

Merci à Grégory, mon juge ex-flic préféré, toujours prêt à répondre à mes questions de police et de justice entre deux audiences.

Merci à toute l'équipe du Quartanier, Éric de Larochellière, Alexie Morin, Marie Saur et J. P. Chabot, qui, après toutes ces années, se penchent sur mes textes avec toujours le même enthousiasme et la même passion. Haut les cœurs! Plus qu'un épisode, et on l'aura relevé, ce défi.

Merci infiniment à toutes celles et tous ceux qui lisent les *Chroniques de la place carrée,* et qui témoignent de leur affection pour les personnages qui la peuplent, sur les réseaux ou de vive voix. Afin de mener à bien un projet d'une telle ampleur, cette énergie m'est indispensable.

Merci enfin à Aurélie, Lou-Ann et Mina. Dans l'obscurité où je dois m'enfoncer pour écrire ces romans noirs, j'ai plus que jamais besoin de votre présence lumineuse et de vos rires éclatants.

Né en 1978, TRISTAN SAULE vit dans l'est de la France. Il a publié cinq romans au Quartanier : *Mathilde ne dit rien* (2021), *Héroïne* (2022), *Jour encore, nuit à nouveau* (2023), *Et puis on aura vu la mer* (2024) et *Les sept robes* (2025). Tristan Saule est le pseudonyme de Grégoire Courtois (*Suréquipée, Les lois du ciel, Les agents*) pour les *Chroniques de la place carrée,* cycle de romans noirs aux personnages récurrents et aux intrigues indépendantes.

Achevé d'imprimer en novembre 2024
sur les presses de Corlet
à Condé-en-Normandie (France)

Nº d'impression : 24100948

—

Imprimé en France